献给奥兹,最初的魔印人。

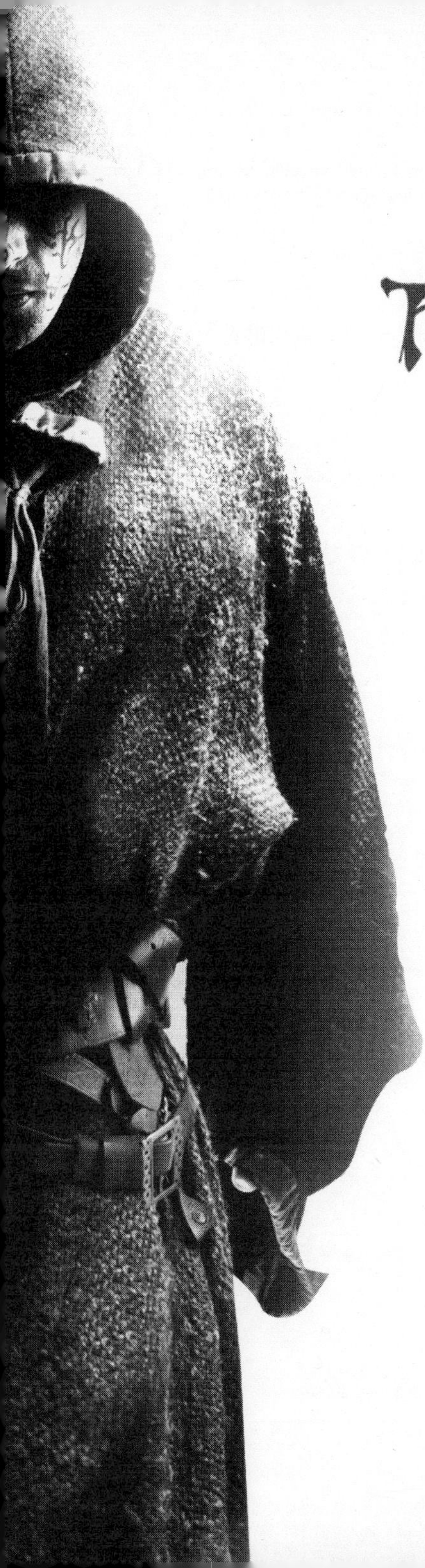

# THE WARDED MAN

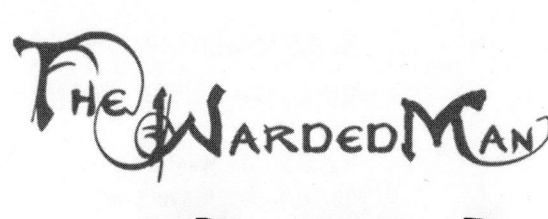

# 魔印人

上册

【美】彼得·布雷特 PETER V. BRETT ◎著

程栎 邹蜜 ◎译

重庆出版集团 重庆出版社

THE WARDED MAN by Peter V. Brett
copyright © 2008 by Peter V. Brett
This edition arranged with JABberwocky Literary Agency, Inc., through The Grayhawk Agency.
Simplified Chinese edition copyright © 2013 Chongqing Green Culture Co., Ltd.
All rights reserved.

**图书在版编目(CIP)数据**

魔印人 / (美) 布雷特著；程栎译. —重庆：重庆出版社，2013.11

书名原文：The Warded Man

ISBN 978-7-229-07085-4

Ⅰ.①魔… Ⅱ.①布…②程… Ⅲ.①长篇小说—美国—现代 Ⅳ.①I561.45

中国版本图书馆CIP数据核字(2013)第 236630 号
版贸核渝字(2013)第 198 号

## 魔印人
MOYIN REN

【美】布雷特 著　程　栎　邹　蜜 译

出 版 人：罗小卫
责任编辑：张立武
责任校对：廖应碧
装帧设计：重庆出版集团艺术设计公司·卢晓鸣

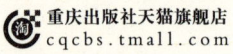重庆出版集团　出版
　　　　　重庆出版社

重庆长江二路 205 号　邮政编码：400016　http://www.cqph.com
重庆出版集团艺术设计有限公司制版
自贡兴华印务有限公司印刷
重庆出版集团图书发行有限公司发行
E-MAIL:fxchu@cqph.com　邮购电话：023-68809452

重庆出版社天猫旗舰店
cqcbs.tmall.com

全国新华书店经销

开本：880mm×1230mm　1/32　印张：21　字数：485 千
2013 年 12 月第 1 版　2014 年 8 月第 2 次印刷
ISBN 978-7-229-07085-4
定价：58.00 元(上下册)

如有印装质量问题，请向本集团图书发行公司调换：023-68706683

版权所有　侵权必究

# 致 谢

特别感谢所有曾试阅本书的人：丹尼尔、麦克、艾米利亚、尼尔、麦特、乔苏亚、史蒂夫、老妈、老爸、崔西亚、奈塔及科比。你们的建议与鼓励使我的兴趣爱好发展为今天的职业。感谢我的编辑莉兹和艾玛愿意给我机会，并激励我精益求精。少了他们，我绝对无法完成这一切。

# 译者序

## 一个关于勇气与希望的故事

2008年，新人奇幻作家彼得·V.布雷特(Peter V. Brett)的处女作《魔印人》还未上市，就已经引起了出版界和奇幻读者的广泛关注，被誉为"继帕特里克·罗斯弗斯的《风之名》之后的最佳奇幻处女作"。目前，该书已经在欧美再版数次，并在世界上二十多个国家和地区翻译并出版，受到了广大奇幻爱好者的广泛欢迎。

作家彼得·V.布雷特(以下简称"布雷特")1973年生于美国纽约，从小喜爱奇幻小说、漫画和"龙与地下城"，并于布法罗大学获得了英语文学和艺术史学士学位。在成为专职作家之前，他曾经在药学刊物出版公司工作了十多年。有意思的是，由于每天上下班需要长时间坐地铁穿行在繁华的纽约最幽暗的地底世界，布雷特养成了用手机写小说的嗜好。《魔印人》的绝大部分初稿都是他用一部惠普iPAQ6515型手机写作完成的，并将一部分发表于他的个人网页上。天才总是会闪光的，功夫不负有心人。布雷特被一位著名的奇幻文学经纪人签下，并最终成为专职的奇幻文学作家。

《魔印人》讲述了一个发生在名为提沙的世界，这个世界所在的星球，有很多魔物居住在地心，这些魔物会被阳光所伤。因此只有晚上才能自地心升腾并凝聚成形,并肆意猎杀人类。魔物无法被一般的武器伤害,古代的人类曾经发现可以攻击和防御魔物的魔印,并在解放者的领导下赢得了与恶魔的战争,从此恶魔便隐匿不出。然而,人类在自以为取得胜利后就开始自相残杀,群雄逐鹿。最终魔法被遗忘,科学开始兴起。数百年之后,某一夜魔物突然蜂拥而出,而科学制造的武器对恶魔毫无伤害。曾经辉煌的人类文明也毁于一旦,只剩下少数人凭借寻找到的防御魔印龟缩于几个城堡与村镇之间。

小说围绕着主人公亚伦展开。亚伦是小村庄提贝溪镇一个普通农户的儿子,原本平静的生活由于地心魔物的意外袭击而被打破。而他父亲的胆怯与懦弱,导致他的母亲被恶魔爪伤,继而失去治疗的最好时机而过世。生活的剧变让亚伦明白,不只是地心魔物,人类内心的恐惧正在慢慢让人类灭亡。他毅然出走,利用魔印对抗黑夜中的地心魔物,最终成为了"魔印人";同时,也被很多普通人认为是预言中带领人类击败地心魔物的"解放者"。

随着电影《魔戒》及《霍比特人》,以及电视剧《权力的王座》的热映,史诗奇幻逐渐为国内的很多读者所接受,并受到一些年轻人的热捧。《魔印人》无疑也属于史诗奇幻的范畴。按照屈畅先生对于史诗奇幻的界定,《魔印人》拥有独立的世界设定,以人物为中心,而故事核心则是世界的安危,包含世界、英雄和命运三大元素。而且《魔印人》更是采用了时下"冰与火之歌系列"中最为流行的POV视角,采用不同人物的主视角推动故事的发展,在《魔印人》中主要是亚伦、黎莎和罗杰三个主要人物的视角,而在后续作品中则引入了贾迪尔、英内薇拉等其他人物的视角,让整个系列故事更加精彩。可以说,《魔印人》的故事让传统的史诗奇幻读者毫无生涩感。

然而,《魔印人》又非传统的史诗奇幻作品,它没有广阔的

世界、众多的人物、复杂的政治、多元的神灵和魔法体系。《魔印人》本身的世界格局不大,人物也不多,文明本身更是退缩到了中世纪的水平。当很多人在讨论以"时光之轮系列"为代表的"高魔"史诗奇幻和以"冰与火之歌系列"为代表的"低魔"史诗奇幻孰优孰劣时,《魔印人》里面除了魔印本身之外,几乎可以说是一个"无魔"的史诗奇幻小说。这样做的目的很明显,读者可以更多地关注主要人物的命运,而无需为了记忆繁多的人名、地名、诸神的名字和各种专用名词而大费脑筋;同时《魔印人》吸收了新英雄奇幻小说的元素,充满了紧张刺激的动作场面,让读者大呼过瘾。而《魔印人》的世界设定,又类似于"后毁灭奇幻小说"。最近大热的电影《饥饿游戏》和动画片《进击的巨人》也源于类似的奇幻设定。这些无疑都提高了本作的可读性。

综上所述,《魔印人》不愧为当代新史诗奇幻的代表作之一。作者布雷特为这个史诗奇幻系列小说设定了的宏大的故事格局,目前计划为五部曲,命名为"恶魔系列",同时还有一些相同设定下的中短篇小说。截至今日,"恶魔系列"五部曲的第二部《沙漠之矛》和第三部《白昼之战》均已出版,故事正值高潮,全球读者都在翘首以待最后两部《骷髅王座》和《地心魔域》(暂定名)的出版。开卷有益,望各位读者可以喜欢"恶魔系列"之《魔印人》,我们一起期待作者为我们献上更精彩的后续故事。

程栎

2013年10月于北京

# 目 录
## Contents

### 第一部分　提贝溪镇

| | | |
|---|---|---|
| 第一章 | 劫后 | 3 |
| 第二章 | 灾难降临 | 38 |
| 第三章 | 一个人的路 | 77 |
| 第四章 | 黎莎 | 90 |
| 第五章 | 拥挤的家 | 113 |
| 第六章 | 火焰的秘密 | 145 |
| 第七章 | 罗杰 | 156 |
| 第八章 | 自由城邦之路 | 171 |
| 第九章 | 密尔恩堡 | 182 |

### 第二部分　密尔恩

| | | |
|---|---|---|
| 第十章 | 学徒 | 215 |
| 第十一章 | 密尔恩保卫战 | 236 |
| 第十二章 | 囚牢 | 246 |
| 第十三章 | 抉择 | 262 |

| 第十四章 | 安吉尔斯之旅 | 282 |
| 第十五章 | 半掌 | 293 |
| 第十六章 | 自由的心 | 309 |

## 第三部分　克拉西亚

| 第十七章 | 安纳克桑废墟 | 331 |
| 第十八章 | 成年礼 | 340 |
| 第十九章 | 克拉西亚第一勇士 | 344 |
| 第二十章 | 阿拉盖沙拉克 | 366 |
| 第二十一章 | 只是一个青恩 | 372 |
| 第二十二章 | 浪迹小村庄 | 380 |
| 第二十三章 | 重生 | 394 |
| 第二十四章 | 魔印人 | 401 |

## 第四部分　伐木洼地

| 第二十五章 | 新舞台 | 413 |
| 第二十六章 | 安吉尔斯 | 426 |
| 第二十七章 | 黑夜降临 | 449 |
| 第二十八章 | 秘密 | 478 |
| 第二十九章 | 黎明前的曙光 | 489 |
| 第三十章 | 瘟疫 | 498 |
| 第三十一章 | 伐木洼地之战 | 520 |
| 第三十二章 | 解放者洼地与解放者 | 535 |

## 第五部分　沙漠之矛 (试读)

| 篇章一　来森堡 | 545 |
| --- | --- |
| 篇章二　阿邦 | 551 |
| 篇章三　青恩 | 613 |
| 篇章四　女巫 | 618 |

## 附录　克拉西亚名词解释

# 第一部分 提贝溪镇
## SECTION 1　*Tibbet's Brook*

# 第一章　劫后

**319 AR**

　　大号角声骤然响起,撕破了这秋日清晨水一般的宁静——

　　年仅十来岁的亚伦停下手边的活儿,抬头望了望破晓时分飘着紫色云彩的天空。晨雾依然很浓,潮湿的空气中弥漫着一股非常熟悉的焚烧动物尸骨的刺鼻味。他在寂静的清晨等待着,心中的恐惧越来越浓,只希望一切都是幻觉。

　　不一会儿后,远方又传来两次号角声,声音来自森林边缘的村落,一声长的,接着两声短的,分别表示南方和东方。卡特家有不少人是父亲的朋友。亚伦身后的家门打开了,他知道开门的必定是以双手捂住嘴的母亲。

　　无须大人催促,亚伦继续干自己的活儿。其他日常琐事都可以慢慢来,但给家畜添草和挤奶等事丝毫不敢拖延。他将家畜关在畜栏里,打开饲料仓,给猪倒饲料,然后跑去拿牛奶桶。这时他母亲已经蹲在一头牛身子下了。他搬来另一张板凳,两人以熟练的节奏挤奶。牛奶喷洒在木桶里的声音听起来如同送葬的哀乐。

　　当他们来到第二头牛身边时,亚伦看到父亲正将家里最健壮的马——一匹名叫米希的五岁母马——套上马车,套马车的过程中。父亲的神色一直十分阴郁。

　　亚伦也不知道,这次他们家将面对什么?

不久，他们坐上了马车，朝森林边缘的村落前进。那里非常危险，距离拥有魔印守护的建筑物至少有一小时的路程，但是他们需要森林里的木材。亚伦的母亲裹着旧披布，一路上把他紧紧抱在怀里。

"我长大了，妈。"亚伦抱怨道，"你不用把我当婴儿一样抱得这么紧，其实我一点也不害怕。"他这样说也只是让母亲放心，并不是实话，因为他不能让其他小孩把自己看成是黏着母亲的小屁孩、软蛋——他已经受够了他们的嘲讽和笑话。

"我有点儿害怕。"他母亲很凝重地说道，"需要拥抱的是我。"

亚伦内心顿时生起一股男子汉的骄傲，再度挨近自己的母亲。她其实骗不了他，但她每次都知道该说什么话来哄他。

早在抵达目的地之前，一股带着刺鼻臭味的浓浓黑烟，已预报了他们即将面对的不祥讯息——有人正在焚烧尸体——这么早就开始处理，不等所有人来齐之后再祈祷，意味着死者不少，想要在黄昏前处理完一切，就得特事特办。

亚伦父亲的农场和森林村落之间的距离超过五英里。当他们抵达时，木屋的残余火苗已被扑灭，其实是因为没东西可烧了。十五间房子，全部化为灰烬。

"可惜我的木材同样付之一炬。"亚伦的父亲朝马车侧面啐道。他扬起下巴，比向一堆焦黑的木材，那是伐木场这段时间的成果。想到自家畜棚那摇摇欲坠的篱笆还要再撑一年，亚伦不禁皱起眉头，心里总有一股莫名的怒火。毕竟，自家损失的是一大堆上好木材。

镇长在他们马车即将停下时迎了过来。西莉雅是位严肃的妇人，粗糙的皮肤黑得跟皮革似的，高瘦的身形是那么坚毅；亚伦的母亲背后总称呼她"不孕的西莉雅"。长长的灰发盘在脑后，披着披肩，那仿佛是镇长的标志。她不允许任何人胡闹，这点亚伦曾在她的拐杖下尝到几次苦头。然而今天，很高兴她在场，就像亚伦的父亲一样，西莉雅让他多了一份安全感。尽管没有自己的小孩，西莉雅却表现得像是全提贝溪镇的大家长。没有多少人像她一样冷静、睿智，当然，和她一样固执的人更少。和西莉雅站在一起，感觉像是站在全世界最安全的地方。

"很高兴你来了，杰夫。"西莉雅对亚伦的父亲道。"还有希尔维和小亚伦。"她说着朝他们点头。"我们需要所有帮手，就连这孩子也有帮得上忙地方。"

亚伦的父亲招呼一声，跳下马车。"我带了工具来。告诉我们该上哪儿去帮忙。"

亚伦自马车后方取出宝贵的工具。金属在提贝溪镇十分珍贵，他父亲对自己拥有的两把铲子、十字镐和锯子非常珍爱，今天它们会派上大用场。

"到底死了多少人？"杰夫问——尽管他并不想知道真实的数字。

"二十七个。"西莉雅说。希尔维呜咽一声，捂住嘴，眼中泛着泪光。

杰夫又吐了一口唾沫。"还有幸存者吗？"他接着问道。

"有几个。"西莉雅说。"曼尼，"她举起拐杖，指向站在一旁呆望着火堆瑟瑟发抖的男孩，"在夜里一路跑到我家。"

希尔维倒抽了一口凉气。从来没有人能在夜晚恶魔攻击下跑这么长一段路。"布林·卡特家的魔印力场只撑到半夜。"西莉雅继续道，"他和他的家人亲眼目睹了一切。还有一些人逃出了地心魔物的魔爪，跑到他们家求助，直到火势蔓延，吞没他们家屋顶。他们躲在燃烧的房子里，直到房梁开始倒塌，然后冒险在黎明前冲出屋外。地心魔物杀死了布林的妻子米娜和

他们的儿子保罗,不过其他人都逃了出来。烧出的伤口会随时间痊愈,小孩也不会有事的,但其他人……"

她无须把话说完。恶魔袭击的幸存者常会在事后不久死去——尽管不是全部,也许不是大多数,但实在是够多了。有些人自杀,有些只是茫然地凝望前方,不吃不喝,最后衰竭而死,除非能够撑过整整一年,不然不能算是恶魔袭击的幸存者。

"还有十几个人失踪了。"西莉雅说,语气中满是失望。

"我们应该想办法把他们挖出来。"杰夫严肃地说,看着眼前一片烧成废墟的断壁残垣,其中好几间都还在闪着火花。为了防止火种复燃,卡特家的屋子大部分采用石材,但只要有足够的火恶魔,加之魔印失效,就连石头也会燃烧。

杰夫加入一堆清理废墟、尸体的人群,男人和几个较强壮的女人把烧得发黑的尸体搬上推车,运往火葬堆。尸体必须被火化掉,没有人想要被埋在每晚都有恶魔爬出来的地底下。哈洛牧师挽起衣袖,露出粗壮结实的胳臂,将尸体一一扔入火堆,看着火焰吞噬他们,嘴里念诵着祷文,手却在空中比画着魔印。

希尔维和其他女人一起,把孩童们集合起来,排成队,在本镇草药师——克琳·特利格的指示下看顾伤患。但是草药无法减轻幸存者的痛楚。布林·卡特,绰号布林·宽肩,是个笑口常开的彪形大汉,以前会在亚伦他们来买木材的时候将他抛入空中。而此时,布林坐在自家废墟旁的灰烬中,垂头丧气。他双手紧抱在胸前,喃喃自语,似乎很冷。

亚伦和其他孩子的任务是担水,以及在焦黑的木堆中拣出些还可勉强使用的材料。在凛冬之前尽管还有几个月的温暖时光,但不足以砍伐供全镇过冬的木材。他们今年又得焚烧牲畜的粪便取暖过冬了,到时候屋内和身上将会四处弥漫着干粪便的臭味。

厌恶感再次朝亚伦袭来,他没有成为火葬堆里的尸体,没有在失去一切的震惊中撞墙——世上有很多事比满是粪便臭味的屋里还要凄惨。

天色渐亮,赶来帮忙的村民越来越多。他们来自鱼洞和镇中广场,来自博金丘以及潮湿的沼泽,有些甚至从很远的南方前哨而来,家中多余的赈灾物资把车子堆得满满的。西莉雅忙着迎接他们,跟他们一一打招呼,告知大火带来的损失情况,然后分派救援任务。

不一会儿,陆续赶来帮忙的人就超过五十多人,男人们加倍努力,一些人继续清理废墟,挖尸体;另一些人则进入整个村落唯一还能挽救的屋子——布林·卡特的家。西莉雅扶起布林,搀扶大汉蹒跚地离开现场,人们清理屋里的瓦砾,搬入新的石块。其中几个人拿出魔印工具,开始重新绘制魔印,小孩则帮忙搬运干草,大人们上屋重铺茅草屋顶。夜晚降临前,这间屋子就能恢复大火前的样子。

亚伦被安排和科比·费雪一起搬运木材。孩子们已经拣出了不少还可勉强使用的木材,但和烧毁的相比连一个零头都不到。科比身材高壮,有着卷曲的黑发和毛茸茸的粗臂。他在一些小孩间很受欢迎,不过付出代价的是其他小孩,没有几个孩子能忍受他的辱骂,更没有几个人能够承受得起他的大拳头。

科比折磨亚伦好多年了,其他孩子都视若无睹。杰夫的农场位于提贝溪镇最北边,距离小孩们习惯聚集的镇中广场很远,所以亚伦大部分的空闲时间都是一人在镇上广场闲逛。对大多数小孩而言,让不合群的亚伦做替死鬼似乎是不错的选择。

每次亚伦跑去钓鱼,在前往镇中广场途中路过鱼洞时,科比和他的朋友就像早有预料似的,总在他回家途中的某个角落伏击他。有时他们只是骂脏话或推搡他,但有时他会被揍得鼻

青脸肿地回家,然而他妈妈总会因为他与其他小孩打架而教训他。

亚伦受够了。这一天,他在他们截击他的地方不远处的草堆里藏了一根粗棍子,当科比和他的同伙动手时,亚伦假装逃跑,刚跑几步就摔到地上,取出木棍,回过头来大力还击。

第一个遭殃的就是"恶魔"科比。他被打得惨叫连连,倒地不起,鲜血从耳朵不断淌出。威卢折断一根手指。加特的腿瘸了足足一个礼拜。这件事不仅完全没有让亚伦在小孩间建立起自己的威信,而且还挨了父亲一顿狠揍。但是,其他男孩从此都不敢来找他麻烦了。尽管科比的身体比亚伦要强壮得多,但至今仍避之三舍,只要亚伦动作稍大,他就会吓得跑向一旁。

"还有活着的!"位于村落边缘一栋废墟前的比尔·贝克突然叫道,"我听见有人好似被困在地窖里了。"

所有人立刻停下手边的活儿,急忙冲过来。清理瓦砾太耗时,男人们直接挖掘,搬走地上的石块木炭,不久,他们挖开了地窖侧墙,把幸存者一一拖了出来。他们一个个衣衫褴褛、面如死鱼;但是幸运的是全都活着:三个女人、六个小孩,还有一个男人。

"科利舅舅!"亚伦尖叫道。他母亲立即冲了上去,搂住从鬼门关逃出来、步履蹒跚的兄弟。亚伦跑上前去,撑住他的另一条胳臂,扶住他站稳脚跟。

"科利,你在这里——我们还以为你——"希尔维哭诉道。科利很少离开他那位于镇中广场的店铺。亚伦的母亲常常提起自己以前怎么和弟弟一同经营蹄铁修理铺的故事,直到一个叫杰夫的小伙子开始故意弄坏马蹄,借口去他家修蹄⋯⋯

"我是过来找安娜·卡特的——"科利有气无力地答道。他抓了把自己的头发,已把一整撮头发扯了下来。"匆忙中,我们刚打开地窖大门,他们就突破了魔印力场……"他膝盖一软,整个两百斤重的身子像山一样压在亚伦和希尔维身上,最后直接跪倒在被烧得发黑的焦土中,失声痛哭起来。

亚伦看向其他幸存者,安娜·卡特不在其中。

当小孩路过身边时,科利突然感到喉咙一哽。他认识他们、他们的家人,熟悉他们家的里里外外,甚至对他们家畜的名字都了如指掌。他们路过时和他短暂目光交会,就在那短短的一瞬间,他从他们眼中看见了攻击时的惨象——自己被推入某个狭窄的地洞,而其他挤不进来的人只得回头面对恶魔以及大火。他突然开始大口喘气,无法抑制,直到杰夫在他背上使劲拍了一巴掌,他才猛然回过神来。

在大家忙活一早上后匆匆吃完冰冷的午餐时,小镇的另一端又响起了呜咽的号角声。

"不会一天来两次吧?"希尔维倒抽一口凉气,伸手紧紧捂住嘴。

"呸!"西莉雅回道,"中午?用用脑子吧,女孩!"

"那是?"

西莉雅没有理她,起身寻找带号角的联络员,安排他回应对方的讯号。凯文·马许已拿出随身携带的号角,潮湿沼泽的居民都会携带号角。因为在沼泽中十分容易迷路,没有人希望当沼泽恶魔出现时还待在沼泽里。凯文的嘴鼓得跟青蛙一样,吹出一连串高低起伏的音调。

"信使的号角。"蓄着灰胡子的克伦·马许告诉希尔维。他是凯文的父亲,也是潮湿沼泽的村长。"他们大概注意到了这边的浓烟。凯文正在用号角告诉他们这里发生的事情,以及我们的具体位置。"

"春天的信使?"亚伦问,"我们上个月才播完种啊!我还

以为他们会像往年一样，要在秋收后才来。"

"去年秋天信使就没来过。"克伦埋怨道。嚼树根剩下的褐色泡沫汁液自他那缺了的牙缝中溢出来。"我们都很担心是不是出了什么事，以为今年秋天前信使也不会再带盐来了——或许地心魔物曾经攻陷了自由城邦，切断了我们之间的生命道路。"

"地心魔物绝不可能攻陷自由城邦的。"亚伦说。

"亚伦，闭嘴。"希尔维低声道，"真没礼貌，怎么能这样跟长辈说话！"

"让他说。"克伦道，"去过自由城邦吗，孩子？"

"没有。"亚伦承认。

"认识任何去过的人吗？"

"没有。"亚伦回道。

"那你凭啥说这种话？"克伦问，"除了信使，从来没有人到过自由城邦的任一座城市。他们是唯一有勇气穿过黑夜，周游天下的人。谁也说不出自由城邦和提贝溪有多大不同？如果地心魔物有办法攻陷我们，自然也可以攻陷他们。"

"老霍格就是来自自由城邦，"亚伦反驳道。洛斯克·霍格是镇上最有钱的男人。他是镇上杂货铺的老板。而他的杂货铺是整个提贝溪镇的交易市场。

"是呀，"克伦说，"老霍格还告诉过我，对他而言，一趟旅程就够了。他本来打算待几年就回去，后来觉得不值得冒险。所以你可以问问他自由城邦是否比其他地方过得安全。"

亚伦不愿相信这种说法，世上一定有安全的地方。但刚刚那个被逼入地窖的画面再度浮现在眼前，他明白——夜幕降临，那将是恶魔的世界，对人类来说，没有绝对安全的地方。

信使是一个小时后才赶到的。他是个高个子，三十出头，留着一头棕色短发,以及短而浓密的胡须。宽厚的肩膀上披着金属锁链编织而成的铠甲,外罩一袭黑色长斗篷,搭配上皮裤和靴子。他的坐骑是一匹气势非凡的棕色骏马。他走近时神情严肃,但抬头挺胸,傲气十足。他环顾众人,很轻松地认出正在发号施令的地方官。他调转马头,朝她走去。

他身后跟着一辆由两头深棕色骡子拉的骡车。驾车的是位吟游诗人。他的衣服是由色彩明亮的花布拼织而成的,椅子旁放着一把精致的鲁特琴。亚伦从没见过那种像是浅红萝卜色的头发。而他的皮肤苍白得仿佛不曾照过太阳;他的双肩下垂,无精打采。

一年来一次的信使总会带位吟游诗人同行做伴。对于小孩以及某些爱凑热闹的大人而言,吟游诗人比信使还重要。就像亚伦印象中那样,以前每年来的都是同一位吟游诗人,头发花白,但个性开朗,活力十足。眼前这个新人比较年轻,而且看来有点阴郁。小孩可不管这些,立刻围了上去。年轻的吟游诗人精神为之一振,疲惫之态瞬间消失。亚伦不禁怀疑自己是否看花了眼。转眼间,吟游诗人已跳下骡车,在小孩的欢呼声中抛掷彩球。

包括亚伦在内的其他人都忘了手上的活,纷纷朝刚来的两位外来人围过来。西莉雅冲到他们面前,显然毫不让步。"信使来访不会让白天变得更长!"她大叫,"大伙儿快回去干活吧!"

人群中有不少人低声抱怨,但大家还是都回去干活了。"你别走,亚伦。"西莉雅说,"过来。"

亚伦将目光自吟游诗人身上移开,和信使同时来到她的面前。

"西莉雅·贝伦①?"信使问。

"叫我西莉雅就行了。"西莉雅冷冷道。信使瞪大双眼,脸色一红,胡子上方苍白的脸颊立刻涨得通红。他跃下马背,深深鞠躬。

"我很抱歉。"他说,"我没有多想,前任信使葛雷格告诉我人们是这样称呼你的。"

"很高兴得知葛雷格多年来在私底下是这样称呼我的。"西莉雅说着,不过听起来一点也不高兴。

"曾经如何叫你?"信使纠正道,"不过,他过世了,女士。"

"过世了?"西莉雅问,脸上浮现一丝哀伤之情。"是因为?"

信使摇头。"病死,不是地心魔物。我叫瑞根,你们今年的信使,此行算是帮他遗孀的忙。从明年秋天开始,公会将指派新的信使给你们。"

"距离下次信使来访还要一年半的时间?"西莉雅问,听起来一副怒不可遏,甚至要发飙的样子。"少了去年秋天的食盐,我们差点熬不过那该死的冬天。"她说。"这在你们密尔恩或许不算什么大事情,但我们有半数的鱼肉都因为保存不当而腐烂,还有我们的信怎么办?"

"抱歉,女士。"瑞根道,"你们的镇远离大道,而付钱雇佣信使每年来回一个多月的旅程不是个小数目。自葛雷格生病后,信使公会的人才一直十分匮乏。"他轻笑一声,摇摇头,接着发现西莉雅的脸色显得更难看了。

---

①译者注:西莉雅·贝伦 Selia Barren,人们在背后称西莉雅为不孕的西莉雅 Selia the Barren,信使以为 Barren 是她的姓。

"我没有不敬的意思，女士。"瑞根道，"他也是我的朋友。只不过……我们干信使的没有多少人会死在家里、床席上，通常我们都是死在黑夜的恶魔爪下，抛下年轻的妻子撒手人寰。你知道吗？"

"我了解。"西莉雅说，"你有妻子吗，瑞根？"她问。

"有，"信使说，"不过我和我的母马在一起的时间比和妻子相处的时间要长，这对她来说是好事，对我来说却很痛苦。"他笑了笑。

亚伦听得一头雾水，觉得有个不会思念你的老婆可不是什么好笑的事。

西莉雅似乎没注意到这点。"如果你永远都没机会和她见面呢？"她问，"如果你和她仅存的联系就是一年一封书信往来呢？当有人告诉你这封信要迟到一年半的时候，你会是什么心情？这个镇上有些人的亲戚住在自由城邦，他们随信使一道离开，有些甚至已离开两代之久。这些人永远都不会回来了，瑞根。对我们而言，书信就是一切，对他们来说也一样。"

"我完全同意，女士。"瑞根说，"但是作决定的人不是我。公爵……"

"你回去后会向公爵汇报此事，是吗？"西莉雅问。

"我会的。"他说。

"需要我写下来提醒你吗？"西莉雅问。

瑞根微笑。"我想我会记得，女士。"

"千万不要忘了。"

瑞根再度鞠躬，态度很恭敬。"抱歉，在这样一个哀伤的日子来访。"他说着，目光飘向火葬堆。

"我们不能奢望事事如意——什么时候下雨、刮风，或是寒流来袭。"西莉雅说，"更无法预料地心恶魔什么时候会突破

魔印力场。尽管如此，还得继续过日子。"

"得继续过日子。"瑞根点头赞同。"有什么我和我的吟游诗人帮得上忙的地方，尽管吩咐；我身强体壮，也曾多次治疗地心魔物造成的伤口。"

"你的吟游诗人已经开始帮忙了。"西莉雅道，朝一会儿唱歌一会儿变戏法的年轻人点头。"在大人忙碌的时候以歌声和戏法吸引小朋友的注意。至于你——接下来几天我必须忙着收拾这次攻击事件的残局，我没有时间发放信件并念信给不识字的人听。"

"我可以帮忙念信，女士。"瑞根道，"但我不熟悉贵镇，无法独自发信。"

"没事的。"西莉雅说着，将亚伦拉到身边。"亚伦会带你前往广场的杂货铺。送盐过去时顺便将信件和包裹交给洛斯克·霍格。现在食盐到货了，所有人都会赶去杂货铺，而洛斯克是镇上少数几个识字的人之一。那个老骗子会抱怨，试图索要些小费。你就告诉他，最近全镇祸不单行，大家应该节制破费，共渡难关。教他发放信件，并且念信给不识字的人听；否则，当下次镇民想要吊死他的时候，别指望我会帮忙解围。"

瑞根仔细打量着西莉雅，或许是想分辨她是不是在开玩笑、但是她冷漠的表情没有透露丝毫情绪——他再度鞠躬。

"快点去吧。"西莉雅说，"现在就走，如果你和你的吟游诗人不打算付钱到洛斯克那里租房间的话。你们还可以赶在大家准备解散前回来，这里的人都很乐意接待两位。"她催促两人离开，然后转过身去斥责那些看热闹的人。

"她总是如此……强势吗？"瑞根一边朝正在为最年幼的小

孩们表演默剧的吟游诗人走去——其他稍大些的小孩都被叫回去干活了——一边询问亚伦。

亚伦哼了一声。"你该听听她和老人们说话是什么口气。你能在叫她'贝伦'后全身而退已经算是非常幸运了。"

"葛雷格说大家都这样叫她。"瑞根道。

"是的,没错。"亚伦附和道,"但是没人敢当面叫,除非他们活得不耐烦了。西莉雅说话的时候,所有人都会吓得跳起来。"

瑞根轻笑。"而且她还是老'处女'。"他喃喃说道,"在我的家乡,只有'母亲'们才会期待所有人听到她们的声音立刻跳起来。"

"这有什么区别呢?"

瑞根耸肩。"不知道。"他承认,"这是密尔恩的传统。世界因为人类而运转,而人类又是母亲繁衍的,所以她们有权主导一切。"

"这里不一样。"亚伦道。

"小镇当然不一样。"瑞根道,"你们没有多余的人力,但是自由城邦不同。除了密尔恩之外,其他城市都不太给女人说话的权利。"

"听起来很愚蠢。"亚伦说道。

"确实愚蠢。"瑞根同意。

信使停下脚步,将马鞭交给亚伦。"在这里等我一下。"他说完,然后朝吟游诗人走去。两人走到一旁交谈,亚伦看到吟游诗人脸色大变,一开始很气愤,接着变成好像在闹脾气,最后终于吵不过瑞根而一脸认命。瑞根则维持冷漠的表情。

信使的目光停留在吟游诗人脸上,回过头来朝亚伦招手。亚伦牵着马来到他们身边。

"……我不在乎你有多累。"瑞根压低音量说道,语气严厉。"这些人有很多事情要忙,就算你一整个下午都必须跳舞、变戏法才能帮他们看好小孩,你也得给我去做!现在换上你的笑脸,开始工作吧!"他从亚伦手中抓起缰绳,塞到吟游诗人手里。

亚伦趁年轻的吟游诗人注意到自己前,仔细打量了一下他的表情,只见对方的脸上满是愤怒及恐惧。但当吟游诗人察觉到有人在盯着自己看时,表情立刻转变,瞬间又恢复成刚刚那个活泼开朗、跳舞逗乐小孩的小丑。

瑞根带亚伦来到小骡车旁,一起上车。瑞根轻抖缰绳,掉转车头,驶向通往大路的泥泞小道。

"你们在吵什么?"亚伦在颠簸的路上问道。

信使看看他,接着耸了耸肩。"这是奇林第一次离城远行。"他说,"在有一整队人马和可以好好睡觉的大马车同行时,他表现得还算勇敢。但当我们在安吉尔斯堡和车队分道扬镳后,他就开始有些害怕了。夜晚出没的地心魔物让他在白天也会紧张得尿裤子,他确实是位很糟糕的旅伴。"

"看不出来。"亚伦说着,回头看了一眼正在原地表演转圈的那个男人。

"演戏是吟游诗人的专长。"瑞根道,"他们可以假装自己是其他人,假装到自己都深信不疑。奇林假装自己是勇敢的人。公会要他接受旅行测验,他通过了;但没有真的试过,你绝对无法得知人们在旷野的道路上度过两星期后会变成什么怂样子。"

"你们晚上露宿在大道上,怎么应付地心魔物呢?"亚伦问,"据我爸说,在土地上绘制魔印只会自找麻烦。"

"你爸说得没错。"瑞根道,"翻翻你脚下的杂物箱。"

亚伦依照他的指示做,随即拿出一个以软皮革制成的大袋子。里面放着一条打着许多绳结的绳子,上面绑了许多比他手掌还大一点的亮面木牌。他瞪大眼睛,看着木牌上刻画的魔印。

亚伦立刻了解这是什么东西——便携式魔印圈,长度足以围绕整辆马车且绰绰有余。"在我们村镇里,从来没见过这种东西。"亚伦道。

"这种东西不好制作。"信使说道,"大多数信使担任学徒期间就是在强化制作这种东西的技巧,直到再大的风雨都无法抹除这上面的魔印。尽管如此,它们还是不如画在墙上或门上的魔印可靠。"

"曾和地心魔物面对面接触过吗,孩子?"他说着,转头凝视亚伦的双眼。"眼睁睁地看着它们对你张牙舞爪,而你和它们之间只隔着一道你根本看不见的魔印力场?"瑞根摇摇头。"或许我对待奇林要求过严了。他接受测试时表现得不错,尖叫了几声,不过那是意料中的事。然而夜复一夜地面对恶魔又是另一回事。有些人饱受心魔荼毒,总是担心会有落叶覆盖魔印,接着……"他发出嘶嘶声,突然朝亚伦挥出一爪,看到男孩吓得跳起来后哈哈大笑。

亚伦伸出大拇指抚摸木牌上那些闪着亮光的魔印,感受它们的魔力。每个绳结上都绑有一块木牌,看起来就和其他形式的魔印没什么两样。他算了算,总数超过四十块。"风恶魔没办法飞进这么大的魔印力场里吗?"他问,"我爸在田里架设魔印桩,防止它们降落其中。"

信使讶异地打量着他。"你爸可能只是在浪费时间。"他说,"风恶魔是强壮的猛兽,但它们需要助跑的空间或可供攀爬跳跃的物体才能起飞。玉米田里没有这两样东西,所以它们不会轻易地降落,除非看见什么难以抗拒的诱惑,比如某个胆大包天、露宿田地的小男孩等等。"他看亚伦的目光很像杰夫

在警告亚伦不要小看地心魔物时的一样——好像他不知道这种事一样。

"风恶魔转弯的弧度很大,"瑞根继续道,"而且大多数风恶魔双翼展开的长度都是超过魔印圈的直径的。风恶魔想要闯入魔印圈是有可能的,但我从来没见过这种事;不过如果它真的闯入了……"他指向身旁的一根长矛。

"用长矛可以杀死地心魔物?"亚伦问。

"大概不行,"瑞根回道,"但我听说只要用矛将它们顶在魔印上,就可以令它们四肢瘫痪。"他轻松地笑了笑。"希望我永远不必验证这种说法。"

亚伦看着他,睁大双眼。

瑞根直视他的目光,表情突然转为严肃。"信使是危险的职业,孩子。"他说。

亚伦凝视他良久。"只要能够亲眼见识自由城邦,一切都值得。"最后他开口说道,"说真的,密尔恩堡到底是个什么样子?"

"它是世界上最富有也最美丽的城市之一。"瑞根一面回答,一面拉起锁甲的袖子,露出手臂上的刺青,上面刺的是位于两座高山之间的城市。"公爵的矿坑里富藏食盐、金属以及煤块。城墙和屋顶都绘制了顶级魔印,几乎没有机会测试屋子本身的魔印。当阳光洒落在城墙上,两侧的高山都相形失色。"

"我从来没有见过高山。"亚伦说,赞叹地伸手抚摸他手臂上的刺青。"我爸说高山只是比较大的山丘而已。"

"看到那座山丘了吗?"瑞根指着道路北边的山丘问道。

亚伦点点头。"博金丘,爬上那里就可以俯览整座提贝溪镇。"

瑞根点头问道:"你知道'百'是个什么概念吗,亚伦?"

18

亚伦点头。"十双手的手指数量。"

"就算只是一座小山也比你们的博金丘高上百倍,而且密尔恩附近的山可不是什么小山包。"

亚伦双眼圆睁,试图想象这种高耸的景象。"它们想必碰到天空了。"他说。

"有些比天还高。"瑞根夸耀道,"站在上面,你可以俯瞰山腰的白云。"

"希望有一天我能亲眼看看那些高山。"亚伦说。

"等你长大后,可以加入信使公会。"瑞根说道。

亚伦摇头。"爸说离开家乡的都是叛徒。"他说,"他会边吐口水边这么说。"

"你爸根本就不知道自己在说些什么。"瑞根道,"只靠吐口水改变不了什么。没有信使,就连自由城邦也会分崩离析。"

"我以为自由城邦都很安全?"亚伦问。

"世界上没有绝对安全的地方,亚伦,没有真正安全的地方。密尔恩人口众多,对抗死亡的能力远远高于提贝溪镇这种偏远的山间小镇,但每年还是会有一定数量的人葬身于地心魔物之爪耳。"

"密尔恩到底有多少人?"亚伦问,"提贝溪镇一共有九百来人,据说北方的阳光牧地也差不多。"

"密尔恩堡的人口超过三万。"瑞根骄傲地说道。

亚伦看着他,一脸迷惑。

"一万是一百的一百倍。"信使解释道。

亚伦想了想,然后摇头说:"全世界都没有那么多人。"

"有,而且还更多。"瑞根说,"外面的世界很大,只要你有胆量面对黑夜。"

亚伦没有再提问,他们在沉默中缓缓前进。

小骡车行驶了一个半小时才抵达镇中广场,也就是提贝溪镇的交易中心。镇中广场四周有数十间绘有魔印的房屋,居民都是无须在牧场或田里工作,也不须捕鱼或伐木的人。想找裁缝或是面包老师、蹄铁匠、修桶匠之类的人,来镇中广场就行了。

镇中广场中央为供人集会的广场,耸立着提贝溪镇最大的建筑——杂货铺。这间店铺内有摆着桌椅和吧台的宽敞大厅,后面还有比前厅更大的仓库、地窖,全提贝溪镇所有值钱的物品几乎都能在这里找到。

霍格的女儿黛西和卡特琳掌管着厨房。两个买卖点数可以让你饱餐一顿,但希尔维说霍格是个大骗子,因为两个买卖点数足以交换吃一个星期的谷物。尽管如此,还是有一大堆未婚男人愿意付钱,而且并非所有人都是为了饱餐一顿。黛西相貌平平,卡特琳更是个胖子。但科利舅舅说,谁只要娶了她们就可以一辈子不愁吃穿。

提贝溪镇的所有人都会把货物带来交给霍格,不管是玉米、肉或是动物毛皮,陶器或是布匹,家具或是工具……霍格收下物品,仔细检查,然后付给客户买卖点数,以购买店内其他物品。

只不过,要买的东西似乎永远比霍格收购的价格还高。亚伦从买卖的价钱数字上就能轻易看出这点。人们前来贩卖物品时常常会因讨价还价引发争执,但最终都是霍格说了算,而且他通常都能称心如意。镇上几乎所有人都痛恨霍格,但他们又需要他。当他路过的时候,他们会帮他拍掉外套上的灰尘,或为他开门,而不是朝他吐口水。

提贝溪镇的其他人拼命干活，仅能糊口；而霍格和他的女儿总是吃得油光满面、脑满肠肥，还穿着干净的新衣服。相比之下，每当亚伦的母亲拿他的衣服去洗的时候，他就得拿块毯子裹在身上。

瑞根和亚伦将骡子绑在杂货铺前，然后步入店内，这会儿酒吧里没有其他人。通常空气中会弥漫着一股浓浓的培根香气，但今天厨房里没有任何煮东西的味道。

亚伦赶在信使前来到吧台。洛斯克在吧台上放了一个小铜铃，那是他从自由城邦搬来时一起带过来的。亚伦喜欢玩那个铜铃，他用力拍了一掌，然后在清脆的铃声中开心得咧嘴大笑，等待老板的出现。

墙壁后方传来一阵撞击声，洛斯克随即走出吧台后的帘幕。他是个胖子，大约六十几岁，体格依然健壮，腰背挺拔，但肚子松垮下垂，额头上的铁灰色头发掉了不少。他身穿轻便长裤、皮鞋，干净的白色棉布衬衫，衣袖挽到粗壮的胳臂上。白色工作围裙上没有一丝污垢。

"亚伦·贝尔斯。"他看着男孩，露出亲切的笑容。"你只是来玩铜铃，还是有生意要和我谈？"

"要谈生意的是我。"瑞根说着迎上前去。"你是洛斯克·霍格？"

"叫我洛斯克就好了。"大汉说道，"'霍格①'是那帮该死的镇民在背后叫的绰号，你知道的，他们对别人的成功都很眼红，羡慕妒忌恨。"

"第二次了。"瑞根埋怨道。

"你说什么？"洛斯克问。

---

①译者注：霍格（Hog），即"猪"的意思。

"今天，我被葛雷格的旅行日志骗了两次。"瑞根说，"早上我才当着西莉雅的面叫她'贝伦'。"

"哈哈哈哈！"洛斯克捧腹大笑道，"真的吗？如果有什么喜事值得请大家喝一杯的话，肯定就是这件事儿了，算我请客。你叫什么名字？"

"瑞根。"信使说，放下沉重的背包，在吧台旁坐了下来。洛斯克拍了拍一个小酒桶，从铁钩上取下木酒杯。

麦酒很浓，呈蜂蜜色，表面飘浮着一层厚厚的泡沫。洛斯克倒了一杯给瑞根，一杯给自己。接着他看了亚伦一眼，又倒了一小杯。"拿这杯酒到那边找张桌子坐下慢慢喝，让大人安安静静地在吧台说话。"他说，"如果你够聪明，就不要告诉你妈我给你酒喝。"

亚伦眉开眼笑，趁洛斯克改变主意前捧起酒杯就跑。他曾在节庆时偷着喝了几口他父亲的酒，但从来没有喝过一整杯属于自己的酒。

"我一直都在担心是否永远都不会有信使来了。"他听见洛斯克对瑞根说。

"去年秋天，葛雷格原计划要过来的，但他染上了重病。"瑞根说完，喝了一大口酒。"草药师建议他在身体好转前暂时不要远行，接着冬天到了，他的病情逐渐恶化。后来他请我在公会另行指派信使前接管他的路线。正好我得率领一支盐队前往安吉尔斯，所以就多加了一骡车的货物，在转道向北前过来一趟。"

洛斯克端起酒杯，一饮而尽。"再来一杯吧？"他在瑞根重重放下酒杯时问道。

"葛雷格在旅行日记里说，你是很会讨价还价的奸商。"瑞根微笑着说道，"因为你会试图灌醉我。"

洛斯克窃笑,接着将酒杯倒满。"哈哈哈哈,提前请你喝酒——我想谈完生意后,就不必免费请客了。"他说着将酒杯推给瑞根。

"想要你的信件安然抵达密尔恩,你就必须继续请客。"瑞根笑着端起酒杯。

"看来你和葛雷格一样难缠。"洛斯克一边嘀咕一边倒满自己的酒杯。"来吧,"泡沫消退后,他说,"我们可以一起醉醺醺地讨价还价了。"他们哈哈大笑,然后再度碰杯。

"自由城邦有什么新消息?"洛斯克问,"克拉西亚人还像以前那样执意自取灭亡吗?"

瑞根耸肩。"听说是这样的。自从几年前我结婚后,就没有再去过克拉西亚。那儿太远了,而且太危险了。"

"是不是和他们用毯子把女人裹得太严实有关系呢?"洛斯克笑嘻嘻地问道。

瑞根大笑。"这是一点,"他说。"但主要问题在于他们认为所有北方人都是懦夫,包括信使在内,因为我们不愿意每晚出门送死。"

"如果他们多看看他们的女人,或许就不会老是每天亢奋到战天斗地。"洛斯克开玩笑道,"安吉尔斯和密尔恩的关系怎么样呢?公爵们依然争吵不休吗?"

"老样子。"瑞根说,"欧克需要安吉尔斯向他们的精炼厂提供木材做燃料,也需要安吉尔斯的谷物来填饱肚皮。林白克需要密尔恩的金属和食盐。他们必须彼此依赖才能生存,偏偏就是不安于现状,总是要想办法占对方的小便宜,特别是当货物运送途中遭地心魔物袭击时。去年夏天,地心魔物攻击一支运送铁和食盐的车队。他们杀死马夫,但大部分货物留在原地。林百克抢回了货物,但拒绝向密尔恩的欧克公爵付款,表示那些货物是他们在野外从恶魔手中抢回来的。"

"欧克公爵肯定勃然大怒。"洛斯克道。

"大发雷霆。"瑞根点头。"这个讯息是由我呈报上去的。当时,他气得真是满脸通红,宣称在林白克付钱前,安吉尔斯再也不会拿到一丁点食盐了。"

"最终,林白克有付钱吗?"洛斯克急切地凑上来问。

瑞根摇头。"接下来的几个月里,他们竟然都竭力试图饿死对方。最后,还是商业公会出面付钱,为了在凛冬来临前尽快出货,以免货物在仓库中烂光。如今林白克看商业公会很不顺眼,因为他们竟向欧克妥协,但他挽回了颜面,往来货运也都恢复如初。除了他们两只老狗之外,对所有人来说这才是唯一的重点。"

"最好注意一下你对公爵们的称谓。"洛斯克警告道,"虽然距离这么远。"

"谁会跑去舔他们屁股吗?"瑞根问,"你?还是这个孩子?"他指向亚伦,两个男人大笑。

"现在我要是将河桥镇的消息带给欧克,这只会让情况更加恶化。"瑞根说。

"那是密尔恩边境的小镇,"洛斯克道,"距离安吉尔斯将近一天的路程,我在那里有不少熟人。"

"现在没有了。"瑞根的意思十分明白,两人陷入了沉默。

"坏消息就这么多了。"瑞根说着,将背包抬到吧台上,洛斯克怀疑地打量着他。

"这看起来不像盐啊。"他说,"但我想我不会有那么多信件啊。"

"你有六封信,还有十几个包裹。"瑞根说着交给洛斯克一张清单。"全列在里面,包括背包里所有镇民的信件以及骡车上的包裹，西莉雅有一份清单备份。"他警告道。

"我要这清单和邮件包干吗？"洛斯克问。

"镇长在那边忙着清理被恶魔攻击后的废墟，没时间发信和读信给不识字的人听，他安排我来找你。"

"我牺牲做生意的时间读信给镇民听，能获得什么好处？"洛斯克问。

"为公众服务而获得丰厚的满足感！"瑞根回道。

洛斯克大哼一声。"我来提贝溪镇可不是为了给他们免费服务的。"他说，"我是生意人，而且我为这个镇贡献了不少心血。"

"有吗？"瑞根问。

"当然有。"洛斯克说，"在我来到镇上前，他们过着原始人的生活，只懂得以物易物。"他把"以物易物"说得很重，好像诅咒似的，并朝地板吐了口唾沫。"他们积攒劳动的心血，每到第七日就聚集在广场上，为了多少豆子该换多少玉米，或要给修桶的师傅多少米才能请他帮忙做个米桶而争吵不休；如果你不能在第七日换到你需要的东西，就必须再等七天，或挨家挨户地去找人交易。现在所有人都可以来我这里，不管是哪一天，从日出到日落，随时都能和我交易买卖点数，换取他们想要的东西。"

"好个提贝溪镇的大善人啊。"瑞根挖苦道，"你不求任何回报？"

"也只挣个正常的辛苦费而已，此外别无所求啊。"洛斯克笑道。

"镇民是不是常常想以诈欺的罪名吊死你？"瑞根问。

洛斯克双眼一眯。"的确，特别是当镇上一半的人只懂得用手指数数，另一半也不过就会加上脚趾一起数。"他说。

"西莉雅说下一次发生这种事的时候,她考虑袖手旁观。"瑞根友善的语气突然变得严肃。"除非你为镇上尽一份心力,镇上另一边有很多人此刻的处境都比被迫读信要凄惨多了。"

洛斯克皱眉,但还是收下名单,将沉重的邮包抬入仓库。

"说真的,情况有多糟?"他回来后问道。

"很糟,"瑞根道,"至今已有二十七人死亡,还有几人失踪。"

"造物主呀,"洛斯克说道,在身前平空比画魔印,"我以为最多不过是某个家庭罹难。"

"如果像你说的这样就好了。"瑞根说。

两人好一阵子没有说话,仿佛在默哀,接着同时抬头看向彼此。

"今年的食盐你带来了吗?"洛斯克问。

"公爵的米你准备好了吗?"瑞根问道。

"摆了一整个冬天,你迟到太久了。"洛斯克说。

瑞根脸色一沉。

"哦,米都没坏!"洛斯克说,双手恳求似的举起。"我封装得很仔细,以保持干燥,地窖里也没有害虫!"

"我必须查验一下,你了解的。"瑞根说。

"当然,当然。"洛斯克道,"亚伦,去拿那盏油灯!"他命令道,对男孩指了指吧台角落。

亚伦快步走到油灯旁,拿起打火石。他点燃灯芯,小心翼翼地放上玻璃罩;从来没有人放心让他拿任何玻璃制品。玻璃的触感比他想象中还要冰冷,不过很快就被火焰烧热了。

"拿着它随我们一起下地窖。"洛斯克吩咐道。

亚伦努力掩饰脸上的兴奋。他一直很希望参观酒吧后的地窖,听说就算所有提贝溪镇居民把家当统统堆在一起,也没办法与霍格地窖中囤积的货物相提并论。

他看着洛斯克拉起地板上的铜环，打开一扇大暗门。亚伦连忙迎上前，走在前面，生怕老霍格改变主意。他走下嘎吱作响的木板台阶，把照明的油灯高高举起。油灯的光照亮层层叠起的木箱和木桶，这些木箱和木桶从地板一路堆到天花板，一排排地深入地窖，直至光线尽头之后。地板是木制的，以免地心魔物直接从地心魔域爬入地窖，不过沿着墙边而立的货架上仍刻有魔印；老霍格十分谨慎地守护他的宝藏。

杂货店老板带头走过货架间的走道，走到后方几个封装木桶前，"看起来状况不错。"瑞根一边检查木桶一边说道。他仔细打量了一会儿，然后随机挑选。"那个。"他指着其中一个木桶说道。

洛斯克咕哝一声，拖出瑞根指定的一个木桶。有些人认为他的工作十分轻松，但他的手臂就跟其他整天挥舞斧头或镰刀的人一样粗壮。他撕下封条，打开桶盖，舀出一勺米，倒入浅盘中让瑞根近距离查验。

"上好的沼泽米。"他对信使说道，"保证没有象鼻虫，也没有霉烂迹象。这些米在密尔恩可以卖到好价钱，特别是已经缺货这么久了。"

瑞根嗯了一声，点点头。木桶重新封上，大家一起回到楼上吧台前。

他们就骡车上的食盐值多少桶米争论了好一会儿。最后，双方似乎都不太满意，但他们还是握手成交。

洛斯克唤来他的女儿，所有人一起走到店外，搬运骡车上的食盐。亚伦试着帮忙抬盐，但实在太重了，重心不稳，摔倒在地，盐袋随即砸落在了地上。

"小心点！"黛西一边责骂，一边挥手甩了他一脑袋。

"你搬不动的话就去开门！"卡特琳叫道。她肩膀上扛着一袋盐，粗壮的手臂上还夹着一袋。亚伦连忙爬起来，跑过去帮她开门。

"去把费德·米勒找来，告诉他我们给他支付一袋五个……不，四个买卖点数，请他来帮忙磨盐。"洛斯克朝亚伦吩咐道。镇上几乎所有人都帮霍格做工，不管是通过什么形式，但最常帮他做事的还是住在广场区附近的居民。"如果他愿意帮忙把一些盐混入装米的大木桶中，并搅拌均匀，以保持大米干燥的话，我就给五个买卖点数。"

"费德，现在正在森林村落那里帮忙。"亚伦说，"镇子里几乎所有人都在那里。"

洛斯克小声抱怨着。不久骡车上的盐已卸完，剩下几个不是装盐的盒子或袋子。洛斯克的女儿们渴望地看着那些东西，只是不便探问。

最后一袋盐抬入店内后，洛斯克说道："我们今晚会将米从地窖里抬出来，放在后面的库房里，等你回密尔恩时再过来装。"

"谢谢。"瑞根说。

"这样公爵的事就算办完了？"洛斯克笑着问道，目光刻意移向骡车上剩下的物品。

"公爵的事办完了，没错。"瑞根说着笑了笑。亚伦只希望他们再次讨价还价时可以再给他倒杯麦酒。

麦酒让他有种轻飘飘的感觉，有点像感冒一样，但又没有咳嗽、打喷嚏以及疼痛等症状。他喜欢这种感觉，很想再体验一次。

亚伦帮忙把剩下的货物搬入仓库，接着卡特琳端出一盘夹满烤猪肉的三明治。他们还给了他第二杯麦酒下三明治，最后老霍格又为了奖励他的辛劳而送他两个买卖点数。

"我不会跟你的父母说起的。"霍格说,"但如果你把点数拿来买麦酒,然后被抓住了的话,我一定会把你妈让我吃的苦头还给你。"

亚伦连忙点头,他从来没有自己的买卖点数。

午餐过后,洛斯克和瑞根走到吧台,打开信使带来的其他物品,每样都让亚伦眼睛一亮;有亚伦见过最华丽的服饰、金属工具和钢钉、精致的陶瓷,以及异国香料;甚至还有几只亮光闪闪的玻璃杯。

霍格似乎不太满意。"还不如葛雷格去年带来的那些货色。"他说,"我出……一百个买卖点数。"亚伦听得连下巴都快掉下来了。一百个买卖点数——瑞根可以买下半座提贝溪镇了。

然而,瑞根似乎完全不把这个价钱看在眼里,脸色再度一沉,一只手重重往桌上一拍。正在洗碗和盘子的黛西和卡特琳忍不住抬头看看是怎么回事。

"谁要你的买卖点数?"他吼道,"我可不是什么没见过世面的乡巴佬,除非你想让公会知道你占人便宜,不然最好不要再忽悠我。"

"别生气!"洛斯克干涩地笑道,以惯用的安抚手势挥舞双手。"做生意谈价嘛,我总得试试……你了解的。密尔恩人还是喜欢金子吗?"他狡猾地问道。

"全世界的人都喜欢金子。"瑞根说。他还皱着眉头,但语气中的怒意已少了很多。

"这里的人不喜欢。"洛斯克说着,转进帘幕,紧接着翻箱倒柜的声音从里面传来,同时提高音量说道:"在这里,但凡不能吃、不能穿、不能在上面画魔印或是用来耕田的东西,就

29

一钱不值。"他拎着一个沉甸甸的大布袋走了出来,往吧台上一放,里面传来一阵叮当之声。

"这里的人几乎都不知道黄金才是世界运转的动力。"他说着,伸手从袋里取出两枚沉甸甸的金币,拿到瑞根的脸前摇晃。"米勒家的小孩拿这玩意儿当棋子!当棋子!我告诉他们我愿意用一套木制棋盘组与他们交换,他们还以为我帮了他们大忙!隔天费德还亲自跑来道谢!哈哈哈哈!"他得意地大笑起来,鼓胀的肚子一阵抖动。亚伦却感觉这阵笑声应该冒犯了自己,但就是说不清为什么。他和米勒家的小孩下过很多次棋,不管那两枚金属圆盘有多闪亮,那套棋盘组绝对比它们值钱多了。

"我带来的货,价值可不止两枚金阳币。"瑞根边说边点头,接着转向吧台上的袋子。

洛斯克微笑。"不必担心。"他说着将袋子打开。布袋在台面上摊平,露出更多亮晶晶的金币、项链、戒指,以及串有闪亮宝石的绳子。这些东西都很美丽,亚伦心想,但他没想到瑞根会为这些东西瞪大双眼,露出垂涎欲滴的模样。

他们又经过一阵讨价还价,瑞根将石头拿到亮处仔细观看,并轻轻咬上一口,洛斯克则抚摸衣服的质料,试试香料的味道。亚伦的视线模糊,脑中天旋地转。吧台后方的卡特琳一杯接着一杯端酒给那两位谈生意的,但他们似乎完全没有亚伦这种反应。

"两百二十枚金阳币,两枚银月币,加上绳链以及三只银戒指。"洛斯克终于说道,"一枚铜币都不能多给了。"

"难怪你要躲到这种偏远山窝窝里来,"瑞根调侃道,"当初,公会一定是因为你诈欺而把你赶出自由城邦的。"

"侮辱人不会让你更富有。"霍格说,肯定自己已占了上风。

"别以为我有很多赚头。"瑞根道,"这趟业务,扣掉旅途花费,所有的盈余都会交给葛雷格的遗孀。"

"啊,珍雅——"洛斯克感伤地喊道,"她以前常帮密尔恩一些不识字的人写信,包括我那个白痴外甥。不知道她接下来要怎么过日子?"

瑞根摇头。"葛雷格死在家里,所以公会不支付死亡津贴。"他继续道,"她没有小孩,所以很多工作机会都不会给她。"

"很遗憾听到这些。"洛斯克道。

"葛雷格留给她一笔钱,"瑞根道,"虽然没多少,另外公会仍会雇佣她代笔写信,加上这趟旅程的盈余,应该够她生活一阵子了。但她还年轻,除非改嫁或找个更好的工作,不然这笔钱迟早会花完的。"

"那,到时候怎么办呢?"洛斯克问。

瑞根耸耸肩。"她结过婚又没生小孩,所以想改嫁并不容易,但她不会变成乞丐;我的公会同事和我都会发誓,在她沦为乞丐前我们之中会有人带她回家做仆人。"

洛斯克摇头。"尽管如此,从商人阶级沦落到仆役……"他把手探入已轻了许多的袋子里,取出一枚镶着晶莹石头的戒指。"把这个交给她。"他说着递给瑞根。

但当瑞根伸手去接时,洛斯克突然把手缩了回去。"我会要她捎回讯息,你了解的。"他说,"我知道她写信的风格。"瑞根凝视他一会儿。洛斯克立刻补充。"没有侮辱你的意思。"

瑞根微笑。"虽然你如此慷慨,我也不在意这点儿侮辱。"他说着接过戒指。"这枚戒指够支付她好几个月的生活了。"

"就这样了。"洛斯克僵硬地说,随即收起袋子。"不要让镇民知道这件事,不然我这个骗子可就名不副实了。"

"我不会揭你的老底。"瑞根笑道。

"或许你还可以多帮她一点。"洛斯克说。

"怎么说?"

"我们手头上的信都是早在六个月前就应该送到密尔恩的。只要你愿意在镇上多待几天,让我们有时间多写一点信,甚至帮大家写信,我会提供额外报酬,当然不是金币啊。"他补充道,"不过珍雅肯定用得上一桶米,或是鱼干、肉干之类的东西。"

"她的确用得上。"瑞根说。

"我也可以帮你的吟游诗人找份差使。"洛斯克继续道,"他待在广场表演会比挨家挨户地去找客人要好赚得多。"

"高见。"瑞根说,"不过,奇林只收金币。"

洛斯克不悦地瞪了他一眼。瑞根大笑。"总得试试你的底线……你了解的!"他说,"那就收银币吧。"

洛斯克点头。"每场表演我抽一枚银月币,每赚一枚银月币,我抽一枚铜星币,他得三枚。"

"你不是说镇民不用钱币吗?"瑞根反问。

"大多数人没有。"洛斯克说,"我会变售银月币……大概五个买卖点数换一枚银月币。"

"所以洛斯克·霍格向镇民两面剥皮?"瑞根问。

霍格微笑着端起了酒杯,表示庆祝。

返程途中亚伦尤为兴奋——老霍格请他帮忙发布消息——吟游诗人第二天早晨会在广场表演,票价五个买卖点或是一枚密尔恩银月币;并许诺让他免费欣赏奇林的表演。他没多少时间做这件事。他和瑞根一回去,父母可能会准备离开,但他觉得自己肯定有办法在被拉上马车前把这个消息告诉大家。

"能说说自由城邦的那些事儿吗？"亚伦在途中恳求道，"你去过几座城市？"

"五座，"瑞根说，"密尔恩、安吉尔斯、雷克顿、来森以及克拉西亚，或许越过高山或沙漠还有其他城市，但是我认识的人都没有去过更多地方。"

"这些城市是什么样子？"亚伦问。

"安吉尔斯堡是座森林堡垒，位于密尔恩南方，分界河对岸。"瑞根说，"安吉尔斯向其他城市提供木材。它的南方有一座大湖，雷克顿城就矗立于湖心。"

"湖和池塘有差别吗？"亚伦问。

"湖和池塘的差别就像高山和山丘的差别。"瑞根说完，给了亚伦一段时间琢磨。"由于位于湖心，雷克顿人不会被火恶魔、石恶魔以及木恶魔骚扰。他们的魔印网足以对抗风恶魔，而世上没有人比他们更熟悉对付水恶魔的魔印。他们以捕鱼为生，数千名南方城市的居民都依赖打鱼生活。"

"雷克顿西边是来森堡，不过其实算不上什么堡垒，因为它的城墙矮得就像围栏篱笆似的，你一脚就可以跨过。但这座城墙却守护着世上最辽阔的农地。没有来森，其他自由城邦的人民都得饿肚子。"

"克拉西亚呢？"亚伦问。

"我只去过一次克拉西亚。"瑞根说，"克拉西亚人不欢迎外来者，而且你必须在沙漠中苦熬好几个星期才能到达。"

"沙漠？"

"到处是沙子，"瑞根解释。"举目所及除了沙还是沙。没有食物，除了你随身携带的补给，没有饮水，而且没有任何阴影可以遮蔽毒辣的阳光。"

"这种地方也有人住?"亚伦问。

"是的。"瑞根说,"克拉西亚的人口曾比密尔恩还多,但现在却越来越少了。"

"为什么?"亚伦问。

"因为他们常年与沙恶魔作战。"瑞根说。

亚伦瞪大双眼。"人可以与地心魔物作战?"他问。

"人可以与任何东西作战,亚伦。"瑞根说,"问题在于与地心魔物作战的赢面不大。克拉西亚人除掉不少地心魔物,但死去的人更多。克拉西亚的人口一直在逐年减少。"

"我爸说地心魔物会吞噬人的灵魂。"亚伦说。

"呸!"瑞根朝旁边吐了口口水。"那些都是毫无根据的迷信。"

当他们在距离森林村落不远处转弯时,亚伦注意到前方的树杈上垂吊着什么东西。"那是什么?"他指向那东西问道。

"我的天呀。"瑞根咒道,接着甩动鞭绳,驱赶骡子加速前进;亚伦被摔回椅背上,片刻后才坐直身体,回过神来。他看向刚才那棵树,发现他们正迅速逼近。

"科利舅舅!"他失声尖叫,眼见对方双脚乱蹬,伸手拉扯脖子上的绳索。

"救命啊!救命啊!"亚伦大声惊叫。他跳下行驶的骡车,重重地摔在地上,但他立刻翻身爬起,朝悬挂在树杈上的科利狂奔过去。他冲到树下,但科利一脚踹中了他的嘴,将他踢倒。他嘴里顿时尝到一股血腥味儿,奇怪的是一点也不觉得疼痛。他再次爬起来,抱抓科利的双脚,想要抬起对方、松开绳索,但他太矮了,科利又太重,他只能任由对方窒息地抽搐。

"救救他!"亚伦对瑞根叫道,"他不能呼吸!快来人帮忙呀!"

他抬起头，看见瑞根自骡车后方取出一根长矛。信使后退一步，几乎没有来得及瞄准就掷出长矛，但他的准头极佳，一下就戳断了绳索，可怜的科利随即砸到亚伦身上，两人同时倒在地上。

瑞根立刻来到他们身边，扯开科利喉咙上的绳子；这并没有多大作用，科利仍猛抓脖子、无法呼吸。他的眼珠暴突，几乎要蹦出眼眶，脸孔涨得红里发紫。他在亚伦的尖叫声中猛抖一下，然后就再也没有任何动静了。

瑞根用力地按压科利的胸口，嘴对嘴吹入大量空气，但一点效果也没有。最后他终于放弃了，一屁股坐到地上，低声咒骂。

亚伦并不是没有见过死人，死神是提贝溪镇的常客。但死于地心魔物或疾病是一回事，眼前这种死法又是另一回事。

"为什么？"他问瑞根，"他昨晚竭尽所能地对抗地心魔物求生，现在为什么却想要寻死？"

"他有对抗恶魔吗？"瑞根问，"昨晚真有人挺身对抗地心魔物吗？还是只是逃命，找地方躲？"

"我不……"亚伦开口道。

"你不能老是逃避，亚伦。"瑞根道，"有时候，逃避会扼杀你体内的某种东西，就算你自地心魔物手中逃过一劫，仍没有办法活命。"

"他还能怎么做？"亚伦问，"人没办法对抗恶魔的。"

"或许在熊的巢穴与熊搏斗的胜算还比较高。"瑞根道，"但这并不代表我们无法对抗恶魔。"

"但是你说克拉西亚人为了对抗恶魔而死伤惨重？"亚伦反问道。

"没错。"瑞根说，"但他们按着自己的信仰行事，我知道这听起来十分疯狂,亚伦,但在内心深处,男人渴望像远古传说中那样挺身战斗,想要像个男人一样保护自己的女人和小孩。但是他们办不到,因为伟大的魔印已经失踪了,于是他们只能将自己锁在家里,像是被困缩在牢笼里的野兔,惊慌失措地度过黑夜。但是有时候,特别是当你看见深爱的人在眼前死去时,紧绷的情绪击垮你求生的信念,你就彻底崩溃了。"

他伸手轻拍亚伦的肩。"很抱歉让你面对这残酷的一幕,孩子。"他说。"我知道此刻的你很难理解这一切……"

"不,"亚伦说,"我理解。"

这是真的,亚伦了解。他了解战斗的渴望。在他动手对付科比一伙那天,他其实没想过自己会赢。真要说起来,他本以为自己会被揍得很惨。但抓起棍子的那刻,他把一切后果抛诸脑后。他只知道自己对他们的欺辱忍无可忍,不管是以什么方式,他只想发泄,让一切都结束。

知道自己并不是唯一有这种想法的人,这让他备受鼓舞。

亚伦看着自己的舅舅躺在尘土中,双眼圆睁、满是恐惧。他跪在他身旁,以指尖帮他闭上双眼,科利已无须再害怕了。

"你杀过地心魔物吗?"他问瑞根。

"没有。"瑞根摇头答道,"但我曾与他们交手几次,在身上留下了几道伤疤。不过我不是为了杀死他们,而是想要逃生,或是逼它们离开其他人。"

他们将科利包裹在油布中,放上骡车,赶回森林边的村落,途中亚伦一直在思考瑞根的话。到达目的地时,杰夫和希尔维已经收拾好马车,焦躁地等着他们回来就离开,当看见科利的尸体后,对亚伦迟归的怒气立刻消散得无影无踪。

希尔维号啕大哭,紧抱着自己的弟弟;但如果想要赶在天黑前回到农场,他们不能浪费时间。杰夫拉开妻子,哈洛牧师在油布上画下一道魔印，然后一边带领众人念诵祷告文，一边将科利的尸体放入火堆。

不打算待在布林·卡特家过夜的幸存者分别随其他人回家过夜。杰夫和希尔维家留宿了两个女人。诺莉安·卡特是年过五十的老妇。她的丈夫在几年前就已去世，女儿和孙子又在昨晚的攻击中丧生。玛莉雅·贝尔斯也将近四十岁了。当众人撤入地窖时，她的丈夫来不及躲进去。两名女子瘫坐在杰夫的马车后方，和希尔维一样盯着自己的膝盖。亚伦在父亲挥鞭催马的同时朝瑞根挥手道别。

直到森林村落消失在视线中，亚伦才想起自己没有来得及通知任何人去看吟游诗人表演。

## 第二章 灾难降临

**319 AR**

在地心魔物出现前,他们只来得及卸下马车以及检查魔印。希尔维没有力气煮饭,大家因心情沉重也没有胃口,所以他们只能将就冰冷的面包、土司和香肠,随便吃点填饱肚子。太阳一下山,地心魔物就开始测试魔印力场,每当魔光闪烁,击退地心魔物时,诺莉安就忍不住大叫一声。玛莉雅什么也没吃,只是坐在草垫上,双手紧抱双脚,一面前后摇晃身子,一面哽咽哭泣。希尔维收拾餐具,进了厨房就没再出来,亚伦隐约听见她的哭声。

亚伦想去安慰她,但是杰夫抓住了他的手。"来和我聊聊,亚伦。"他说。

他们进入摆满草垫、从溪边捡来的漂亮鹅卵石圆石、羽毛和骨头的亚伦的小房间。杰夫拿起一根约十英寸长的鲜艳羽毛,一边说话一边触摸羽毛,一直没正视亚伦。

亚伦已经习惯了他这种肢体语言。父亲对他说话却不看他的时候,就表示他对于谈话内容感到很不自在。

"你和信使在路上看到的——"杰夫开口。

"瑞根向我解释过了。"亚伦道,"科利舅舅早就死了,只是自己没有发现。有时候人们逃过魔爪,但仍无法活命。"

杰夫皱眉。"和我本来想讲的不太一样,"他说,"但没错。

科利……"

"是个懦夫。"亚伦接道。

杰夫讶异地看着他。"你怎么可以这么说你舅舅?"

"他躲在地窖里,因为他怕死;后来他自杀,因为他已经被吓破了胆。"亚伦说,"如果他拿起斧头奋战至死还比较好。"

"我不要听到这种话。"杰夫怒道,"你无法对抗恶魔,亚伦。没有任何人可以做到,当然自尽也没任何好处。"

亚伦摇头。"恶魔就像科比他们。"他说,"他们攻击我,因为我恐惧得不敢还击。当我拿棍子把他们打了一顿后,他们再也不敢惹我。"

"科比可不是石恶魔。"杰夫说,"棍子没有办法吓跑它们的。"

"一定有办法。"亚伦说,"人们以前可以杀死恶魔,所有古老传说都是这么说的。"

"传说中,只有古老的魔印可以降伏地心魔物。"杰夫道,"但是那些攻击魔印都已经失传了。"

"瑞根说有些地方仍在对抗恶魔,他说我们有办法杀死恶魔。"

"我要找这个信使好好谈谈。"杰夫喃喃说道,"他不应该给你们这些小孩灌输这种荒谬的想法。"

"为什么不?"亚伦问,"如果所有男人都拿起斧头和长矛,或许昨晚就不会死那么多人了……"

"他们一样逃不脱厄运。"杰夫接话道,"还有其他方法可以保护你自己以及你的家人,亚伦。这需要智慧,忍辱负重,并量力而为。打没法获胜的仗并不是勇敢的表现。"

"如果全镇男人都为了杀不死的地心魔物而枉送性命,那谁来照顾女人和小孩呢?"他继续说道,"谁来砍木材、建房子？谁去打猎、放牧、种谷物、屠宰牲畜？谁来让女人怀孕？如果男人死光，地心魔物就赢了。"

"地心魔物已经赢了。"亚伦嘀咕道，"你一直说镇上的人口逐年减少。我们打不还手，恶魔自然会欺上门来。"

他抬头看向父亲。"难道你没有那种感觉吗？难道你从来都不想还手吗？"

"我当然想，亚伦。"杰夫说，"但不能无端还手。在重要时刻，真正重要的时刻，所有男人都会挺身战斗。动物会在有机会逃跑时逃跑，在必要时反抗，人类也一样。但这种精神只该用在必要的时候。"

"如果你在外面，而且地心魔物就在身旁。"他说，"又或是你母亲，我发誓我一定会奋战到底，不让你们受一丝一毫伤害，你了解其中的不同吗？"

亚伦点头。"我想我了解。"

"好孩子。"杰夫说着，拍了拍他的肩膀。

当晚，亚伦梦见了高耸入云的大山，以及大到可以容纳一座城镇的池塘，还有一望无际的黄沙，以及隐藏在树林中的坚固堡垒。

但在看着这一切的同时，他的眼前一直有两条腿缓慢地摆动。他抬起头来，发现自己脸色发青地吊死在树上——于是，突然惊醒，汗水浸湿了草垫。天色依然昏暗，但地平线上已浮现曙光，淡蓝色天空染上一片红光。他点燃蜡烛，穿上外套，摇摇晃晃地走进客厅。他找出一些面包皮，一边嚼着，一边拿出蛋篮和牛奶罐放在门边。

"你起得真早。"身后传来一个声音。他吓了一跳，随即转身，诺莉安正在看他。玛莉雅还躺在草垫上，不过睡得并不安稳。

"白昼不会在你睡觉的时候变长。"亚伦道。

"我丈夫以前也常这么说。"她点头道，"他还会说：'贝尔斯和卡特家不能像广场那些人靠着烛光工作。'"

"我有很多事要做。"亚伦道，透过窗叶估计着还要等多久自己才能跨越魔印。"今天中午，镇中心广场有吟游诗人的表演。"

"当然了，"诺莉安同意道，"我在你这个年纪的时候，吟游诗人的表演是世界上最重要的事。我来帮你干活吧。"

"你不必帮忙。"亚伦说，"爸说你应该多休息。"

诺莉安摇头。"休息只会让我去想那些不该多想的事。"她说，"如果我要住你们家，我就应该做点事。我砍树砍了大半辈子，喂猪和种玉米也不会觉得有多苦。"

亚伦耸耸肩，将蛋篮交给她。

在诺莉安的帮助下，早上的工作很快就做完了。她学得很快，而且非常擅长费力的工作和搬重物。当屋内传来煎蛋和培根的香气时，所有牲畜都已喂好，蛋已经收齐，牛奶也挤了。

"吃饭时，不要在椅子上扭来扭去。"希尔维对亚伦说道。

"小亚伦等不及要去看吟游诗人表演了。"诺莉安说道。

"或许明天吧。"杰夫说。

亚伦脸色大变。"什么！"亚伦叫道，"可是——"

"没有可是，"杰夫说，"昨天有很多工作都没做，而且我还答应西莉雅下午要去森林村落那边帮忙。"

亚伦推开餐盘，气呼呼地跑进自己的小房间。

"让孩子去吧。"诺莉安等他回房后说道，"玛莉雅和我会在家里帮忙。"玛莉雅听到自己的名字，抬头看了一眼，接着继续拨弄盘中的食物。

"昨天对亚伦来说肯定是难熬的一天。"希尔维说。她咬了咬唇。"对我们大人们来说也是。就让吟游诗人为他带来一点快乐吧,家里没有什么不能等的工作。"

片刻后,杰夫点了点头。"亚伦!"他转身叫道。男孩绷着一张脸走出来时,他问:"老霍格说看吟游诗人表演要多少钱?"

"免费。"亚伦立刻答道,不想给父亲任何拒绝的理由。"因为,昨天我给他帮忙卸信使车上的货。"这不算实话,而且霍格也可能因为他忘记告诉大家表演的事而生气,但是只要他在赶往广场的路上呼朋引伴,还是有可能找到一些人,再加上两个买卖点数,或许他就可以入场看表演。

"每当信使来到镇上,老霍格就会变得特别大方。"诺莉安说。

"应该的,他已经剥削我们一整个冬天了。"希尔维回应道。

"好吧,亚伦,你可以去。"杰夫说,"看完表演后,到森林村落和我会合。"

如果沿着大路走,到镇中广场得走上两小时。杰夫和其他本地人平时维护的硬土小径仅容一辆马车通过——而为了通过溪水最浅处搭建的桥梁又绕了不少路。亚伦身手灵活,可以直接跳过水面上的湿滑石头过河,省去一半的时间。

今天,他比往常更需要节省时间,这样才能沿路宣传吟游诗人表演的消息。他以最快的速度沿着泥泞的溪岸而走,一路闪避危险的树根,自信满满地穿过这条走过无数次的捷径。

每当路过其他农场时,他就会跑出树林,但一直没见到任何人影。所有人不是下田工作,就是回到森林村落帮忙去了。

抵达鱼洞时,已经接近中午了。几个渔夫撑船在小池塘里捕鱼,但是亚伦认为向他们大叫没有什么意义。除他们之外,鱼洞空无一人。

来到镇中广场时,他感到有些纳闷——昨天霍格或许比平常还要和善,但亚伦见过他对待令他蒙受损失的人的嘴脸。霍格没把自己痛骂一顿就已经不错了,绝不可能让他用两个买卖点数欣赏吟游诗人的演出。

当他抵达时,发现广场上聚集了超过三百个提贝溪镇居民,分别来自鱼洞的沼泽博金丘及贝尔。当然,还有广场区附近的居民——裁缝、磨坊工人、面包老师等全来了。南哨的人都没来,那里的人讨厌吟游诗人。

"亚伦,好小子,你干得不错!"霍格一看到他就大叫。"我在前排给你留了空位置,还准备了一袋盐让你背回家!"

亚伦好奇地打量着他,直到看见站在霍格身边的瑞根。信使朝他眨了眨眼。

"谢谢你。"亚伦等霍格跑去招呼其他人后对信使说道。

黛西和卡特琳忙着贩卖食物和麦酒。

"这里的人应该看场精彩的表演。"瑞根耸耸肩道,"但是似乎得先与你们的牧师讨论内容。"他指向奇林,只见他正与哈洛牧师大声争辩。

"还有不准向上次那个吟游诗人那样宣扬什么大瘟疫的鬼话!"哈洛说着用力戳了戳奇林的胸口。他的体重是吟游诗人的两倍还不止,而且全身上下一点肥肉都没长。

"鬼话?"奇林一脸苍白地说道,"在密尔恩,牧师会吊死任何不宣扬大瘟疫的吟游诗人!"

"我才不管自由城邦是什么规矩,"哈洛说,"这些都是好人,他们的生活已经够苦了,大家花钱来欣赏的是表演,不是来告诉他们大家之所以受苦都是因为不够虔诚!"

"什么……?"亚伦开口想问,但奇林已转身走向广场中央。

"你最好快点找个位置。"瑞根建议道。

如霍格所说,亚伦在前排找到了他为自己预留的位置,就在通常留给小朋友的座位区。其他人都眼红他的待遇。亚伦也觉得非常兴奋,因为他很少有机会让大家羡慕。

吟游诗人就像所有的密尔恩人一样身材高大,身穿鲜艳的拼布服装,看来像是从染布师傅的碎布桶里偷来的;他蓄着一小撮山羊胡,和他的头发一样呈红萝卜色,但山羊胡和真正的胡须相比还是差了一大截,而且似乎只要随手一抹就可以轻松抹掉。所有人,特别是女人,都在讨论他亮眼的发色和翠绿色的眼珠。

趁大家入座的空档,奇林在台上走来走去,抛掷彩色木球,讲讲笑话,暖暖场子。霍格向他打个信号,他随即转身,取出鲁特琴开始演奏,以嘹亮的声音引吭高歌。观众和着他们不曾听过的歌曲拍打节奏,但只要他奏起曾在提贝溪镇演出过的曲子,所有观众都会齐声合唱,盖过吟游诗人的声音也丝毫不以为意。亚伦也不在意,和其他人一样大声歌唱。

音乐会结束后,接着是杂耍及魔术表演。演出途中,奇林偶尔会穿插一些有关开涮丈夫的笑话,让女人看得边笑边叫,男人却微微皱眉;以及一些有关调侃妻子的笑话,让男人拍手称快,相反女人则怒目而视。

最后，吟游诗人暂停表演，高举双手要求观众安静。观众开始窃窃私语，父母将小孩推向前方，想让他们仔细听听吟游诗人的故事。五岁大的小洁茜·博金为了看清楚表演而爬到亚伦大腿上。几个星期前亚伦把家里母狗新生的几只幼崽送给她，现在她只要一看到亚伦就会缠着不放。他抱起她，听着奇林开始讲述《回归传奇》，他的语调，时而高亢，时而低沉，引得听众入了迷似的。

"从前的世界与你们今天所知道的大不相同。"吟游诗人对小孩们说道，"喔，不。曾有那么一段人类与地心魔物势均力敌的年代，我们称那个先古时代为'鸿蒙时代'。有人知道原因吗？"他看着坐在前排的小朋友，几个小孩立刻举手。

"因为当时没有魔印？"一个女孩在奇林点到时说道。

"没错！"吟游诗人说着翻了个筋斗，小朋友们立即兴奋得尖叫连连。"鸿蒙时代对人类而言是一个恐怖的年代，但是当时恶魔还不多，没有办法杀死所有人。人类会在白天努力建设，恶魔则在晚上疯狂肆掠，摧毁我们的成果，就和现在一样。"

"在挣扎求生的过程中，"奇林继续说道，"我们适应现状，学会藏匿食物和牲畜，不让恶魔发现，以及躲避它们的方法。"他环顾四周，故作惊恐，接着跑到一个小孩身后，一脸畏缩。"为了不被恶魔发现，我们躲在地洞里。"

"像兔子？"洁茜笑着问道。

"没错！"奇林叫道，两手各伸一指，放在两耳后方，一边学兔子跳，一边扭动鼻子。

"我们苟延残喘，"他继续说道，"直到我们发明文字。文字出现后，不久我们就发现有些文字可以抵挡地心魔物，那是什么文字呀？"他问，一手放在耳旁作聆听状。

"魔印！"所有人同声叫道。

45

"答对了！"吟游诗人来了一个后空翻奖励大家。"有了魔印，我们就可以抵抗地心魔物，于是我们不断绘制魔印，加强技巧。人们发现越来越多的魔印，直到有人找出不仅能阻挡恶魔，还可以伤害它们的魔印。"小孩子都深吸了一口气。虽然亚伦自有印象以来每年都听过类似的故事，还是发现自己也情不自禁地深吸一口气；他愿意拿自己的一切去换取这样的魔印。

"恶魔并不甘心见到这样的发展。"奇林咧嘴而笑，"它们习惯看到我们东躲西藏，当我们转身进攻时，它们也不甘示弱，展开猛烈反击；第一次恶魔战争便如此展开了，人类因而进入第二个时代——解放者时代。"

"解放者是因应造物主召唤而降临世间、领导人类抗争的英雄。在他的带领下，我们屡屡获胜！"他一拳比向天空，各位观众齐声欢呼。这种情绪是会传染的，亚伦高兴得，笑嘻嘻地挠洁茜的痒痒。

"随着我们的魔法和战术逐渐精进，"奇林说，"人类的整体寿命开始延长，人口数量也开始膨胀。我们的军队声势浩大，恶魔则逐年减少。我们完全有机会一举消灭地心魔物。"

吟游诗人暂停片刻，换上严肃的神情。"接着，"他说，"在毫无预警的情况下，恶魔逃回地下了。历史上从此进入没有恶魔的夜晚。日复一日、夜复一夜，人们再也没有看见恶魔的踪迹了，我们困惑了。"他迷茫地抓抓脑袋。"很多人相信恶魔在战争中元气大伤，可能死在地心了。"他畏畏缩缩地远离小朋友，嘴中发出猫咪般的哀鸣，浑身发抖，仿佛受到惊吓。有些小朋友入戏较深，开始朝他发出威胁的吼叫。

奇林说，"对于曾经每晚都在与恶魔苦战中度过的解放者来说，根本就不相信这些鬼话。但是几个月过去了，恶魔仍毫无踪影，大军开始瓦解。"

"人类陶醉在胜利的欢愉中过了几年安稳日子，"奇林继续。他拿起鲁特琴，弹奏活泼的曲调，在观众之间手舞足蹈。"在缺乏共同敌人的情况下岁月缓缓流逝，人类组成的联盟逐渐溃散，最后完全消失。于是，有史以来第一次，人类开始自相残杀。"吟游诗人的声音转为低沉。"战火纷飞，所有势力都要求解放者出面领导，但是他昭告天下：'只要地心还有恶魔，我就不会参与毫无意义的手足相残！'他转身离去，留下战火不断的大地，世界随即陷入混乱。"

"几场大战后，形成了几个强盛的国家。"他唱道，奏起较振奋人心的曲调。"人类开疆辟土，足迹遍布全世界。解放者时代到了尽头，人类进入科学时代。"

"科学时代。"吟游诗人说道，"是人类史上最辉煌的时代，但在这个伟大的时期，人类犯下最致命的错误。有人可以告诉我那是什么错误吗？"年纪稍长的孩子知道答案，但奇林暗示他们别说，让年幼的孩子回答。

"因为我们遗忘了魔法。"吉姆·卡特说着，伸出手背揉了一下自己肉肉的鼻子。

"你说得没错！"奇林说着打了一个响指。"我们学到世界很多运作的原理、医药、机械的知识，但我们遗忘了魔法。更糟糕的是，我们遗忘了地心魔物。沉寂多个世纪之后，已没有人相信它们真的存在过了。"

"这就是为什么，"他严肃地说，"当它们突然杀回来时，人类竟然毫无防备。"

"在被世界遗忘的几个世纪中，恶魔一直不停地繁衍。接着，三百年前的某个晚上，它们从地心爬出，以绝对优势夺回世界。"

"好几座城市在地心魔物庆祝它们回来的第一夜就被摧毁。

人类奋力抵抗，但就连科学时代最强大的武器都没有办法抵抗恶魔。科学时代结束了，毁灭时代接踵而来。"

"人类对抗恶魔的第二次战争开始了。"

亚伦仿佛目睹了那天晚上的景象，看见城市燃毁，人们惊慌逃亡，结果却被久候的地心魔物血腥屠杀……男人们牺牲自己，为家人争取逃命的时间；女人为孩子挡住地心魔物的利爪。最重要的是，他还看见一群群地心魔物舔着嘴角及利爪上的鲜血欢呼雀跃。

孩子们惊恐地向后退缩，奇林却向前逼进。"这场战争持续数年，人类一再惨遭屠杀。没有解放者领导，人类根本不是地心魔物的对手。不少伟大的国度、城邦在一夜之间沦为废墟，科学时代累积的知识在火恶魔的狂笑中付之一炬。

"学者绝望地在图书馆的残骸中寻找答案。古老的科学帮不上忙，最后在曾被视为幻想与迷信的传说中找到救赎。人们开始在地上绘制复杂的符号，阻止地心魔物接近。魔印的效果仍在，但是绘制的魔印却常常有错，而一旦犯错就必须付出惨痛的代价。

"幸存的学者开始聚众而居，在漫长的黑夜中保护人们。这些人后来成为第一代魔印师，至今仍守护着我们。"吟游诗人指着观众。"所以下次遇见魔印师的时候，记得要谢谢他，因为你们欠他一命。"

这部分亚伦倒是第一次听说。魔印师？在提贝溪镇，尽管许多人没有绘制魔印的天赋，但所有人到了能够拿树枝画画的年龄就要学习绘制魔印。亚伦实在无法想象，怎么会有人不愿花时间学习对付石恶魔、火恶魔、风恶魔、水恶魔以及木恶魔的基本禁忌魔印。

"所以现在我们能够安然无恙地待在魔印力场中，将恶魔挡在外面。"奇林道，指向瑞根。"信使们是世上最勇敢的男人，为我们在城市之间奔走、护送旅人及商品，并带来远方的消息。"

他四下走动，目光锐利地凝望一脸恐惧的孩童。"但是我们很坚强，"他说，"对不对？"

小孩子们点点头，不过眼中仍充满恐惧。

"什么？"他问，伸出一手放在耳边。

"对！"观众叫道。

"解放者重临大地的时候，我们是否已准备好了？"他问，"恶魔会不会再次学会惧怕我们？"

"会！"观众吼道。

"它们听不见你们的声音！"吟游诗人大叫。

"会！"人们齐声呐喊，举起拳头在空中挥舞；亚伦叫得最起劲。洁茜模仿他，把自己当作恶魔般挥手叫嚣。吟游诗人鞠躬，等待观众安静下来，接着拿起鲁特琴，带领他们进入另一首旋律。

霍格还是说话算话，让亚伦拎着一袋盐离开广场。即使家里多了诺莉安和玛莉雅，这袋盐也够他们吃好几个星期了。盐还没有磨过，但亚伦知道父母宁愿自己动手磨盐，也不想多付钱让霍格找人磨。人们大多是这种想法。但老霍格从来不给他们选择的机会，总是一拿到盐就赶快拿去磨，好向镇民索取额外费用。

前往森林村落的途中，亚伦的步伐像双腿装了弹簧般轻快。一直到路过科利上吊的大树时，他的心情才沉重起来。他再度想起瑞根口中那些与地心魔物作战的事，以及父亲忍辱负重的话。

他觉得父亲的说法或许没错——可以的时候就躲藏，必要的时候就战斗，就连瑞根似乎也同意这种观点。但亚伦一直想着瑞根在科利舅舅上吊时说的——一味躲藏也会使人受伤，只是伤在看不见的地方。

他在森林村落和父亲会合。看到盐袋后，父亲表扬性地在他背上拍了一拍。下午，他忙着协助大人重建村落跑前跑后。在黑夜降临前，他们修好了第二栋房屋，并画好了魔印。按这种进度推算，几个星期内，森林村落将恢复原状。这对所有人来说都是件值得兴奋的好消息。他们还希望能有足够的木材过冬。

"我答应西莉雅，接下来几天都会过来帮忙。"下午杰夫在收拾工具上车时说道。"我不在时，你就是家里的男人。你必须检查魔印桩，还要去田里拔草。早上我看到你和诺莉安一起干活，她可以帮忙分担些畜棚里的杂活，玛莉雅可以在屋里帮你母亲打个下手。"

"好。"亚伦回道。拔草和检查魔印桩是件辛苦的差事，但父亲的信任令他感到骄傲。

"一切就都交给你了，亚伦。"杰夫道。

"我不会让你失望的。"亚伦承诺道。

✿

接下的几天里，都没有发生什么事。希尔维偶尔还会哭泣，不过她有事要忙，而从没抱怨家里多了两个人吃饭。诺莉安很自然地肩负起照顾牲畜的责任。玛莉雅也开始走出自己的世界，帮忙扫地和煮饭，晚餐过后就坐在织布机前织布。不久后她开始和诺莉亚轮流处理畜棚里的事。两个女人似乎都执意要分担家务，不过闲下来时，她们就会露出黯然伤心的神情。

亚伦的双掌因为拔草而长满水泡，每天傍晚他的背和肩膀都十分疼痛，但他没有抱怨。这些新责任中唯一让他乐在其中的就是检查魔印桩。亚伦一直很喜欢绘制魔印，在大多数小孩还没开始学习魔印前就已经熟悉各种基本防御符号，之后又学会更多复杂的魔印。杰夫甚至不再检查他绘制的魔印了。亚伦的手比他父亲的还要稳健。绘制魔印和拿长矛攻击地心魔物虽不一样，但至少也是抵抗地心魔物的一种方式。

每天晚上，杰夫都在黄昏时才到家，希尔维已自水井中打好水等着帮他清洗。亚伦帮助诺莉安和玛莉雅关好牲畜，然后大家一起享用晚餐。

到了第五日下午时，天气变了，风吹得院子里尘土飞扬，畜棚的大门不断砰砰作响。亚伦闻到暴雨的气息，阴暗的天空也证明了这点。他希望杰夫也有看到这些征兆，早点回家，或是待在森林村落。乌云代表早来的黄昏，这也意味地心魔物会在太阳完全下山前现身。

亚伦离开田地，开始帮女人们将受惊的牲畜赶回畜棚。希尔维也跑了出来，用木板封住地窖的门，并且确认畜栏附近的魔印桩绑紧了。杰夫驾驶马车回来时，他们已没有多少时间。天色迅速变暗，已经没有任何直射的阳光。地心魔物随时都会出现。

"没时间帮马车解套了。"杰夫大叫，猛甩马鞭驱赶着米希加速冲往畜棚。"明天早上再说。所有人都进屋子去，快！"希尔维和其他女人遵从指示，转身奔向屋子。

"动作快点就来得及。"亚伦冲向父亲，在呼啸的风声中叫道，如果一整晚都背着马具，接下来几天米希都会无精打采。

杰夫摇头。"天色已经太暗了!一晚不卸马具要不了它的命。"

"那就把我锁在畜棚里。"亚伦说,"我帮它卸除马具,然后和牲畜一起等待风暴过去。"

"照我的话做,亚伦。"杰夫大叫着跳下马车,一把抓起男孩的手臂,半拖半拉地强迫他离开畜棚。

两人关上畜棚的门,架上木板。一道闪电划破天际,照亮了画在畜棚门上的魔印,预示着恶魔即将来袭。空气中弥漫着浓浓的雨水气息。

他们朝屋子一路狂奔,随时注意前方有没有代表地心魔物出现前兆的雾气。路上还算平安。第一颗豆大的雨点落在院子的泥土上时,玛莉雅打开了房门,他们冲了进去。

玛莉雅正要关门,院子里却传来一声呜嚎。所有人都吓得僵在了原地。

"是狗!"玛莉雅大叫,随即伸手捂住嘴。"我把它绑在篱笆上了!"

"别管它了。"杰夫道,"关门。"

"什么?"亚伦难以置信地叫道。他立刻转身面对父亲。

"外面还没有地心魔物!"玛莉雅叫道,随即冲出房门。

"玛莉雅,不!"希尔维大叫,接着也追了出去。

亚伦一样冲出门口,但杰夫抓住他外套上的肩带,把他拉了回去。"待在屋里!"他命令道,接着移动到门边。

亚伦向后跌开数步,随即再度扑上前去。杰夫和诺莉安站在屋外前廊,但待在外围魔印圈内。亚伦抵达前廊时,脖子上还系着绳子的狗已经冲过他身边,钻进屋内。

院子里狂风大作,雨滴如砂石般飞速吹打过来。他看见玛莉雅和母亲朝房门这边跑来,同时地心魔物也已开始凝聚形体。

一如往常，火恶魔率先现身，它们薄雾般的形体从地面喷涌而出。火恶魔是体形最小的地心魔物，现身时四肢着地，肩膀离地不过十几英寸。它们的眼睛、鼻孔及嘴中吐着雾光。

"快，希尔维！"杰夫大叫道，"跑过来！"

眼看她们应该可以及时赶到，偏偏玛莉雅绊了一跤。希尔维转身去帮忙，就在那一刻，第一头地心魔物已经凝聚而成。亚伦想要赶往母亲身边，但诺莉安的手紧紧抓住他的手臂，把他摁在原地。

"千万别做傻事。"女人低声说道。

"起来！"希尔维拉起玛莉雅的手臂叫道。

"我的脚踝——"玛莉雅道，"我跑不动了！不要管我！"

"我不会弃你不顾的！"希尔维吼道，"杰夫！快来帮忙！"

这时整座院子里到处都有地心魔物现形。杰夫惊吓得呆立原地，眼睁睁地看着恶魔发现两个女人，并发出欢愉的叫声，朝她们步步逼近。

"快放手！"亚伦大吼，对准诺莉安的脚狠狠踏下。她惨叫一声，亚伦立刻挣脱。他顺手抄起手边的挤奶木桶，冲入院子中。

"亚伦，不要！"杰夫大叫，但亚伦顾不上听他啰唆了。

一头体形只比野猫大一点的火恶魔跳上希尔维的背，一爪划破她的皮肤，在她的尖叫声中将她背上的衣服扯成血淋淋的碎片。接着火恶魔从希尔维的背上朝玛莉雅的脸吐出一团火焰。女人尖声惨叫，皮肤熔化，头发燃烧起来。

亚伦随即赶到，使尽吃奶的力气朝火恶魔掷出木桶。木桶在撞击声中化为碎片，不过恶魔也被砸得从母亲背上跌到了地上。希尔维颓然瘫倒，亚伦立即上前扶住她。更多火恶魔逼近他们，就连风恶魔也开始张开翅膀。接着，十几码外，一头石恶魔也开始凝聚形体。

希尔维呻吟一声，不过还是挣扎着站起身。亚伦拉着她远离玛莉雅和她痛苦的哀鸣，但他们往回跑的路上到处都是火恶魔。石恶魔也发现了他们，开始疯狂追击。几只正要起飞的风恶魔挡住这头巨大怪物的去路，它挥舞着利爪，如同镰刀切割稻草般轻易地将它们甩向一旁。风恶魔自空中跌落，火恶魔立刻一拥而上，将它们撕成碎片。

趁着恶魔分神之际，亚伦把握机会拖着母亲远离屋子。畜棚的路一样不通，但他们和几间畜栏之间暂时没有阻碍，只要能在地心魔物前抵达就行了。希尔维不停尖叫，不知道是出于恐惧还是痛苦，但还是跌跌撞撞地随着他向前快跑，虽然穿着宽大的裙子仍没有落后。

就在他拔腿狂奔的同时，四面八方的火恶魔也追了上来。雨越下越大，风越吹越疾。闪电划破天际，照亮他们的追兵，几间畜栏仿佛近在眼前，又远在天边。

院子里的泥土因为下雨而逐渐泥泞，但是恐惧令他们四肢灵活，随时处于警戒状态。石恶魔迈着声如闷雷的冲锋步迅速逼近，整个地面都跟随它的步伐声声震动。

亚伦在畜栏前停住，手忙脚乱地试图开门。火恶魔已近在咫尺，进入足以使用致命武器的距离。它们口吐火焰，击中亚伦和他母亲。他能感觉到衣服着火，闻到头发燃烧的焦味。一阵剧痛袭来，但他不加理会，成功打开畜栏的大门。当他把母亲拉入畜栏时，另一头火恶魔扑到了她的背上，利爪深深嵌入她的背心。亚伦猛力一扯，将母亲拉入魔印力场，地心魔物则被耀眼的魔光摔出门外。深陷她体内的利爪随着鲜血和肉块抽离。

他们的衣服还在燃烧。亚伦双手环抱希尔维扑向地面，在地上翻滚以扑灭火苗。

他们还没来得及关门。众多恶魔赶了上来，围着畜栏猛烈攻击魔印网，激起阵阵魔光。但是关不关门并不重要，有没有篱笆也不重要。只要魔印桩没倒，地心魔物就无法伤害他们。但风雨可以，冰凉的大雨倾盆而下，狂风像鞭子般抽打着他们。希尔维倒地后再也无力起身，身上沾满鲜血和泥巴，亚伦不知道她有没有办法撑过这样的重伤和风雨之夜。他跌跌撞撞地走到饲料槽前，将它一脚踢翻，倒出猪晚餐吃剩的菜渣，留在泥巴中腐烂。亚伦看到石恶魔攻击魔印网，但魔印纹丝不动，恶魔无法冲入。透过闪电及恶魔喷出的火光，他看见一群火恶魔围住玛莉雅，每头恶魔都咬下一块肉，然后欢天喜地跑到一旁大快朵颐。

不久后，石恶魔放弃攻击，大步回头，伸出巨爪，抓起玛莉雅的脚。火恶魔四下流窜，任由石恶魔将女人的肢体甩入空中。她发出沙哑的呻吟，显然她还没有死。亚伦尖声大叫，作势穿过魔印网出去救她。然而就在此时，她残存的肢体摔落到地面，发出一阵可怕的骨头碎裂声——亚伦在恶魔开始享用她的躯体前挪开了目光，任由大雨洗去眼中的泪水。他拖着饲料槽来到希尔维身边，撕下她裙子的内衬，在雨水中浸湿。他尽可能地擦干净母亲伤口上的泥巴，然后在伤口中塞入更多内衬。这样做称不上干净，但总比猪圈里的泥巴要干净多了。

希尔维浑身颤抖着，于是他躺在她身边，试图给她取暖，然后将散着发恶臭的饲料槽翻过来盖在他们身上，以抵挡倾盆大雨及地心魔物饥渴的目光。

盖下饲料槽时，借助能看到的最后一道闪电，他瞥见父亲仍一动不动地僵立在前廊。

如果和恶魔在外面的人是你……或是你母亲……亚伦想起他的话。但不管他承诺过什么，世上似乎没有任何事能迫使杰夫·贝尔斯挺身作战。

※

漫长的黑夜仿佛永无尽头，大雨在饲料槽上敲打出特定的节奏，冰冷的泥巴地，猪屎的臭气，都让亚伦根本无法入眠。希尔维神志不清，而且浑身颤抖。亚伦紧紧拥抱着她，试图将自己的体温传到她身上，他的手脚已经麻木到没有感觉了。绝望感如海浪般袭卷而来，他拥在母亲的肩上号啕大哭。但她仍在呻吟声中轻拍他的手背，如此简单的本能反应立刻驱走了他的恐惧、绝望及痛苦——自己对抗一头恶魔，而且活了下来。自己站在处处是恶魔的院子中，最后逃了出来。恶魔或许有不死的能力，但并非不能智取，要跑赢它们也不是不可能。

而从石恶魔将其他地心魔物摔到一旁的情况来看，它们也不是不会受伤。

但是当世上充满杰夫这种懦夫，甚至抛弃家人龟缩在一旁冷眼旁观——这一切又有什么意义？他们能有什么希望？

他们在黑暗中苦熬数小时，脑海中满是父亲那麻木的眼神——躲在安全的魔印力场中无动于衷……

※

雨势在黎明前开始变小。亚伦趁着雨小推开饲料槽，但是立刻后悔，因为槽内凝聚的热气立刻散逸。他再度盖上饲料槽，偶尔偷看外面一眼，直到天色开始转亮。

等天色亮到可以看清楚东西，地心魔物已消失得无影无踪，淡蓝的天空变成淡紫色了。他爬起身来，徒劳无功地试图拍掉粘在身上的泥浆和粪便。

他手臂僵硬，稍微伸展都感到针扎般刺痛。他低下头，看见被火焰喷中的皮肤呈亮红色。在泥巴里躺一夜起码还有这个好处,他想,如果不是一整晚躺在冰冷的泥巴里,自己和母亲的灼伤必定会更加严重。

亚伦扶着母亲走出畜栏,蹒跚着朝前走。

"亚伦,不要!"前廊上传来一声呼喊。亚伦抬头,看见杰夫裹在一条毯子里,躲在前廊的魔印力场后观看。"天还没完全亮!再等一下!"

亚伦没有理他,走到畜棚门口,打开大门。米希依然套在车上,看起来很不高兴,但应该还能去广场。

当他领着马走出畜棚时,手臂突然被人抓住。"你找死吗?"杰夫大叫道,"你让我好担心,孩子!"

亚伦甩开他的手,厌恶得懒得看父亲一眼。他说道:"妈需要去找可琳·特利格。"

"她还活着?"杰夫难以置信地问道,脑袋连忙转向妻子所躺的泥堆。

"都是被你害的。"亚伦说,"我要带她去镇中广场。"

"我们一起带她去。"杰夫纠正他,冲过去抱起妻子,扶上马车。他们要去镇上,留下诺莉安一个人照顾牲畜,和收拾可怜的玛莉雅的残骸。

希尔维全身冒汗,灼伤不比亚伦严重,但被火恶魔抓伤的地方还在渗血,伤口成恶心的紫红色。

"亚伦,我……"杰夫在途中开口说道,朝儿子伸出颤抖的手掌。亚伦向旁一侧,偏过头去,杰夫好像被火灼到似的赶紧缩回手去。

亚伦知道父亲十分羞愧。一如瑞根所说,或许杰夫甚至像科利那样痛恨自己。尽管如此,亚伦没办法同情他,母亲因为杰夫的懦弱而付出了惨重代价。

一路上他们再也没有吱声。

可琳·特利格居住在位于广场一侧的双层木楼里，那是提贝溪镇最大的建筑之一，屋内摆满了床铺。除了住在楼上的家人，可琳至少会收留一名病患。

可琳个子矮小，鼻子很大，没有下巴。还没有三十岁就生了六个孩子，她的腰围很宽，衣服上总是有股烧焦的烟草味，她开的药常常离不开一种味道很糟的茶。提贝溪镇的居民喜欢拿那种茶来开玩笑，但是所有人生病时都会心存感激地乖乖喝茶。

草药师一看到希尔维，立刻吩咐亚伦和杰夫把她扶进屋里。她没有问问题，这样也好，因为亚伦和杰夫都不知道如何讲述事发经过。她割开每道伤口，挤出恶心的脓汁，腐臭味充满了整个屋子。她以清水和药草清洗处理好的伤口，接着动手缝合。杰夫脸色发青，突然伸手捂住嘴。

"要吐出去吐！"可琳吼道，伸出食指指示杰夫离开房间。杰夫夺门而出。她转向亚伦。"你也要吐？"她问，亚伦摇头。可琳凝视他片刻，然后认同地点点头。"你比你父亲勇敢。"她说，"把那个研钵和碾杵给我，我教你制作灼伤软膏。"

可琳一边治疗希尔维，一边向亚伦讲解药柜里各式各样药罐和药袋的名称，引导他找到所需药材，讲解混合它们的方法、比例。当亚伦在母亲灼伤处涂抹软膏时，她还在处理恶心的伤口。

帮希尔维处理完伤口后，她转身检查亚伦的伤势。一开始他有点抗拒，但是软膏确实很管用，当冰凉感沿着手臂蔓延开后，他才发现灼伤处有多刺痛。

"她会好起来吗？"亚伦看着自己母亲问道。她的呼吸均匀了，但是伤口附近的肤色很难看，空气中仍弥漫着腐臭味。

"我不知道。"可琳道。她毫不委婉地继续道,"我从没见过伤势如此严重的人。正常来讲,如果恶魔接近到这种距离……"

"你就死定了,"杰夫站在门口说,"要不是因为亚伦,希尔维也本来难逃一死。"他走进屋内,视线垂下地面。"昨晚亚伦给我上了一课,可琳。"杰夫说,"他让我了解恐惧是我们的敌人,比恶魔更可怕的敌人。"

杰夫伸手搭上儿子的肩。"我不会再让你失望了。"他保证道。亚伦点点头,偏过目光。他很想相信父亲,但是他脑中不断浮现父亲蜷缩在前廊上,害怕到无法动弹的画面。

杰夫走到希尔维身边,握住她黏湿的手掌。她还在冒汗,不时会在睡梦中颤抖。

"她会死吗?"杰夫问。

草药师长长叹了口气。"我是接骨好手。"她说,"也是接生专家。我可以让病人退烧、治疗感冒,只要没有受伤太久,甚至有办法清理恶魔造成的伤口。"她摇一摇头。"但这是恶魔感染。我已经开药为她减轻疼痛,帮助睡眠,然而想要解药,你必须去找比我高明的草药师。"

"还能找谁?"杰夫问,"你是提贝溪镇唯一的草药师。"

"去找我的老师。"可琳说,"老梅·弗里曼。她住在阳光牧地的郊外,距离这里两天的路程。如果还有人能够治疗这种感染的话,那一定就是老梅了,但是你们动作要快,感染扩散的速度很快,如果拖太久,就连老梅也帮不了你了。"

"我们要怎么找她?"杰夫问道。

"你们不太可能迷路。"可琳说,"只有一条路通往那里。只要别在岔路那里转进树林就行了,除非你想耗上几个星期前往密尔恩。信使几个小时前才往阳光牧地出发,但是他还要先在镇上几个地方停留。如果你们脚程够快，或许还能赶上他们。信使随身携带魔印圈，只要赶上他们，你们就可以全程赶路直到太阳下山，而不用停在半路找地方借宿；信使能够帮你们加快行程。"

"我们会找到他。"杰夫说，"不惜任何代价。"他的语气十分坚定。亚伦心中燃起一丝希望。

亚伦眼看着提贝溪镇慢慢消失在马车后方，心中突然升起一种奇特的感觉——这是第一次，自己前往离家超过一天路程的地方。他将看见另一座城镇！一个星期前，像这样的冒险是他梦寐以求的事。但现在，他只希望一切能够恢复原状——回到农场安全的时候，回到母亲没有受伤的时候，回到他不知道父亲是懦夫的时候。

可琳承诺会派她的儿子赶往农场，告知诺莉安他们会离开约一个星期，并在他们不在家时帮忙照顾牲畜、检查魔印。邻居都会主动帮忙，不过诺莉安承受的打击太大，不敢独自面对黑夜。

草药师还给了他们一张粗略的地图，他谨慎地卷起地图，放入皮筒中。纸张在提贝溪镇是稀有物品，绝对不会轻易送人。亚伦对这张地图深感兴趣，一直研究了好几个小时，虽然他根本看不懂标示地名的文字；因为亚伦和他父亲都不识字。

地图上标出通往阳光牧地的道路，以及路上会遇到的地标，但没有详细标明距离。路上有几座农场可供他们借宿，但是却完全看不出农场之间相隔多远。

母亲全身不停冒汗，神智恍惚，时断时续地昏睡，有时候她会说胡话或大叫。亚伦总是拿湿布帮她擦脸，然后又强迫她喝一点草药师给他的刺鼻药茶，但似乎没有多大帮助。

下午稍晚，他们路过豪尔·谭纳的房子。他是住在提贝溪镇郊外的农夫。豪尔的农场距离森林村落不过两个小时的路程，但是当亚伦和父亲抵达时已是下午了。

亚伦记得每年都会在夏至庆典看到豪尔和他的三个女儿，不过自两年前豪尔妻子死在地心魔物爪下后，他们就不再出现了。豪尔离群索居，他的女儿也随他一起深居简出；就连发生森林村落的惨剧也没赶来帮忙。

豪尔家的田地有四分之三化为焦土；只有最接近他们家房子的田地才有守护播种的魔印。一头瘦弱的奶牛立在泥泞的院里咀嚼反刍的食物，绑在鸡笼边的山羊瘦得连肋骨都数得清楚。

豪尔家是一栋以石块垒的平房，以泥巴和黏土固定而成。较大的石块上绘有斑驳的魔印。亚伦认为这些魔印画得很糟，不过怎么说也已经撑这么久了。屋顶是斜的，腐败的茅草屋顶上突出几根短短宽宽的魔印桩。屋子的一面连接一座小畜棚，窗户钉满木板，门片半垂在门框中。院子对面还有一座大畜棚，但是状况看起来更糟。魔印或许还能维持有效状态，但是畜棚本身似乎随时都会崩塌。

"我从来没有到过豪尔家。"杰夫说。

"我也没有。"亚伦说谎。除了信使之外，没几个人有理由前往森林村落以北的地方，对镇中广场的人而言，住在这附近的人也只是茶余饭后的话题，随便聊聊。亚伦曾不止一次溜来偷看疯子谭纳的农场。这里就是他以前离家最远的地方。想要在日落前回家，他必须以最快的速度奔跑好几个小时才行。

有一次，就在几个月前他差点没能赶回家，他一直想要看看大女儿伊莲。其他男孩都说她有提贝溪镇最大的胸部，他想亲眼见识见识。他等了一天，最后看见她哭哭啼啼地跑出屋外。

她哀伤的样子十分美丽,虽然她比他大上八岁,亚伦很想过去安慰她;他没有那个胆,但是仍然偷看了很久,结果差点付出惨痛的代价。

当他们接近农场时,一只脏兮兮的狗开始大叫,接着一名年轻女孩开门来到前廊,哀伤地看着他们。

"我们可能得在这里借宿。"杰夫道。

"还有几个小时天才会黑。"亚伦摇头说道,"如果到时没赶上瑞根,地图上指示在通往自由城邦的岔路附近还有一座农场。"

杰夫从亚伦的肩膀后方看着地图。"那很远。"他说。

"妈的伤不能等。"亚伦说,"我们今天不能抵达目的地,但是每多走一小时就表示我们可以早一小时拿到解药。"

杰夫回头看向浸在汗水中的希尔维,然后抬头看了看太阳,点了点头。他们对前廊上的女孩挥手,不过没有停留。

接下来几个小时,他们又走了很远,但都没发现信使或者其他农场的踪影。杰夫抬头望向布满橘色晚霞的天空。

"再过不到两个小时,天就会全黑了。"他说,"我们得回头。如果快一点,还可以及时回到豪尔家。"

"那座农场可能再转一个弯就到了。"亚伦争辩,"我们会找到它的。"

"我们不能确定。"杰夫说着,朝一边吐了口痰。"地图标示不清,我们要趁着还有机会时回头,没得商量。"

亚伦难以置信地瞪大双眼。"这样我们会少掉半天的路程,更别提一整晚无法赶路,妈或许撑不过这段时间!"他叫道。

杰夫回头看向妻子,她裹在毯子里不停冒汗,呼吸急促而虚弱。他哀伤地看着地上逐渐拉长的影子,压抑着想打哆嗦的冲动。"如果入夜后还在外面,"他小声地回应,"我们都会死。"

话还没说完，亚伦已经使劲摇头，拒绝接受他的决定。"我们可以……"他微带迟疑地道，"我们可以在地上绘制魔印。"他终于说道。"画满马车外围。"

"如果刮来一阵风吹散魔印呢？"他父亲问，"到时候该怎么办？"

"那座农场可能就在下一座山丘后！"亚伦坚持道。

"也有可能还在二十英里外。"他父亲吼回去，"甚至一年前就毁于一场大火，谁知道这幅地图画好后出过什么事？"

"你是说妈不值得你冒险吗？"亚伦谴责道。

"不用你告诉我她值不值得冒险！"他父亲大叫，差点把男孩撞出车外。"我爱她一辈子了！我比你还清楚她值不值得我冒险！但是我不打算赌上我们三人的性命！她可以撑过今晚，她非撑过今晚不可！"

就这样，他猛拉缰绳，停下马车，然后掉转方向。他对着米希的侧腹狠狠抽了一鞭子，命令它沿着原路快速奔驰。马儿恐惧即将到来的黑夜，发狂似地疾奔。

亚伦回头看向希尔维，将满腔怒火咽下肚子。他看着母亲随车轮驶过凹凸不平的路面而摇晃，但无论路途有多颠簸，她一直没有任何反应。不管父亲怎么想，亚伦知道她存活的机会已经减少了一半不止。

※

抵达豪尔的农场时，太阳差不多完全下山了。杰夫和米希似乎有着共同的恐惧，同时张嘴大叫。亚伦跳入后座，试图在剧烈震动的车内扶稳母亲的身体。他紧紧抱着她，为她挡下多次猛烈的撞击。

但是他没有办法全部代她承受。他感觉得出来,可琳的缝隙绽开,伤口再度裂开。希尔维即使没有死于恶魔感染,也很可能死于旅途奔波。

杰夫直接驾着马车冲到前廊边,高叫:"豪尔!我们要借宿!"

他们还没跳下马车,屋门已经开启。一个身穿旧外套的男人手握干草叉冲出屋子。豪尔很瘦,但肌肉结实,如同肉干。紧跟而来的是伊莲,这名健美的年轻女子手握金属头的短铲。亚伦上次见到她的时候,她哭哭啼啼,一脸惊恐,但现在的她眼中没有丝毫恐慌。她无视蠢蠢欲动的黑影,大步来到马车前。

豪尔朝正抬希尔维下车的杰夫点头。"带她进屋。"他命令道。杰夫立刻照做,通过魔印时吁了一大口气。

"打开大畜棚门。"他对伊莲道,"小畜棚停不下马车。"伊莲拉起裙子,拔腿就跑。他转向亚伦。"驾车前往畜棚,孩子!赶快!"

亚伦按照吩咐做。"没时间卸除马具了,"农夫道,"它必须撑一个晚上。"这已经是连续两个晚上了。亚伦怀疑米希还有没有机会卸除马具。

豪尔和伊莲迅速关上畜棚大门,并且检查魔印。"你在等什么?"男人对亚伦吼道,"到屋里去!恶魔马上就要现身了!"

话才说完,恶魔就已经开始凝聚形体,他们死命奔向农舍,看着仿佛从地面上长出来的魔爪以及有着尖角的脑袋。

他们左右闪避逐渐成形的死神,恐惧和肾上腺素大幅提升他们的反应速度。第一批地心魔物完全现形,一群动作迅速的火恶魔展开追逐,迅速逼近。亚伦和伊莲继续奔跑。豪尔转身将干草叉朝恶魔掷去。

武器击中领头恶魔的胸口,它摔入伙伴之间。尽管体形瘦小,火恶魔的皮肤还是坚韧得能挡住干草叉。怪物捡起干草叉,张口喷火,烧断木柄,随手丢弃。

尽管地心魔物没有受伤,这一掷还是争取了一点时间。恶魔穷追不舍,但是在豪尔跳上前廊的同时,它们的攻势立刻受阻,仿佛撞上砖墙般撞上魔印力场。一时之间魔光大作,所有恶魔全都摔回院子。豪尔迅速进屋,他甩上大门,闩上门,转身背靠门上。

"感谢造物主!"他无力地说道,气息急促,脸色发白。

豪尔茅屋里的空气又闷又热,充满着一股浓厚的发霉物和排泄物的混合味道。尽管地上长虫的芦草吸收了部分自屋顶渗下的积水,但屋里的湿气还是很重。两只狗儿和几只猫与主人同挤在屋里,所有人走路时都必须留意脚下,担心踩着它们的脚或尾巴。火炉上吊着一口大黑锅,为满屋的酸腐味添加些炖肉味——味道越来越淡。一个角落悬着一块缀满补丁的油布帘,隐约遮掩一下后方的便桶。

亚伦尽可能帮希尔维重新包扎,接着在伊莲和妹妹班妮的帮助下,将她抬入她们的房间。而豪尔最小的女儿瑞娜,则为亚伦和他父亲拿了两个满是裂痕的木碗,放在晚饭的餐桌上。

农舍中只有三间房子,一间女孩们共用,一间是豪尔的卧房,剩下的就是供他们煮饭、吃饭、工作用的客厅。客厅中一块破破烂烂的布帘隔开煮饭和吃饭的地方,一扇绘有魔印的木门通往小畜棚。

"瑞娜,趁大人讲话时带亚伦去检查一下魔印,我和班妮准备晚餐。"伊莲道。

瑞娜点头,牵着亚伦的手离去。她将近十二三岁了,与十四五岁的亚伦差不多大,尽管脸上满是脏污,依然难掩其秀丽的面容。瑞娜身穿一件朴素的连衣裙,破洞不少,但都是经过仔细的修补,棕色头发用一条破布巾绑在脑后,不过有许多未绑住的发丝垂落在她的圆脸旁。

"这个魔印花掉了。"女孩说着指向一道画在窗沿上的魔印。"一定是被哪只猫踩花的。"她从魔印工具中取出一根炭棒,小心翼翼描绘模糊掉的线条。

"这样不行,"亚伦说,"线条不够圆滑,这会削弱魔印的威力,你应该全部重画。"

"他们不准我重画魔印。"瑞娜低声道,"如果发现无法修补的魔印,我们应该去找父亲或伊莲。"

"让我来。"亚伦说着接过炭棒。他仔细抹除之前的魔印,然后重画新的,动作迅速,自信满满。画完后,他后退一步,打量窗户外围,然后又将其他几个魔印抹掉重画。

豪尔一看见他在做什么,立刻紧张兮兮地想要起身阻止。但是杰夫比了个手势,很有把握地说了几句话,说服他再度坐回椅子上。

亚伦满意地欣赏着自己的作品。"就算是石恶魔也无法突破这道魔印。"他骄傲地念叨,接着转过身来,发现瑞娜瞪大眼睛在看他。"干吗?"

"你比我印象中长得高些了。"女孩说完带着羞怯的微笑低下头去。

"是呀,都两年不见了。"亚伦回答,也不知道再说些什么。所有魔印都检查一遍后,豪尔把瑞娜叫了过去,低声交谈了几句。亚伦发现她不时偷看自己,但是听不见他们在嘀咕什么。

晚餐是玉米与一种不明肉类炖成的一锅,不过还是足以填饱肚子。吃饭时，杰夫和亚伦说出了他们的遭遇。

"你们应该先来找我们的，"豪尔听他们讲完后说道，"我们常去老梅·弗里曼那里看病。比大老远跑到广场去找特利格要近多了。如果你们快马加鞭走了两小时才赶回我们这里，那么距离马克·佩斯特尔的农场已经不远了。老梅她家距离那里不到一个小时，她向来不喜欢城镇生活。真要赶起路来，说不定今晚就可以赶到。"

亚伦重重放下汤匙。桌上所有目光都集中在他身上，但是他根本没有注意，因为眼中只盯着自己的父亲。

杰夫无法忍受这道目光，他垂头丧气。"当时我们无从得知。"他凄苦地说。

伊莲轻拍他的肩。"不要怪自己太谨慎。"她说。接着转向亚伦，一脸责备。"等你大一点就会了解。"

亚伦突然起身，跺步离开餐桌。他穿过布帘，靠上窗沿，透过破损的窗叶看着外面的恶魔。它们一次次地试图穿越魔印力场，一直找不到丝毫漏洞，但魔法不能为亚伦提供任何安全感。他觉得自己被魔法禁锢了。

"带亚伦去畜棚玩。"众人用完晚餐后，豪尔吩咐两个年幼女儿道。"伊莲洗碗，不要打扰大人谈话。"

班妮和瑞娜同时起身，蹦蹦跳跳地步出布帘。亚伦没有心情玩耍，但女孩们不给他拒绝的机会，一边一个，一把拉起他，穿过木门往畜棚而去。

班妮点燃一盏破烂的油灯，昏暗的灯光照亮了畜棚。豪尔养了两头奶牛、四只山羊、一头母猪、八头小猪以及六只鸡，全都骨瘦如柴、营养不良，就连猪的肋骨都隐约可见。看来，家里的粮食几乎不够养活豪尔和他的女儿们。

畜棚本身的状况也好不到哪里去。半数的窗板都已损毁，地板上的干草也都烂光。山羊咬穿了羊栏的木板，正在抢夺奶牛的干草。猪栏里积满了淤泥、馊水及粪便。

瑞娜拖着亚伦逐一参观畜栏。"爸不喜欢我们帮动物取名。"她坦承道，"所以我们只能私底下叫，这是胡妃。"她指向一头牛道。"它的奶是酸的，但爸说没有问题。它旁边的是葛郎琪，在你挤奶太用力或是不够快的时候，会踢你一脚。这些山羊……"

"亚伦对这些动物没有兴趣。"班妮教训妹妹道。她抓起他的手臂，把他拉开。班妮比她妹妹高，年纪也大一点，但是亚伦倒觉得瑞娜比较漂亮。他们爬上干草棚，一屁股坐在干净的干草堆上。

"来玩骰子吧。"班妮说。她从口袋中拿出一个小皮囊，在干草棚的地板上倒出四颗木头骰子。骰子六面会有符号：火、石、水、风、木和魔印。骰子的玩法有很多种，但是大多数规则是要先掷出三面魔印，然后再比最后一颗的大小。

他们玩了一会儿骰子。瑞娜和班妮有一套自己的玩法，其中不少规则都让亚伦怀疑是专门为了让她们赢才编出来的。

"连续三次掷出两面魔印就算三面魔印。"班妮在连续三次掷出两面魔印后如此宣称。"我们赢了。"亚伦不服，但是他看不出有什么好争论的。

"既然我们赢了，你必须按照我们的话做。"班妮宣称。

"没这回事。"亚伦说。

"有这回事！"班妮坚持。再一次，亚伦觉得没什么好争的。

"我要做什么？"他怀疑地问。

"叫他玩亲亲！"瑞娜鼓掌道。

班妮拍了妹妹的脑袋一下。"我知道，笨蛋！"

"什么是亲亲？"亚伦问，虽然他心里已经猜到个大概了。

"喔，你等着瞧。"班妮说，两个女孩同时大笑。"那是大人的游戏。爸有时候会和伊莲玩，可以拿来练习结婚。"

"什么？念诵婚礼誓言吗？"亚伦战战兢兢地问道。

"不，笨蛋，像这样。"班妮说。她双手环绕亚伦的肩膀，鲜嫩的嘴唇压在他的嘴上。

亚伦从来没有亲过女孩子。她张开嘴，于是他也跟着张开。他们的牙齿撞在一起，两人同时向后一缩。"噢！"亚伦说。

"你太用力了，班妮，"瑞娜抱怨道，"该我了。"

的确，瑞娜亲得温柔许多。亚伦觉得亲吻的感觉很美妙，像是寒冷时坐在火炉旁烤火一样。

"好了。"两人嘴唇分开后，瑞娜说道，"就是这样亲。"

"我们今晚要睡一张床。"班妮说，"可以晚点再来练习。"

"很抱歉你们必须要把床让出来给我妈睡。"亚伦说。

"没关系。"瑞娜说，"在妈去世前，我们每天都睡一张床，只是现在伊莲去和爸睡了。"

"为什么？"亚伦问。

"这件事不能说的。"班妮低声提醒瑞娜。

瑞娜不理她，但压低音量。"伊莲说现在妈去世了，爸让她顶替妈妈的地位让他开心。"

"像是煮饭、缝衣服之类的事？"亚伦问。

"不，是指类似亲亲的游戏。"班妮说，"但是得要有个男孩才能玩。"她扯扯他的外套。"如果你让我们看你的小东西，我们就教你。"

"我才不会给你们看呢！"亚伦说着连忙后退。

"为什么不?"瑞娜问,"班妮教过路席克·博金,他常常想来找她玩。"

"爸对路席克的父亲说我们已有婚约了,"班妮炫耀道,"所以没有关系。既然你就要和瑞娜订婚,你也应该让她看看你的。"

瑞娜轻咬手指,羞得偏过头去,但还是透过眼角偷看亚伦。

"没这回事!"亚伦说,"我才没有和任何人订婚!"

"你以为大人们在里面谈什么,笨蛋。"班妮问。

"不是谈这个!"亚伦说。

"不信你去看看呀!"班妮挑衅道。亚伦看着两个女孩,接着爬下楼梯,蹑手蹑脚地溜入室内。他听见布帘后方传来说话的声音,于是偷偷贴了上去。

"我想要路席克立刻就过来帮忙。"豪尔说道,"但是费南要再留他帮忙收割稻谷。我们家也是,缺少人手下田,母鸡也不下蛋,而且只有一头奶牛能挤出酸奶的情况下想要三餐温饱不是件容易的事情。"

"我们从老梅那边回来时就带瑞娜走。"杰夫说。

"婚约的事要告诉亚伦吗?"豪尔问。亚伦突然惊奇得喘不过气来。

"没理由不说。"杰夫道。

豪尔咕哝一声。"我想你该等明天再说。"他说,"等你们独自上路后。有时男孩听见这种消息会反应过激,这样可能会伤着女孩。"

"你说得没错。"杰夫说,"亚伦一急了就大叫。"

"我知道。"豪尔说,"相信有女儿的男人,任何事都会伤到她们的心,对不对,伊莲?"接下来是一下拍打声,伴随伊莲的尖叫声。"尽管如此,"豪尔继续说道,"再怎么伤害她们,只要任她们哭上几个小时就没事了。"

🕉

一段漫长的沉默过后，亚伦开始退向畜棚的门。

"我要上床了。"豪尔嘟哝道。亚伦当场僵在原地。"好好地将希尔维安置在你床上，伊莲，"他续道，"洗完碗，叫妹妹上床后就来我这边挤着睡一晚。"

亚伦低身躲到工作台后方，等待豪尔走到厕所小便，然后进入自己的房间，关上房门。正当他准备溜回畜棚时，伊莲说话了。

"我也想要离开。"她在豪尔关上房门后立刻小声说道。

"什么？"杰夫问。

亚伦蹲在地上，透过布帘看着两人的脚。伊莲绕过餐桌，坐在杰夫身边。"带我一起走吧。"伊莲重复道，"拜托。等路席克来了以后，班妮就不会有问题了。我必须离开这里。"

"为什么？"杰夫问，"家里的粮食肯定够三个人吃。"

"与那个无关。"伊莲说，"原因不重要。你来接瑞娜时，我可以告诉爸说出去下田。我会沿着路走，在外面与你会合。等爸发现我去哪了，我们之间已经相隔一个晚上路程的距离，他绝对不会追来的。"

"这点我可不敢肯定。"杰夫说。

"你的农场距离这里很远。"伊莲恳求道。亚伦看到她伸手抚摸杰夫的膝。"我可以工作。"她保证道。"我不会在你家白吃白喝。"

"我不能就这样从豪尔手中偷走你，"杰夫说，"我和他没有过节，也不打算惹是生非。"伊莲气急败坏。"那个老混蛋让你以为我是因为希尔维占了我的床才要去和他共用一张床。"

她低声说道,"事实上,每晚如果我不在瑞娜和班妮上床后去陪他睡,他就会动手打我。"

杰夫沉默了一段时间。"我知道了。"他终于说道。他紧握拳头,站起身来。

"不要,拜托。"伊莲说,"你不知道他是什么人,他会杀了你的。"

"难道我该坐视不理?"杰夫问。亚伦不了解他父亲在气什么,就算伊莲去豪尔房间睡觉又怎样?亚伦看见伊莲凑到父亲身边。"你需要人照顾希尔维,"她低声道,"万一她有三长两短……"她继续凑近,双手放上杰夫大腿,就像班妮试图对他做的那样。"……我可以成为你的妻子,我会帮你生一大堆小孩。"她保证道。然后杰夫开始呻吟。

亚伦面红耳赤,感到一阵恶心;他深吸一口气,满腔愤怒。他很想大声尖叫,向豪尔揭露他们的阴谋。

豪尔敢为他的女儿与地心魔物交手,这是杰夫绝不会做的事。他想象豪尔殴打自己父亲的样子,他并不排除其可能性。

杰夫迟疑片刻,随即推开伊莲。"不,"他说,"我们明天要带希尔维去找草药师,她不会有事的。"

"那还是请你带我一起走吧。"伊莲跪下哀求道。

"我会……考虑考虑。"他父亲回答道。就在这个时候,班妮和瑞娜冲出畜棚。亚伦立刻起身,在伊莲连忙站起的同时,假装与她们一起进来。他觉得向他们摊牌的时机已经过去了。

伊莲哄两个妹妹上床睡觉去了,并拿出两条脏兮兮的毯子帮亚伦和杰夫在客厅打好地铺。之后她深吸一口气,走进她父亲的房间。不久,亚伦听见豪尔低声喘息,偶尔伊莲也会发出一声沉闷的呻吟。他假装没听见这些声音,转而看向杰夫,只见他紧紧握拳,咬牙切齿。

第二天早上天还没亮，其他人都还在沉睡中，亚伦就已经起床。黎明到来的前一刻，他打开房门，不耐烦地盯着站在魔印另一边张牙舞爪的几只恶魔。等到院子里的最后一头恶魔离去时，他才走出大门，前往大畜棚，打水饲喂米希及豪尔的奶牛等。母马的脾气很倔，张嘴想要咬他。"再过一天就好了。"亚伦放下饲料说道。

当他回到农舍，去敲瑞娜和班妮的门时，他父亲还在打呼。班妮拉开布帘时，亚伦立刻注意到两姐妹忧虑的神情。

"她醒不过来了，"蹲在亚伦母亲身旁的瑞娜哽咽道，"我知道你想要在天一亮时立刻出发，但是当我叫她的时候……"她指向床铺，眼眶湿润。"她的脸色白得吓人。"

亚伦冲到母亲身边，握起她的手。她的手指冰冷而黏湿，额头却异常滚烫。她呼吸急促，身上那股被恶魔感染的腐臭味十分浓烈，绷带完全被棕黄色浓汁浸湿。

"爸！"亚伦大叫道。不久后，杰夫赶来，伊莲和豪尔也紧跟在身后。

"不能浪费时间了。"杰夫说。

"拉匹我的马一起去。"豪尔道，"累了就换马。快马加鞭，下午前应该可以抵达老梅家。"

"我们欠你一回人情。"杰夫说。

但豪尔只是挥一挥手。"快去吧。"他说，"伊莲会拿点食物给你们在路上吃。"

瑞娜在亚伦转身离开时抓起他的手臂。"我们现在订婚了。"她低语道，"我每天傍晚都会在前廊等你回来。"她在他脸颊上轻轻一吻。她的嘴唇柔软，尽管已经放手，那一吻的感觉却在亚伦心中萦绕不去。

马车在泥土路上疯狂奔驰，一路摇晃颠簸，只有在换马时才稍作停留。亚伦看着伊莲准备的食物，仿佛那是什么毒药；杰夫倒是狼吞虎咽地啃了起来。

当他拿起粗糙的面包和又硬又难闻的吐司时，他开始怀疑，或许一切都是误会，或许他偷听到的对话并不是自己想的那样，或许杰夫推开伊莲时没有任何迟疑。

那是令亚伦心安的念头。但杰夫很快就粉碎了他的幻想。"你觉得豪尔的小女儿怎样？"他问，"你和她相处了一段时间。"亚伦觉得父亲好像在自己的肚子上揍了一拳。

"瑞娜？"亚伦故作不知地问道，"还不错，问这干吗？"

"我和豪尔谈过了。"他父亲道，"等我们回去后，她要搬来和我们一起住。"

"为什么？"亚伦问。

"照顾你妈，在农场里帮忙，以及……其他理由。"

"什么其他理由？"亚伦逼问。

"豪尔和我想要看看你们俩处不处得来。"杰夫说。

"处不来又怎么样？"亚伦问，"万一我不想有个女孩整天跟在身后，缠着我和她玩亲亲呢？"

"有一天，"杰夫说，"你或许不会介意常玩亲亲。"

"那就让她搬来。"亚伦说完耸耸肩，假装听不懂父亲在说什么。"豪尔为什么这么急着要抛弃她？"

"你看到他们农场的状况了，他们没办法养活一家人。"杰夫说，"豪尔深爱他的女儿，他希望为她们安排最好的出路。

而最好的出路就是趁年轻时把她们嫁出去，这样他就会有女婿可以帮忙干农活，也可以在死前抱抱外孙。伊莲已经比大多数已婚女子年长了。路席克·博金今年秋天就会去豪尔的农场帮忙，他们希望他和班妮可以好好相处。"

"我想路席克同样也没有选择。"亚伦嘟哝道。

"他很高兴可以过去，也很幸运！"亚伦的父亲失去耐心，大声说道，"你必须学着面对生命中某些严峻的问题，亚伦。提贝溪镇的男孩比女孩多，我们没有时间挥霍生命。每年有不少人死于年老、疾病及地心魔物的攻击。如果不持续生育，提贝溪镇会像其他数百座小村落那样彻底消失。我们不能让这种事情发生！"

亚伦看着平常沉着冷静的父亲如此激动，很明智地选择只听不说。

一个小时后，希尔维开始尖叫。他们转过身去，发现她试图从马车中站起，双手紧抱胸口，口中发出恐怖的呼吸声。亚伦跳入车中，她以惊人的力道抓住他，在他身上咳出一口浓痰。她双眼血红，凸出眼眶，迷乱地凝视着他，但显然已经不认得他。她开始猛烈抽搐。亚伦痛苦得失声尖叫，尽可能地抱住她的身体。

杰夫停下马车，两人一起将她压在车上。她继续抽搐，尖叫嘶吼。接着就像科利，她猛抖一下，然后再也不动了。

杰夫看着妻子，接着抬起头来，放声大叫。亚伦强忍泪水，几乎咬破嘴唇，但最后，他终于按捺不住，他们一起在希尔维冰凉的身体旁痛哭。

情绪稍缓后，亚伦无精打采地环顾四周。他试图寻找焦点，但眼前的世界一片模糊，仿佛一切都不是真的。

"我们现在该怎么办？"他终于问道。

"回去。"他父亲说，他的话像利刃般刺入亚伦心中，"带她回家好好安葬，继续过日子。我们还有田地和牲畜要照顾，就算有瑞娜和诺莉安帮忙，眼前还是有段苦日子要面对。"

"瑞娜？"亚伦难以置信地问道，"我们还要带她回家？在现在这种情况下？"

"日子还要继续，亚伦。"他父亲道，"你已经快长大成人了，男人需要妻子。"

"你帮我们两个都安排好了吗？"亚伦脱口而出。

"什么？"杰夫问。

"我听见你和伊莲昨晚的谈话！"亚伦吼道，"你已经找好另一个妻子了！你到底关不关心妈妈？你已经找了另一个女人来照顾你的小东西！至少，在她也被恶魔杀死前，你根本没有胆量去帮助她！"

亚伦的父亲忍不住动手打来，响亮的巴掌声划破早晨的宁静。他打完后怒气立刻消了，连忙伸手摸向儿子。

"亚伦，我很抱歉……！"他语带哽咽，但是男孩甩开他的手，随即跳下马车。

"亚伦！"杰夫大叫，但是男孩充耳不闻，以最快的速度冲进路旁的树林。

## 第三章 一个人的路

**319 AR**

亚伦以最快的速度穿越树林，不时突然转弯，随机变换方向。他不想被父亲追上，更不想被抓回去。但是随着杰夫的叫声逐渐远去，他才知道父亲根本就没有追过来。

他干吗要追？他心想。他知道我必然在夜晚降临前回去。否则，我还能去哪儿呢？——去哪都行。答案自动浮现，而他心里十分清楚这一点——他无法回农场，然后假装一切都没发生。他不能眼看伊莲占据母亲的床铺。就连美丽的瑞娜，善于接吻的瑞娜，也只会提醒自己失去了什么，以及为什么失去。

但是他能上哪儿去呢？有件事他父亲可没想错，他没有办法永远逃避，他总得在天黑前找地方借宿，不然今晚会是他的最后一晚。

绝对不能回提贝溪镇——不管找谁家借宿，第二天对方都会揪着他的耳朵拉他回家，然后他会为这件事挨一顿打，最后还是过着从前的日子。

那就去阳光牧地吧。若非霍格进货时会派个人前往，以及信使之外，几乎没有提贝溪镇的人会去那里。

可琳说瑞根在回自由城邦途中将路过阳光牧地。亚伦喜欢瑞根，他是他认识的唯一以平辈态度对待自己的大人。信使和奇林与他相距约一天多的路程，而且还是骑马，但是如果他动作够快，或许可以及时赶上他们，求他们带他一起前往自由城邦——密尔恩。

他脖子上还挂着可琳的地图。地图上标示了前往阳光牧场的道路，以及沿路经过的农庄。即使身处树林中，他仍十分肯定北方在哪里。

中午时分，他找到路了，或者说路找到了他——横跨树林，就在他面前。他或许是在树林中迷失方向了。他沿路走了几个小时，但完全没有看到任何农场，或老草药师的住所。看着太阳的方位，他开始担忧。如果他是朝北方前进，太阳应该位于他的左侧；然而，事实上，太阳在他前面。

他停下脚步，研究地图，终于证实了自己的恐惧——他并不是走在通往阳光牧地的路上。这是通往自由城邦的道路。更糟糕的是，过了通往阳光牧地的岔路后，地图上没有标示这条小路。

回头似乎不是上策，尤其是在无法确定自己有没有办法及时找到地方借宿的情况下。他朝来时的方向后退了一步。

他作了决定——回头是爸做的事，不管发生什么事，我都要勇往直前。

亚伦再度前进，把提贝溪镇和阳光牧地完全抛到了脑后。每踏出一步，他都觉得比以前更轻松。

他又走了几个小时，最后终于走出了树林，一望无际的草地横在面前，没有耕作以及放牧的痕迹。他爬上一座山丘，深深呼吸了一口清新的空气。地上突起一块巨大的圆石，亚伦爬到石头上，看着这片从前完全无法想象的广袤世界。举目所及杳无人烟，没有可供借宿的地方。他有些害怕即将到来的夜晚。但是那种感觉仿佛十分遥远，就像是知道自己终有衰老而死的那一天一样。

随着傍晚的来临，亚伦开始寻找过夜地点。几颗枯死的老树附近看起来不错；地上没有多少杂草，他可以在地上绘制魔印。但木恶魔可以爬上枯树，然后从上方跳入他的力场。

一座石头堆积而成的山丘上没有长草，但是当亚伦爬上山丘，立刻发现风势强劲。他怕强风会吹散魔印，导致力场失效。

最后，亚伦来到一块不久前遭火恶魔踩躏过的焦土。新芽还没有破土而出。他踢开脚下的灰烬，发现底下是硬土。他清空一片焦土的灰烬，开始在地上绘制魔印圈。时间不多，所以圈子没画多大，他不希望为了赶工而犯下任何错误。

亚伦利用一根尖锐的树枝在地上刻画魔印，轻轻吹开被他拨起的土屑。他专心画了一个多小时，一个魔印接着一个魔印，不时退到后方确保魔印的位置无误。如同以往，他的双手动作迅速，毫不迟疑。

画完后，地上多了一道直径六英尺的魔印圈。他反复检查三次，没有发现任何错误。他将树枝放回口袋，然后坐在魔印圈中央，看着影子随太阳西下而拉长，黄昏的色彩逐渐蔓延天际。

*或许今晚就会跟随母亲而去*——亚伦告诉自己，*死活都无所谓*。但是随着天色渐趋黯淡，他的胆子也越来越小。他感到心脏狂跳，所有本能都在教他起身逃跑。但是他根本无处可逃，最接近的房舍距离此地都有数里之遥。他微微颤抖，但是并非出于寒冷。

*这是个馊主意*，心中一个声音小声说道。他把它压了回去。但是当最后一缕阳光消失在地平线上时，黑暗完全笼罩大地时，这勇敢的举动并没有让他紧绷的肌肉放松下来。

*它们来了*，恐惧的声音在他脑海中警告道，一丝丝的雾气从地上袅袅升起来。

雾气缓缓凝聚，恶魔的身体逐渐成形。亚伦盯着它们，攒紧拳头，缓缓站起身来。一如往常，火恶魔拖着闪亮的火焰首先现身，轻灵地四下奔走。紧接着是风恶魔，成形后拔腿助跑，展开翅膀，拔地而起。最后上场的是石恶魔，费了老大劲，才拖着沉重的身躯从地心魔域爬入人间。

这时，地心魔物发现了亚伦，发出一阵兴奋的尖啸，朝他直冲过来。

一只风恶魔率先发起攻击，挥出翅膀上的利爪俯冲而来，试图撕裂亚伦的喉咙。亚伦吓得直尖叫，但是利爪与魔印力场接触的一刹那，爆出一道闪亮的魔光。恶魔冲势不止，整个身体撞在力场上，在闪烁的魔法能量中反弹而出。亚伦逃过了这次攻击。风恶魔坠地时大声咆哮，但是随即起身，肌肉抽动，鳞片上魔光闪闪。紧接而来的是动作灵活的火恶魔，体形最大的也跟狗差不多。它们冲上前来，尖声怪叫，以利爪攻击魔印力场。每一次攻击都令亚伦心惊肉跳。但魔印力场坚若城墙。当它们发现没法突破亚伦编织的魔印力场时，它们试图对他喷火攻击。

亚伦已经掌握一些原始的应对策略——自从有能力握住炭棒绘制魔印以来，他就懂得一些抵御火焰唾液的魔印。火焰和利爪一样，一接触力场立刻遭遇反击。他甚至感受不到火焰的高温。

在每道力场启动的魔光中，地心魔物围着魔印圈四周不停地转悠，依然试图咬到亚伦的身躯。但在强大魔力的保护下，这一切都只是徒劳。

更多的风恶魔俯冲而下，每次都被力场弹开去。火恶魔也一样，开始对他发出沮丧的吼叫，一方面承受着魔法的刺痛，一方面希望凭蛮力突破力场。看到它们一次次被弹回去，亚伦将所有的恐惧都抛到了脑后,他站起来朝它们大声叫骂。

这种藐视行为激怒了众恶魔,因为它们从未被猎物如此挑衅。它们加倍进攻,试图穿越力场。亚伦则挥舞拳头,对它们做出大人们在霍格背后所比的粗鲁手势。

这就是我害怕的东西?这就是令人类生存在恐惧中的东西?这些可悲的野兽?太荒谬了。他张口一吐,唾液在一头火恶魔的鳞片上滋滋作响,令对方怒不可抑。

这时所有恶魔突然安静下来。在火恶魔摇曳不定的火光中,他看见众多地心恶魔自觉地让出一条路来,巨大的石恶魔一步步走来,每一步都震得地动山摇。

亚伦以前总是躲在门窗后看恶魔,特别是过去几天的恐怖事件发生前,他根本不敢与恶魔站得这么近,更别说战场对峙。他知道恶魔体型各有不同,但从来没有仔细观察究竟有什么不同。

这头石恶魔足足有近二十英尺高,体形超级巨大。

亚伦抬起头来,看着迅速逼近的怪物。尽管距离尚远,石恶魔看起来仍比其他恶魔高大,如同一座由锐利石块砌成的高塔。它厚重的黑壳上突起许多尖骨,长刺的尾巴前后摆动,与宽厚的肩膀保持平衡。怪物身体前倾,随着每一下震耳欲聋的脚步声,脚上的利爪在地上留下极深的爪痕。凹凸不平的长手臂末端长有屠刀大小的爪子,黏稠的唾液自血盆大口中流下,一条黑舌头舔舐着一排利刃般的獠牙,品尝着亚伦的恐惧。

一头火恶魔避让不及,石恶魔随手一挥,火恶魔当场浓汁四溅,飞出去老远。

亚伦惊慌失措,在巨型地心魔物逼近时后退了一步,接着又是一步。直到最后关头他才恢复理智,停下脚步时差点退出魔印圈。

想起魔印圈，他心中浮现短暂的宽慰。亚伦担心自己的魔印能否通过这场测试，他怀疑世上是否有魔印足以对抗这头恶魔。

恶魔打量了他很久，企图震慑猎物的心灵防线。石恶魔通常行动很缓慢，但若有必要，它们的动作也可以十分迅捷。

当恶魔攻击时，亚伦吓得大声尖叫，摔倒在地，全身蜷缩成一团，双手抱住脑袋。

这一下撞击震耳欲聋。尽管双眼紧闭，亚伦仍看见力场释放出猛烈的魔光，把夜空照得如同白昼。他听到了恶魔沮丧的吼叫声，睁眼偷看一下，发现地心魔物反身急旋，甩动沉重的尾巴攻击力场。

又一次，魔印闪烁；又一次，恶魔受阻。

亚伦强迫自己呼出一口憋了很久的气。他眼睁睁地看着恶魔一而再、再而三地捶打自己的力场，嘴里不断发出愤怒的吼叫；一股热乎乎的液体沿着他的大腿流了下去。

亚伦为自己的懦弱感到羞愧，于是站起身来，瞪着恶魔的双眼。他大声吼叫，一声发自内心的原始呐喊——绝不在地心魔物以及它代表的一切前低头。

他捡起一块石头朝石恶魔砸去。"滚回你的地心魔域去吧！"他叫道，"都去死吧！"

恶魔似乎完全没有感觉到石头自身上弹开，但是由于无法突破力场，因此越来越愤怒。亚伦对恶魔骂出自己能想到的所有脏话，在地上找寻一切可以抛掷的东西。

当圈内的石头都丢完后，他开始上下跳跃，狂挥双臂，大声宣泄自己永不妥协的决心。

接着他滑了一跤，踩到了一个魔印。

时间仿佛在亚伦和巨型恶魔那漫长的沉默中凝固了。过了好大一会儿，彼此才慢慢了解刚刚发生的事代表的意义。双方同时展开行动，亚伦抽出画魔印的树枝，俯身扑倒在踩乱的魔印前，恶魔则挥出巨大无比的利爪。

亚伦思绪飞奔，瞬间厘清状况，只见该魔印上有一条线被踩掉了。在出手修补魔印的同时，他很清楚一切已经太迟了。恶魔的利爪割开了他背上的血肉。

但接着魔法再度生效，恶魔又被弹了开去，发出痛苦的呻吟。亚伦同样痛苦地惨叫，翻过身来拔开背上的利爪；在了解发生什么事之前将它丢到一旁。

接着他看见了它，躺在魔印圈中，不断抽搐冒烟——恶魔的手臂。

亚伦惊讶地看着那条断臂，转头发现石恶魔正在疯狂惨叫，以残肢屠杀任何蠢到进入攻击范围内的恶魔。

他转向手臂，似刀劈斧砍的断口焦黑而平整，渗出一股恶臭浓烟。亚伦鼓起勇气，拾起粗壮的手臂，试图丢到魔印圈外，但力场作用是双向的。属于地心魔物的东西不能进来也无法出去。手臂自力场上弹回来，掉在亚伦脚下。

接着他才开始感到一股抽搐的疼痛。亚伦慢慢摸向背上的伤口，手掌上满是鲜血。他心里一惊，全身瘫软地跪倒在地，因为疼痛，因为害怕抹花另一道魔印，不过最主要的是他还在为母亲而哭泣；现在他终于体会到了前天晚上她承受的痛苦了。

这晚接下来的漫长黑夜里，亚伦都在恐惧中度过。他看到恶魔四下走动，耐心地等待，期望找到突破力场的漏洞。尽管有机会睡觉，他还是不敢入睡，担心自己在梦中不经意间的翻身而让恶魔有机可乘。

黎明仿佛隔了数千年才姗姗来迟。亚伦不时抬头望向天空，但只看见高大的断臂石恶魔，紧按着焦黑化脓的伤口绕圈而行，双眼中充满仇恨。

好似过了很久，地平线上才泛起一线淡淡的红晕，接着转为橘色，黄色，然后是亮眼的白光。早在天色转黄时，其他地心魔物就已经遁回地心魔域，但巨型石恶魔一直等到最后一刻，并露出满嘴利齿发出不甘心的嘶吼。

但是独臂恶魔的恨意输给了对阳光的恐惧。当最后一丝阴影消失时，它顶着尖角的巨大头颅沉入地面。亚伦站起身来，走出魔印圈，他的背简直就像着了火，痛得紧紧皱眉。伤口的血晚上就已经结痂了，肌肉稍微拉动一下就发出一阵撕裂的剧痛。

背上的疼痛令他的目光飘回躺在旁边的恶魔手臂。手臂看起来像根巨大的树干，包在坚硬冰冷的外壳中。亚伦捡起沉重的手臂，抬到自己面前。

至少弄到了战利品，他心想，努力表现出勇敢地模样，虽然看到自己的血染在黑色爪子上令他心里一阵发毛。

就在此时，一道白光洒落在他身上，太阳终于完全升起。恶魔的断臂滋滋作响，浓烟四溢，如同投入火堆的骨头发出噼里啪啦的声音，不久后，它起火燃烧。亚伦连忙放手，瞪大双眼，出神地看着手臂越烧越亮，在阳光的照射下化为焦黑的残骸。他走上前去，谨慎地用指尖轻触，残骸随即化作一滩灰烬。

※

亚伦拾起一根树枝当拐杖，一拐一拐地继续前行。他知道自己有多幸运以及多愚蠢——把魔印画在地上是非常冒险的事，就连瑞根也这么说。如果像他父亲恐吓的那样被风吹散该怎么办？

造物主呀，要是下雨了怎么办？

我可以撑几个晚上？亚伦不知道下一座大山后还有些什么东西等着自己，不过他没理由假设在这里和自由城邦之间会遇上任何人。根据大家的说法，自由城邦离此有几个星期的路程。

他用力抹去眼角的泪水，不屈服地大声尖叫——向恐惧低头是父亲的处世之道，没有任何好处。

"我不害怕！"他对自己说道，"不害怕！"

亚伦继续前进，心知自己是在自欺。

中午时分，一条遍布岩石的小溪横在脚下，溪水冰凉清澈。他忍不住蹲下身去喝水。一阵刺痛从背部传来。他还没有来得及处理伤口，更不可能像可琳一样缝合。他想到母亲，想到自己每次带伤回家，她第一件事就是清洗伤口。

他脱下上衣，发现背面已经破烂不堪，满是鲜血，如今血液已凝结成又脆又硬的血痂。他将衣服泡在水里，看着尘土和血块随着溪水流去。他将衣服放在岩石上晾干，然后仰躺着泡在冰凉的溪水中。

冰冷的感觉让他皱眉，但是背上的痛楚也减轻了不少。他尽力清洗血块，轻轻地拂过刺痛的伤口，直到痛得无法忍受。他浑身发抖，爬出小溪，躺在衣服旁的岩石上。

静躺一段时间后，亚伦突然惊醒。眼看太阳已经偏西，白天即将结束，他忍不住破口大骂。他可以继续前进一段路程，但是他知道，与其如此愚蠢地冒险，还不如把多余的时间花在强化防御上。

溪岸不远处有片潮湿的草地，他轻松拔下草皮，清理出一片空地。他踏实松土，压平表面，然后开始绘制魔印。这次他画了个更大的魔印圈，接着，反复检查三遍后，又在第一个魔印圈中绘制另一个较小的魔印圈，提供双层防御。潮湿的土地可以抵御风吹，幸好天色也没有下雨的迹象。

亚伦挖了一个坑，捡了些干树枝，生了一堆营火。他坐在内圈中央，眼看着太阳落山，他尽力忘记自己已经两天没吃东西了。在红色天际转为淡紫色时，他浇熄了火堆，接着天色转为深紫，他大口吸气以平抑剧烈的心跳。最后，天色完全黑下来了，地心魔物们开始现身。

亚伦屏住呼吸。终于，一头火恶魔闻到他的气味，吼叫一声冲了过来。那一瞬间，昨晚的恐惧席卷而来，亚伦感觉全身的血液仿佛都凝固了。

地心魔物在撞上力场前完全没有发现力场的存在。随着第一道魔光闪烁，亚伦终于松了一口气。恶魔不断进攻，但都是徒劳。

一头风恶魔飞入天际，自力场最薄弱的上空俯冲而下，穿过第一道魔印圈，但是在冲向亚伦的时候撞上第二道力场。重重坠落在两道力场之间。亚伦竭力保持镇定，看着它翻身爬起。

风恶魔两脚站立，身形细长，纤细的四肢末端有六英寸长的钩爪。上臂下方以及双脚外侧都有一层薄薄的皮膜，由身侧延伸而出的骨骼支撑住身体。个头跟正常成人差不多，但双翼展开是身长的两倍，使得它在天上看来十分巨大。它的头上隆起一根向后弯的兽角，四肢一样布满皮膜，在背后形成一道隆起的脊梁。长而突出的嘴里露出一排一寸长的尖牙，在月光下泛着淡淡的黄色。

地心魔物笨拙地在地上行走，与在天上不可一世的优雅姿态大不相同。在近处看，风恶魔和其他恶魔相形见绌。木恶魔和石恶魔拥有坚硬无比的护甲和惊人的力量，火恶魔拥有超乎常人的速度，还会喷出能够燃烧任何东西的火焰。风恶魔……亚伦认为瑞根的长矛就可以刺穿它们的翅膀，令它从此残废。

黑夜呀，他心想，我敢肯定就连我自己也做到。

但他手边没有长矛。他全身紧绷，看着恶魔逼近。如果内圈魔印失效就惨了，任何一头地心魔物都可轻易杀了他。

它朝亚伦挥出翅膀末端的钩爪。亚伦被吓得胆战心惊，但魔光沿着魔印圈外围大放光明，将恶魔反弹出去。

几次试探后，风恶魔再度起飞。它快速奔跑，展开双翼迎风鼓胀，但在取得足以起飞的速度前就已撞上外圈力场。魔法把它弹回泥地上。

看着风恶魔艰难地从泥地上爬起，亚伦忍不住哈哈大笑。它巨大的翅膀在天上看起来或许十分恐怖，但是在地上只会导致它重心不稳。风恶魔缺乏撑起身躯的手掌，而它纤细的手臂被自己的体重压弯。

受困于力场之间，它一次又一次地试图起飞，但两道魔印圈之间的空间不足，导致它每次都以失败告终。火恶魔看到风恶魔的困境，发出欢喜的叫声，在魔印圈外学着风恶魔蹦蹦跳跳，嘲笑它的不幸。

亚伦更加自信了。昨晚犯了一些错误，但绝不能再犯。他开始觉得有希望抵达自由城邦了。

火恶魔很快就厌倦了嘲弄风恶魔，四下散去，去抓捕较容易得手的猎物，因为它们通过喷火可以逼迫小动物逃出藏身处。一只惊慌失措的小野兔跳入亚伦的外魔印圈，将追逐而来的恶魔挡在圈外。风恶魔笨手笨脚地动手抓它，但野兔轻易闪开，跑过魔印圈，自另一端窜出，却发现那边也有恶魔在等着它。它转身跳回圈内，但又跑过了头。

亚伦希望自己有办法与这个可怜的小动物沟通，让它知道在内圈中会很安全，但他只能眼睁睁地看着它在魔印圈中跳进跳出。

接着难以想象的事发生了。野兔在跳回魔印圈时踩花了一个魔印。火恶魔齐声呐喊，涌入缺口，追杀野兔。疲累的风恶魔逃出力场，跳起身来，展翅而去。

亚伦咒骂野兔，见它朝自己跳来时更是破口大骂。要是连内圈魔印也被它踩花，他们俩个就死定了。

亚伦使出农场上磨炼出来的灵活身手，一手伸出魔印圈，抓起野兔的耳朵。它拼命挣扎，差点扯断自己的耳朵。对付野兔，亚伦在父亲的农场有丰富的经验。他将野兔搂在怀中，抚摸它的背及后脑。不久后，野兔就停止了挣扎，茫然地望着他。

他很想把野兔丢给恶魔。这样比较安全，因为野兔可能会挣脱他的掌控，然后踩花另一个魔印。为什么不？他心想。如果白天让我抓到它，我会把它给吃了。

尽管如此，他还是没有办法这么做。恶魔从世上夺走太多东西，从他身上夺走太多东西。他发誓绝不自愿交给它们任何东西，现在不会，永远都不会——就连这种情况下也不会。

长夜漫漫，亚伦紧紧抱着惊吓过度的小动物，抚摸柔软的毛发，轻声安慰它。尽管恶魔在四面八方吼叫，但亚伦对它们视而不见，全神贯注地抚摸野兔。

这种类似冥想的作法起初还有些作用，直到一声怒吼将他带回现实。他抬头一看，巨大的独臂石恶魔耸立在魔印圈外，口水滴在魔印力场上滋滋作响。它的伤口已愈合成手肘末端的疙瘩，它似乎比昨晚还要愤怒。

石恶魔捶打力场，完全不在乎被魔光刺痛。石恶魔不断攻击，发出震耳欲聋的撞击声，试图以蛮力突破力场，报断臂之仇。亚伦紧紧抱着野兔。他知道力场不会因为反复撞击而减弱，但是这种想法并没有缓解恶魔或许真有办法闯入的恐惧。

当晨曦再度驱尽恶魔时,亚伦终于放开野兔。它立即跳开。他眼看着野兔离去,尽管肚子一阵咕噜咕噜作响,但在一整晚共患难后,他实在不愿吃了它。

亚伦试图起身,突如其来的作呕感让他差点跌倒;背上的伤口就像火烧。他反手轻摸肿胀疼痛的皮肤,手上立刻沾了之前可琳自希尔维伤口中挤出来的棕色浓汁。伤口发烫、头昏眼花,他再度浸入冰凉的溪水中,但溪水的凉意无法驱散体内的热气。

亚伦猜想自己或许离死不远了。老梅·弗里曼如果真的存在,距离这里还有两天的路程。如果他真的罹患恶魔感染,距离多远都一样;他绝对无法撑过两天。

尽管如此,亚伦还是不愿放弃。他跌跌撞撞地上路,跟着地上马车的痕迹朝它们来时的方向前进。

如果非死不可,他宁愿死在奔向自由城邦的路上,也不愿死在身后那座监狱。

## 第四章　黎莎

**319 AR**

黎莎整晚都在哭泣。

这本是件很平常的事，但今晚不是遭到她母亲的责骂，而是因为惨叫声——某家的魔印失效了。她无法分辨是谁家，恐惧和痛苦的叫声在黑暗中回荡，空中弥漫着浓浓的烟雾。烟雾折射出地心魔物之火，整座村子笼罩在闪耀的橘色光影中。

伐木洼地的居民暂时还不敢出门救援。除了向造物主祈祷火势不要随风蔓延到自家外，他们无计可施。尽管伐木洼地的房屋彼此相隔一段距离，但强风还是有可能吹来火苗。

就算火势没有蔓延，空气中的灰烬和浓烟也可能形成油腻的污垢遮蔽魔印，打开地心魔物拼命寻找的缺口。

没有地心魔物在黎莎家旁测试魔印。这并不是好现象，或许它们在黑暗中找到了更容易得手的猎物。

黎莎感到无助与恐惧，而她只有一件事可做——哭泣，为死者的不幸哭泣、为伤者的痛楚哭泣、为自己的无助哭泣。在不足四百人的村庄里，任何人的离去都会令她伤心。

黎莎今年十三四岁，拥有出色的美貌、乌黑发亮的秀发及淡蓝色眼睛。她的初经还没来，所以没有结婚，但她已经与全村最英俊的加尔德·卡特订婚了。加尔德大她两岁，身材高大魁梧。其他女孩会在他路过时忍不住尖叫，只是大家都很清楚——他是黎莎的，他会让她生下强壮的小孩。

只要今晚他能逃过一劫。

☙

她妈不敲门就闯了进来。

不论相貌或身材，伊罗娜都和女儿极为相似。年近四十依然美艳，黑发披在高傲的肩上。她姣好的身材羡煞所有女人。这是黎莎唯一希望从她身上继承的东西。她的胸部才开始发育，与她的母亲相比，显然还有很大的差距。

"够了，你这个没出息的孩子。"伊罗娜边骂边丢给黎莎一块破布擦眼泪，"独自哭泣对你有什么好处？哭湿你的枕头也不能让死者复活过来。"她关上房门，再度将黎莎留在自窗叶缝隙洒落的橘光中。

你到底有没有一点人性？黎莎心中怀疑。

她母亲说眼泪无法让死者复生并没有错，但说哭泣没有任何好处就不对了。对黎莎而言，哭泣一直都是面对困境的法宝。其他女孩或许认为黎莎的人生十分完美，但那是因为她们不曾见过伊罗娜和亲生女相处时的嘴脸。大家都知道伊罗娜想生儿子，黎莎和她父亲都因为黎莎不是儿子而得忍受她的鄙夷。

但她还是一边生气一边擦去泪水。她期待初经早一点来，加尔德就会早一点带自己离开这个家。村民将建造一间房子当作结婚贺礼，加尔德会牵着她的手跨过魔印，在众人的喝彩声中让她成为女人。她会生下自己的儿女，并且绝不会以她母亲对待她的方式对待他们。

☙

当母亲用力的敲门声响起时，黎莎已穿戴完毕。

"你必须在晨钟响起时出门。"伊罗娜说,"你别跟我抱怨什么累不累!我不要任何人看见我们救灾不力。"

黎莎深知她妈的个性,知道"看见"两字才是重点。其实除了她自己,伊罗娜不想帮助任何人。

在伊罗娜严厉的目光下,黎莎的父亲厄尼已等在门口。他中等身材,甚至称不上结实。也没有强大的内心,是个从不大声说话的老实人。厄尼比伊罗娜年长十来岁,头顶的棕发已稀疏,戴着几年前向信使购买的细框眼镜;全村只有他戴这种东西。

简单说来,他不是伊罗娜理想中的丈夫,但由于自由城邦对于他制造的上等纸张需求量很大,他的财富让她心动了。

与她妈不同,黎莎真心想要帮助邻居。地心魔物一走,晨钟还没敲响,她就跑出家门,朝失火的地方奔去。

"黎莎!不要乱跑!"伊罗娜叫道,但黎莎充耳不闻。到处弥漫着令人窒息的浓烟,她撩起围裙捂住嘴,并没有放慢脚步。

当她赶到起火地点时,已有几个镇民赶到了。三栋房屋已烧毁,两栋还在燃烧,火势随时可能蔓延到隔壁邻居家。当她发现其中一间房子是加尔德家时,黎莎忍不住惊声尖叫。

镇上旅馆和杂货铺的老板史密特正在组织抢救。自从黎莎有记忆以来,史密特一直都是他们的镇长。他一向不乐于发号施令,喜欢让人们处理自己的问题。但所有人都希望他来组织。

"……从井里打水的速度不够快,"黎莎上前时,史密特正说道,"我们必须在小溪和其他房舍之间排队传递水桶,不然天黑前整座村都会烧为灰烬!"

加尔德和史蒂夫这时冲了过来,模样极其狼狈,满脸烟垢,所幸没有受伤。年仅十五岁的加尔德已经比村里大多数的男人还要高大。他的父亲史蒂夫更是村里的巨人。看见他们后,黎莎心中沉重的大石才算落地了。

她还没有机会跑到加尔德身边打招呼，史密特已经指着加尔德道："加尔德，把推车推到溪边！"史密特看向其他人。"黎莎，和他一起去装水！"

黎莎全速奔跑，但加尔德即使推着沉重的推车，还是比她先抵达小河边。这是一条发源自深山里的小河，可算作安吉尔斯河的支流。在他停好车的同时，她已冲入他的怀中。她本来以为看见他还活着可以抹除脑海中那些可怕的景象，结果却让那些景象更清晰。她不知道如果失去加尔德，日子要怎么过。

"我好害怕——"她呜咽道，在他胸口哭泣。

"我没事。"他紧紧拥着她轻声道，"我没事。"

很快，两人卸下推车上的水桶，开始装水，等其他人来就开始传递水桶。一会儿，一百多个村民在小溪和火场之间形成密集的队伍，来回传递满满的水桶及空桶。加尔德奉命把推车推回火场，那里需要强壮的手臂浇水。

不久，推车回来了，这次推车的是米歇尔牧师，车上还躺着几名伤者；这个景象令黎莎内心百感交集。看着熟悉的村民身上满是伤口着实让她心痛——他们都是她的邻居——恶魔攻击事件后的幸存者十分少见——她感谢造物主守护这些人的性命。

牧师和他的随从约拿辅祭将伤者放在溪边。米歇尔留下年轻的辅祭安抚他们，自己推车回去接更多伤者。

黎莎偏过目光，专心装水。她的脚在冰冷的水中麻痹，双手逐渐酸痛，但是她全心投入工作，直到一阵低语吸引她的注意——"老巫婆布鲁娜来了。"黎莎立刻抬起头来。一点也没错，年老的草药师从另一头走来，领路的是她的学徒——妲西。

没人知道布鲁娜到底有多大了。传说现在镇上的老人还很年轻时她就已经这么老了，那些老人大多还是她亲手接生的。她比她的丈夫、孩子及孙子都长寿，她在世上已没有亲人。

现在，她骨瘦如柴，犹如风中残烛，一层皱巴巴的皮包裹住佝偻的骨架。她双目半盲，走路十分缓慢，但布鲁娜的叫声仍洪亮得可以传遍整个村子，而且当她发火时还能以惊人的力道和准头挥舞拐杖。黎莎就和村里其他人一样非常怕她。

布鲁娜的学徒是个长相很普通的女子，二十岁，手脚粗壮，脸颊宽大。在布鲁娜的前一名学徒去世后，村里许多年轻女子去向她学艺。在老太婆严苛的要求下，除了妲西之外都跑光了。

"又丑又壮，像头牛一样。"伊罗娜背地里曾如此调侃妲西，"她怎么会怕那个尖酸刻薄的老巫婆？布鲁娜又不会赶跑上门向她求婚的男人。"

布鲁娜蹲在伤者身旁，伸出稳健的双手检查他们的伤势，妲西则摊开一个沉重的布包，里面缝满小布袋，每个布袋上都绘有符号，放着工具、药水瓶或者药囊。受伤的村民在她治疗时呻吟哀号，但布鲁娜丝毫不理会。她触摸伤口，然后将手指放到鼻子前闻，尽管视力不佳，透过触觉和嗅觉照样能够精确诊断。布鲁娜并未低头，双手在布上的口袋中摸索，以研钵和碾杵混合草药。

妲西开始生火，然后抬头看向站在溪中呆望的黎莎。"黎莎，打些水来，快！"她叫道。

黎莎连忙提水过去。同时布鲁娜站起身来，闻了闻她刚碾好的药。

"笨女孩！"布鲁娜尖叫。黎莎吓了一大跳，还以为她在骂自己。但布鲁娜将研钵和碾杵扔向妲西，重重击中了她的肩膀，草药撒得她满身都是。

布鲁娜在布上摸索，取出每个口袋中的药草，如动物般猛嗅。

"你把臭草放到猪根的口袋里，还把所有天英草和潭普草混在一起！"老太婆挥起满是木瘤的拐杖，对准妲西的肩膀狠狠敲下，"你是打算害死这些人，还是蠢到看不懂符号？"

黎莎看见过自己母亲盛怒的样子，如果说伊罗娜和地心魔物一样可怕，那老巫婆布鲁娜简直就是恶魔之祖。她开始远离她们两人，担心招惹麻烦。

"我不会永远任你如此羞辱，你这个邪恶的老巫婆！"妲西叫道。

"那就滚！"布鲁娜说，"我死的时候宁愿把镇上所有魔印统统抹除，也不会把我的药袋留给你！这样镇民还能少吃些苦！"

妲西大笑。"滚？"她问，"谁来帮你拿药罐和脚架，老太婆？谁帮你生火、帮你煮饭，咳嗽时帮你擦掉脸上的口水？当你受不了风寒的时候，谁推着你这把老骨头东奔西跑？我不需要你，你需要我！"

布鲁娜再次举起拐杖。妲西十分明智地快步跑开，结果却撞上黎莎，两人同时摔倒在地。

布鲁娜趁机再度挥下拐杖。黎莎在尘土中滚向一边，闪避攻击，但布鲁娜下手十分精准。妲西吃痛大叫，伸手挡在头上。

"给我滚！"布鲁娜再度叫道，"我还要照料伤者！"

妲西大声怒吼，爬起身来。黎莎很怕妲西要攻击老女人，结果她只是转身跑开。布鲁娜对着妲西的背影骂出一连串脏话。

黎莎屏住呼吸，压低身体，慢慢向旁边移动。正当她以为自己逃过一劫时，布鲁娜注意到她了。

"你，伊罗娜的女儿！"她伸出拐杖指着黎莎说道，"继续生火，把我的脚架放在火堆上。"

布鲁娜随即回过头去诊断伤者。黎莎没有选择，只能按吩咐去做。

接下来的几个小时，布鲁娜对这个女孩大声下达各式各样的命令，在黎莎东奔西跑的同时抱怨她的动作太慢。她打水、煮水、磨药、煎药，然后混合药膏。每次她完成任何事前就会被年迈的草药师叫去做下一件事，于是她被迫加快速度才能完成任务。被火灼伤及被坍塌房屋压断骨头的伤患一个接着一个被送过来，她担心村子里半数的房屋都在燃烧。

布鲁娜熬煮药茶助某些伤患减轻痛楚，并且用药让某些人沉睡，好让她拿尖锐的器具割开他们的伤处。她全心工作毫不疲惫——缝合伤口、涂抹药物，并包扎伤处。

一直到了下午稍晚，黎莎才突然察觉伤患都已经治疗完了，连传递水桶的队伍也解散了，只剩下自己、布鲁娜及一堆伤患。在布鲁娜的草药作用下，情况危急的伤患恍惚地凝望着前方。

一阵压抑许久的疲惫突然来袭，黎莎跪倒，深深吸了一大口气。她全身疼痛，但这阵痛楚给她带来强烈的满足感。有些伤患本来可能会死，现在保住一命，部分是因为自己的付出。

但真正的英雄是布鲁娜。她突然发现老女人已有好几分钟没有下达命令了。她转过头去，发现布鲁娜瘫在地上，奄奄一息。

"救命！救命！"黎莎大叫，"布鲁娜病倒了！"她挤出体内最后的力量，冲到老女人身边，扶她坐起身来。布鲁娜出奇的轻，黎莎觉得厚披肩和羊毛裙底下除了骨头似乎什么都没有。

布鲁娜全身痉挛，口中缓缓流下唾液。漆黑的双眼中有一层乳白色的薄膜，迷乱地凝望着自己不断颤抖的双手。

黎莎惊慌失措地环顾四周，但附近没有人可以帮忙。她继续扶着布鲁娜，抓起老妇人颤抖的手掌，搓揉纠结的肌肉。

"喔，布鲁娜！"她哀求道，"我该怎么办？拜托，我不知道该怎么帮你！你必须告诉我该怎么做！"无助感如同刀割，黎莎忍不住放声哭泣。

布鲁娜突然抽手，吓得黎莎大声尖叫，害怕对方再度痉挛。但是老草药师在她的帮助下恢复一点力气，伸手到披肩中，取出一个小布袋，推到黎莎面前。剧烈的咳嗽让她虚弱的身躯猛颤，使她挣脱黎莎的手臂，整个人扑倒，每咳一下都像是在地上弹跳的大鱼。黎莎手握布袋，惊恐万分。

她低头看向布袋，轻轻捏一捏，感觉里面放着一堆碾碎的草药。她闻了一闻，一阵混合香料的味道扑鼻而来。

她感谢造物主。如果里面只有一种草药，她绝不可能猜出剂量，但是当天她已经帮布鲁娜煮过很多药和茶，她很清楚里面装的是什么。

她冲到在脚架上冒烟的药壶前，在杯子上摆一片薄布，然后自布袋中取出药草，铺上厚厚一层。她慢慢将开水淋上药草，过滤药水的浓度，接着熟练地绑起薄布，将药包丢入水中。

她跑回布鲁娜身边，用力吹了几下。现在喝会很烫，但是她没时间等到药水凉透。她一手扶起布鲁娜，将杯子放到她满是唾液的嘴唇边。

草药师全身大震，吐出一点药水，但黎莎强迫她喝下，黄色液体自嘴角淌下。她不停抽搐、不停咳嗽，但症状明显减轻了。当她不再颤抖时，黎莎心中一宽，忍不住啜泣。

"黎莎！"她听见一声尖叫。她将目光自布鲁娜身上移开，看见她母亲冲上前来，身后跟着一群镇民。

"你干了什么，你这个没用的废物？"伊罗娜喝斥道。她在其他人跑近前冲到黎莎身边。"我没有儿子救火，只有你这个没用的女儿已经够糟糕了，这下好，你竟然动手害死了这个老太婆？"她举起手来，作势欲打，但布鲁娜扬起骷髅般的枯手，一把抓住伊罗娜的手腕。

"死老太婆是因为她才活了下来，你这个白痴！"布鲁娜沙哑地说道。伊罗娜脸色发白，连忙抽手，仿佛布鲁娜突然间变成了地心魔物。黎莎看在眼中，心里十分痛快。

这时其他镇民已经团团围上来，七嘴八舌地询问怎么回事。

"我女儿救了布鲁娜一命！"伊罗娜抢在黎莎和布鲁娜前大声宣扬。

遗骸被抛入最后一栋燃烧房舍的过程中，米歇尔牧师一直高举封面绘有魔印的《卡农经》，让所有人都能看见这本圣典。镇民脱帽围观，低头倾听。约拿朝火堆投入焚香，试图驱散焚烧尸体的臭味。

"在解放者回来带领人们摆脱恶魔瘟疫之前，我们要牢记最初恶魔就是因为人类的罪孽而降临人间的。"米歇尔大声念叨，"奸夫淫妇的罪孽，骗子、小偷和高利贷的罪孽！"

"夹紧屁眼的人们的罪孽。"伊罗娜低声道。旁边有人偷笑。

"离开人世的人们会接受审判。"米歇尔继续道，"遵循造物主意志的人会进入天堂，违背神的意旨的人，被物质或情欲的罪孽玷污的人，会在地心魔域中永远燃烧！"他合上圣典，围观的村民低头默哀。

"尽管我们应该为死者哀悼，"米歇尔道，"我们也不该忘记在造物主眷顾下幸存的人们。让我打开酒桶，敬死者一杯。让我们传诵深爱之人的故事，然后报之一笑，因为生命是可贵的，不该蹉跎浪费；我们把眼泪留到今晚回家后再流。"

"这就是我们的牧师,"伊罗娜嘀咕道,"一有机会就要开酒。"

"亲爱的,"尼厄说着轻拍她的手背,"他也是一片好意。"

"懦夫当然要帮酒鬼出头。"伊罗娜说着抽回手,"史蒂夫会冲入燃烧的房屋救人,而我的丈夫却只会龟缩在女人身边。"

"我在传水救火!"尼厄抗议道。他和史蒂夫一直是情敌,人人都说他靠着钱包赢得伊罗娜的人,却没有赢得她的心。

"像个女人。"伊罗娜说着看向位于人群另一边、体格壮硕的史蒂夫。

一直以来就是这样,黎莎真希望自己可以不用目睹这个画面。她希望被地心魔物害死的是她母亲,而不是那七个好人。她希望父亲可以挺身反抗一次,就算不是为了女儿,也该为他自己。她希望自己初经已经来潮,这样她就可以随加尔德离开,不会再看到他们两个。

因为年纪太大或太小而没有参加救火的人们,为其他镇民准备了丰盛的晚饭,并在众人疲惫不堪地坐上餐桌、目光沉重地凝望废墟时,将饭菜端上桌。

大火已经扑灭,伤患都已经包扎治疗,距离日落还有好几个小时。牧师的话为庆幸没死的人们抹去心中的罪恶。史密特的洼地麦酒将剩下的阴霾一扫而空。有人说史密特的麦酒可以治疗所有伤痛,而此刻镇上有太多的伤痛需要治疗。不久,人们开始谈论死者的生平事迹,长桌上逐渐出现笑声。

加尔德和他的朋友,伦、弗林及他们的妻子坐在隔壁几桌,还有另一个朋友艾文。这些男孩全是伐木工,都比加尔德年长,但除了伦之外,其他人都比加尔德瘦小。很明显,等加尔德长大成人后肯定会比伦还壮。这群人里只有艾文还没订婚,尽管他的脾气暴躁,还是有很多女孩对他有意思。

年长的男孩很喜欢调侃加尔德，特别是关于黎莎的话题。她不喜欢被迫坐在父母身边，但更讨厌坐在男孩桌听伦和弗林的猥亵段子，以及看艾文到处找人打架。

用完餐后，米歇尔牧师和约拿辅祭站起身来，带着一大盘食物前往圣堂。妲西在那里照顾布鲁娜和其他伤患。黎莎主动离席，过去帮忙。加尔德察觉她的举动，起身前去找她。但她才刚站起，立刻就被她的闺中好友布莉安娜、赛拉和麦莉围了上去。

"是真的吗？"赛拉拉着她的左臂问道。

"大家都说你打昏妲西，救了老巫婆布鲁娜一命！"麦莉拉着她的右臂说。黎莎无助地回头看向加尔德，然后就被她们拉走了。

"让那头大灰熊慢慢等着。"布莉安娜狡黠地对她说道。

"就算等到婚后，你的地位还是不如那些女孩，加尔德！"伦叫道。同桌哥们立刻哈哈大笑起来，用力敲打桌面。女孩们不理他们，撩起裙摆坐在草地上，远离越喝越多的男人们。

"这阵子加尔德会常常听见这句嘲笑话。"布莉安娜笑道，"伦赌五卡拉说他在日落前都亲不到你，更别说想上下其手——"她如今十六岁，已经当了两年寡妇，不过身边不乏追求者。她说这是因为她很懂得身为人妇的技巧。她与父亲及两个哥哥同住，一家人都是伐木工，在家中扮演所有男人的母亲。

"我和某人不一样，不会让每个路过的男人上下其手。"黎莎说道。布莉安娜脸色一沉。

"如果我和加尔德订婚，我一定让他上下其手。"赛拉说。她十五岁，留着一头棕色短发，花栗鼠般的脸上满是雀斑。她去年与一个男孩订婚，但对方和他父亲都在某天晚上惨遭地心魔物的毒手。

"真希望我已经订婚了。"麦莉抱怨道。她今年十四岁,身材瘦弱、脸颊凹陷、鼻子很挺。她已经发育完全了,但不管父母如何努力,就是没办法帮她找到对象。伊罗娜叫她稻草人。"没有男人会想在那么干瘪的大腿间塞个小孩进去。怕小孩出生时稻草人就会裂成两半。"

"你很快就会订婚的。"黎莎对她说道。十二三岁的她是这群死党中较小的,但其他人似乎都以她为中心。伊罗娜说这是因为她比较漂亮,家里也比较富有。但黎莎绝不相信自己的朋友如此肤浅。

"你真的拿木棍打了妲西吗?"麦莉问。

"不是这么回事。"黎莎说,"妲西犯了错,布鲁娜就用拐杖打她。妲西试图退后,结果撞到我。我们一起摔在地上,布鲁娜继续打她,直到她逃走。"

"如果她用拐杖打我,我一定会立刻还手。"布莉安娜说,"爸说布鲁娜是女巫,晚上会在她的小屋中和恶魔交合。"

"胡说八道!"黎莎大声反驳道。

"那她干吗住在离镇上那么远的地方?"赛拉问道,"又怎么可能在孙子都去世后仍活得好好的?"

"因为她是草药师。"黎莎说,"草药可不会生长在镇上的广场。我今天帮了她一天忙。她真的很了不起。我以为一半以上的伤患必死无疑,但她救活了每个人。"

"你有看见她对他们施法吗?"麦莉兴奋地问道。

"她不是女巫!"黎莎说,"她救人全靠草药、小刀和缝线。"

"她拿刀砍人?"麦莉一脸恐怖地问。

"女巫。"布莉安娜说。赛拉也跟着点头。

黎莎不悦地瞪了她们一眼,大家立刻安静下来。"她不是乱砍人。她是治疗他们，那是……我不会解释。她很老了，但还是尽心尽力地治好每一个人，好像完全靠意志力在支撑。她治疗完最后一个病人后就当场瘫倒了。"

"然后你救了她？"麦莉问。

黎莎点头。"她在开始狂咳前把解药交给我。真的，我只是帮忙熬药。我抱着她，直到她不再咳嗽，然后大家就找来了。"

"你有碰她？"布莉安娜做个鬼脸，"我敢说她身上一定满是酸牛奶和杂草的味道。"

"造物主呀！"黎莎叫道，"布鲁娜今天救了十几人，而你们竟然就只会嘲讽她！"

"老天呀，"布莉安娜继续嘲讽，"黎莎救了老巫婆，胸部突然就大到挤不进姐妹的意见了。"黎莎脸色大变，身为朋友中最晚发育的人，平坦的胸部是她最大的痛处。

"以前你也会这样说布鲁娜，黎莎。"赛拉说。

"或许吧，但是再也不会了。"黎莎说，"她或许是尖酸刻薄的老太婆，但我们不该这样说她。"

此时，约拿辅祭来到她们面前。他十七岁，身材矮小，体重太轻，既挥不动斧头也拉不动锯子。约拿大多数时间都在写信及读信给不识字的村民，黎莎是镇上少数几名识字的小孩之一，常常跑去向他借阅米歇尔牧师的藏书。

"布鲁娜让我给你捎个口信，"他对黎莎说，"她希望……"

他话都没说完，突然被人从后面一拽。尽管约拿比他大几个月，加尔德还是把他当成纸娃娃般转了半圈。一把拉起他胸口的布袍，使劲地扯到两人的鼻子几乎碰上。

"我警告过你不准与你没有婚约的女人搭话。"加尔德吼道。

"我又没有!"约拿抗议,双脚已经离地近一英寸,"我只是——"

"加尔德!"黎莎大叫,"赶紧放他下来!"

加尔德看着黎莎,接着看看约拿,目光瞟向自己的朋友,接着又转回黎莎的脸上。他放开手,约拿一屁股摔在地上,狼狈地爬起身,然后气匆匆地离开了。布莉安娜和赛拉咯咯娇笑,随即在黎莎严峻的目光下噤声,黎莎转身面对加尔德。

"你到底在发什么疯?"黎莎问道。

加尔德低下头去。"我很抱歉,"他说,"我只是……我一整天都没机会和你说话,所以一看到你和他说话我就受不了。"

"喔,加尔德,"黎莎轻抚他的脸颊,"你没有必要忌妒,我心里只有你一个人。"

"你说的是真的?"加尔德问。

"你会向约拿道歉吗?"黎莎问。

"会。"加尔德保证。

"好吧,我相信你。"黎莎说,"现在回餐桌去坐着,我过一会儿就去找你。"她亲他一下,加尔德立刻笑容满面地离开了。

"我想这就和训练一头熊没有什么两样。"布莉安娜一脸假作正经地道。

"一头坐在荆棘地里的熊。"赛拉说。

"你们不要说他坏话。"黎莎说,"加尔德没有恶意。他只是太壮,还有一点……"

"笨重!"布莉安娜帮她说完。

"愚钝!"赛拉补充。

"愚蠢!"麦莉建议。

黎莎打了她们每人一下,然后一起哈哈大笑。

加尔德像护花使者般地坐在黎莎身旁,他和史蒂夫跑来与黎莎一家人坐在一起。他们已订婚,她很希望他能够搂着自己,但在她到适婚年龄并经过牧师正式承认婚约前,这样做还是很不得体。即使到了那时,理论上他们在新婚之夜还是只能牵手和接吻。

尽管如此,黎莎还是会在独处时让加尔德亲吻自己;而不管布莉安娜怎么想,她一直坚守亲吻的界限。她希望保守传统,让新婚之夜成为他们永生难忘的回忆。

当然,克拉莉莎的前例也是原因之一。她爱好跳舞和调情,教过黎莎和她的朋友们盘头发。她的相貌出众,身边不乏追求者。

她的儿子三岁了,但至今没有任何伐木洼地的男人出面承认是他的父亲。通常来说,此人必定是有妇之夫,而在她的肚子逐渐变大的几个月里,米歇尔牧师在每场布道会上都不忘提醒她及像她一样的女人,就算是这样的罪恶使得造物主降下的瘟疫恶化——"外界的恶魔就是人心恶魔的写照。"

人人都爱克拉莉莎,但是怀孕事件曝光后,全镇的人态度大变。女人回避她,在她路过时交头接耳;男人在妻子身旁时都不愿正视她,不在妻子身旁时则编关于她的荤段子。

孩子一出生,克拉莉莎立刻随一名前往来森堡的信使离开了,从此再也没有回来。黎莎很想念她。

"不知道布鲁娜叫约拿来有什么事。"黎莎说。

"我讨厌那个小矮子。"加尔德大声道,"他每次看你的样子都很猥琐,不知道在想些什么。"

"既然他只是想想,"黎莎问,"你管他干吗?"

"我不会与别人分享你,就算是在其他男人的梦里也不行。"加尔德道,在桌子底下将大手放在她的手上。黎莎轻叹一声,靠在他的身上——让布鲁娜等等吧。

此时,史密特突然起身,双腿因酒醉而颤抖,将酒杯重重放在桌上。"所有人!听我说,拜托!"他的妻子史黛芙妮扶着他站上板凳,随时留意,避免他摔下来。镇民安静下来,史密特清清喉咙。他或许不喜欢下达命令,但是他很喜欢演讲。

"困难最能激发人类善心。"他开始说道,"正是这种时刻让我们有机会在造物主面前证明我们的价值;证明我们已走向正途,有资格让他派遣解放者降世;证明夜晚的邪恶无法夺走我们守护家族的决心。"

"因为这就是伐木洼地,"史密特继续,"一个大家族。喔,我们彼此争吵、打闹、选边对立,但是当地心魔物出现时,我们将家族之间的纠葛就像纺纱机上的丝线,将我们全部系在一起。不管彼此有多少仇怨,我们绝对不在恶魔面前放弃任何人。"

"昨晚有四栋房舍失去魔印守护。"史密特对镇民道,"拜地心魔物无情的摧残所赐。但在人们英勇的抵抗下,只有七人丧身魔爪。"

"尼可拉斯!"史密特大叫,指着坐在他对面的淡褐发男人,"冲入燃烧的房舍中救出他的母亲!"

"乔!"他指向另一名男子,对方跳了起来,"两天前,他还和戴夫你追我打,两人吵得不可开交。但昨晚,乔拿斧头攻击木恶魔——一头木恶魔——争取时间让戴夫一家人进入他家的魔印力场!"

史密特跳上桌面,尽管喝醉了,亢奋的情绪仍让他身手敏捷。他在桌上走来走去,大叫镇民的名字,宣讲他们昨晚的英勇事迹。"白天里也有不少英雄。"他继续道,"加尔德和史蒂夫!"他指着他们大叫。

"不顾自己家中大火,忙着帮比较有机会止住火势的房舍灭火!因为他们和其他人的努力,只有八间房屋着火,而火势本来就有可能蔓延到全镇所有房舍!"

史密特转身,突然将目光集中在黎莎身上。他举起手,一根手指指向她,她感觉像被一拳击中。"黎莎!"他叫,"年仅十三岁,她救了草药师布鲁娜的性命!"

"伐木洼地的每个村民都有一颗善良而坚强的心!"史密特说着挥手扫过所有人,"地心魔物测试我们,悲剧作弄我们,但伐木洼地就像密尔恩的铁链,永远不会拉断!"

村民高声欢呼。失去亲友的人们叫得最大声,泪水流湿脸颊。

史密特站在群众的喧闹中,沉浸在兴奋的情绪里。不久后,他拍了拍手,镇民随即安静下来。

"米歇尔牧师,"他说着指向对方,"已经为伤患打开圣堂大门,史黛芙妮和妲西今晚自愿留在那里照顾他们。米歇尔同时为无家可归的人提供造物主的魔印。"

史密特扬起拳头。"但是英雄不该躺在圣堂的木板凳上!在家人围绕他们时不行。我的酒馆可以留宿十人,有必要还可以收留更多。还有谁愿意与英雄们分享家里的魔印和床铺?"

所有人再度高声喧哗,这次比之前还要大声,史密特笑容满面。他再度拍手。"造物主对所有人微笑。"他说,"天色已晚,我就指定……"

伊罗娜站起身来。她也喝了几杯,讲话含糊不清。"厄尼和我会收留加尔德和史蒂夫。"她说,厄尼立刻转头看她。"我们有空房,而且加尔德和黎莎已经订婚了,我们基本上可以算是亲戚。"

"你真大方,伊罗娜。"史密特难掩惊讶地说道。伊罗娜很少这么大方,而且通常在有利可图时才会大方。

"你认为这样妥当吗?"史黛芙妮大声问道,所有人立刻将目光集中在她身上。没有在丈夫的酒馆工作时,她就会到圣堂去当义工,或是研读《可农经》。她讨厌伊罗娜——这在黎莎心中留下不错的印象,但她同时也是克拉莉莎怀孕后第一个公开指责她的人。

"两个定有婚约的孩子住在同一个屋檐下?"史黛芙妮问,但是她的目光直视史蒂夫,而非加尔德,"天知道会发生什么不恰当的事?或许你们还是收留其他人比较好,让加尔德和史蒂夫待在酒馆里。"

伊罗娜眯起双眼。"我认为三个父母管得着两个小孩,史黛芙妮。"她冷冷说道。她转向加尔德,捏捏他宽厚的肩膀。"我未来的女婿今天一个人抵五人用。"她说,"还有史蒂夫,"她伸手戳戳醉汉厚实的胸口,"抵十个人。"

她转头面对黎莎,但是小小地绊了一跤。史蒂夫哈哈大笑,在她跌倒之前一把搂住她的腰。他的手掌在她的纤腰前显得格外巨大。"就连我……"她吞下"一无是处"这几个字,但黎莎还是听见了,"女儿今天的表现都十分英勇,我不会让我心目中的英雄在其他人家里过夜。"

尽管史黛芙妮皱起眉。但其他镇民都认为这件事已讲定了,于是继续出面收留有需要的人。

伊罗娜再度摔跤。整个人笑嘻嘻地坐在史蒂夫大腿上。"你可以睡在黎莎房间。"她对他说道,"就在我房间隔壁。"她最后一句话是压低音量说的,但她喝醉了,因此所有人都听到了。加尔德眼色一红。史蒂夫哈哈大笑。厄尼则垂头丧气。

黎莎很同情父亲。"我希望地心魔物昨晚就抓走她。"她说。

"对任何人都不能说这种话。"厄尼严峻地瞪着黎莎,直到她点头。

"再说,"厄尼哀伤地补充道,"它们或许会立刻把她还给我们。"

在分配好住宿事宜,大家都准备回家时,人群突然骚动起来,众人纷纷让道两旁。老巫婆布鲁娜一拐一拐地走了过来。

约拿辅祭扶着老妇人的手臂一同走来。黎莎连忙起身,上前扶起她另外一只手臂。"布鲁娜,你不该起床,"她劝道,"你需要休息!"

"这都是你的错,孩子。"布鲁娜大声道,"有些人比我更严重,而我需要我家里的草药才能治愈他们。如果你的保镖,"她瞪向加尔德,他吓得立刻退开,"原来让约拿来叫你过去,我就可以给你一份药品清单。但现在天色已晚,所以我必须带你一起跑一趟。我们可以在我家过夜,明天一早再赶回来。"

"为什么找我?"黎莎问。

"因为镇上其他蠢女孩都不识字!"布鲁娜叫道,"他们会把药瓶上的标签搞得比那头木牛妲西还乱!"

"约拿识字。"黎莎说。

"我愿意去。"辅祭才刚开口,布鲁娜立刻一拐杖戳在他的脚上,他痛得叫出声来。

"草药师是女人的事儿,女孩。"布鲁娜道,"教徒在我们工作时只能站在旁边祷告。"

"我……"黎莎开口,回头看向父母,试图找借口脱身。

"我认为这是好主意。"伊罗娜说,终于离开史蒂夫的大腿,"在布鲁娜家过夜。"她将黎莎往前一推。"我女儿很乐意帮忙。"她笑容满面地说。

"或许加尔德也该一起去?"史蒂夫说着踢了他儿子一脚。

"明早你们需要壮丁帮忙把草药和药水抬回镇上。"伊罗娜同意,拉起加尔德。

年迈的草药师看看他,看了看史蒂夫,最后终于点头。

前往布鲁娜家的旅程十分漫长,老巫婆步履蹒跚,如同爬行。他们直到日落时分才抵达小屋。

"去检查魔印,小子。"布鲁娜对加尔德命令道。他奉命离开。黎莎领她进屋,带她坐在铺着椅垫的椅子上,然后拉了块有衬里的毯子为她盖上。布鲁娜大口喘气,黎莎很怕她随时又要开始咳嗽。她在壶里装满清水,在壁炉中添加木柴和引火的秸秆,四下找寻火石和贴片。

"在布幔上的盒子里。"布鲁娜说。黎莎随即注意到一个小木盒,她打开盒子,但里面没有火石和铁片,只有末端裹着某种黏土的短木棒;她拿起两根木棒摩擦。

"不是那样,女孩!"布鲁娜大声道,"你从来没有见过火焰棒吗?"

黎莎摇头。"爸在店里混合化学原料的地方放了一些,"黎莎说,"但他从来不让我进去。"

老草药师轻叹一声,指示黎莎来到她面前。她拿起一根火焰棒,抵在干瘪的大拇指上。她轻弹拇指,火焰棒的末端立刻燃烧起来;黎莎惊讶得眼睛都快蹦出来了。

"草药学可不只与植物有关,女孩。"布鲁娜边说边在火焰棒烧完前点燃一张纸媒,并以纸媒点燃油灯,然后将纸媒交给黎莎。她高举油灯,照亮积满灰尘的书柜,以及满满的书籍。

"哇!老天!"黎莎惊呼道,"你的书比米歇尔牧师的还多!"

"这些可不是教徒杜撰出来的故事,女孩。草药师是世界上古老知识的守护者,来自大回归时代恶魔焚烧大图书馆前的古老知识。"

"科学?"黎莎问,"不正是科学的傲慢导致大瘟疫的吗?"

"那是米歇尔的愚见。"布鲁娜道,"如果我知道那个男孩长大以后会变成这样一个傲慢的混蛋,我就会把他留在他妈的两腿之间。第一次驱逐地心魔物的是科学,同时也是魔法。传说中只有伟大的草药师能够治愈沉重的伤势,并且混合出威力强大的药剂,以火焰和剧毒击毙恶魔。"

黎莎还想发问,但加尔德刚好进屋。布鲁娜指向壁炉,黎莎点燃炉中的柴火,将水壶挂在火堆上。不久把水烧开了,布鲁娜在长袍内许多口袋中摸索,在自己的杯中加入特别的配方,然后在黎莎和加尔德的杯中加入茶叶。她的动作十分迅速,但黎莎仍然注意到老妇人在加尔德杯中添加了别的东西。

她在杯中倒入开水,接着他们一起在尴尬的沉默中喝茶。加尔德很快就喝光一杯茶,接着就开始揉眼睛。不久后,他颓然倾倒,沉沉睡去。

"你在他茶里下了什么药?"黎莎惊问道。

老女人呵呵大笑道。"潭普树脂和天英草粉。"她说,"两样药草分别有很多用途,但混在一起,只要一丁点儿就能让一头公牛昏睡一晚了。"

"为什么要这样?"黎莎问。

布鲁娜露出十分吓人的笑容。"当做防护措施。——不管有没有婚约,你都不能相信十五岁的少年会安分地与年轻女孩共度一宿。"

"那为什么要他跟来?"黎莎问。

布鲁娜摇头。"我劝你父亲不要娶那个泼妇,但是她晃晃胸部就把他迷得神魂颠倒。"她叹气。"醉成那个样子,史蒂夫和你妈不管家里有什么人在都会乱来。"她说,"但加尔德不该听到那些声音,这个年纪的男孩没听到那种声音就够糟糕了。"

黎莎瞪目。"我妈才不会……"

"话可不能乱说,女孩,"布鲁娜打断她道,"造物主不喜欢说谎的人。"

黎莎垂头丧气,她知道伊罗娜是什么样的人。"加尔德可不是那种人。"

布鲁娜嗤之以鼻。"等你当了村子里的接生婆时再看看说不说得出这种话。"

"只要我月经来了,这一切就毫不重要。"黎莎说,"到时候加尔德就可以和我结婚,我就可以和他做所有妻子该做的事。"

"跃跃欲试,是吧?"布鲁娜似笑非笑地问道,"我承认那不是坏事。男人除了挥动斧头、搬运重物之外还有其他用处。"

"为什么我的月经还没来?"黎莎问,"赛拉和麦莉十二岁时就已经染红她们的床单,而我今年已经十三岁了!到底怎么了?"

"什么问题也没有。"布鲁娜说,"每个女孩初经的时间都不一样。你或许还要再等一年,甚至更久。"

"一年!"黎莎惊呼。

"不要急着摆脱童年,女孩。"布鲁娜道,"长大后,你会怀念童年；人生不是只有躺在男人下面帮他生孩子而已。"

"还有什么事可以和生孩子相提并论？"黎莎问。

布鲁娜指向书柜。"挑一本书。"她说，"随便一本。拿过来，我让你见识见识世界有多大。"

## 第五章　拥挤的家

**319 AR**

　　尽管昨天忙了一天，很疲惫，黎莎还是看书看到很晚才睡。黎莎在布鲁娜家老公鸡的啼声中惊醒时，加尔德和布鲁娜还在沉睡。她搓揉脸颊，发现书本在自己脸上印出了一道深深的痕迹，她本来以为草药师就是帮人接骨接生，现在她才知道这门学问是多么的博大精深。草药师研究自然界的一切，找出各种混合造物主创造之物的方法，为他的子民谋福利。

　　黎莎解下绑头发的丝带，放在书页之间，然后不舍地合上书本，仿佛那是本《可农经》。她站起身，舒展四肢，在火炉中添加木柴，然后搅动余火，重燃火苗。她架上水壶，接着走过去摇醒加尔德。

　　"起床，懒骨头。"她压低音量喊道。加尔德只发出低吟声，未见动静。不管布鲁娜给他下了什么药，总之药效都很强。她用力摇晃。他挥手赶她，眼睛依然不肯睁开。

　　"再不起床就没早饭吃。"黎莎笑着踢他一脚。

　　加尔德再度低吟，眼睛终于眯开一条缝。当黎莎再次提伸腿要踢时，他出手抓住她的脚，一把将她拉到床上。他翻身压在她的身上，把她搂在强壮的手臂中，黎莎在他的亲吻下咯咯娇笑。

　　"停下来，"她说，假意拍打他，"你会吵醒布鲁娜的。"

"吵醒又怎样？"加尔德问，"那个老巫婆已经一百多岁，眼睛瞎得像蝙蝠一样。"

"老巫婆的耳朵依然管用。"布鲁娜说着睁开一只泛白的眼睛。

加尔德惊叫一声，跳起身来，迅速远离黎莎和布鲁娜。

"在我家里给我规矩一点，小鬼，不然我就煮一锅能让你一年没法勃起的药茶。"布鲁娜说。

黎莎看着加尔德被吓得脸都白了，咬紧双唇忍住笑意。不知道为什么，她已经不怕布鲁娜了，而且她很喜欢欣赏老妇人训人的模样。

"你听懂了吗？"布鲁娜问。

"是的，女士。"加尔德答道。

"很好。"布鲁娜说，"现在用你那强壮的臂膀出去劈点柴回来。"加尔德在她说完前已经夺门而出。黎莎笑嘻嘻地关上房门。

"很有趣的画面，对吧？"布鲁娜问。

"我从来没见过任何人能让加尔德跑那么快。"黎莎说。

"走近一点儿，让我瞧瞧你。"布鲁娜说。黎莎照做。她继续说道。"要当镇上的医疗师不能只会煎药，一句强而有力的恐吓就足以制服镇上最高大的男孩，让他在伤人前三思而后行。"

"加尔德不会伤害任何人。"黎莎说。

"你说是什么就是什么吧。"布鲁娜道，但语气听起来很敷衍。

"你真的能够制造让他没法勃起的药吗？"黎莎问。

布鲁娜大笑。"一年？"她说，"单靠一剂办不到。不过几天可以，甚至一个星期，就跟在他茶中下药一般轻而易举。"

黎莎若有所思。

"怎么了，女孩？"布鲁娜问，"担心他会在婚前对你乱来？"

"我想对史蒂夫下药。"黎莎说。

布鲁娜点头。"这样想是应该的。"她建议道，"但是别担心，你母亲很清楚这种把戏。她年轻时常常来找我，想要借助草药师的帮助控制经期，以免在乱来时怀下孽种。当年我没有看出她的把戏，很遗憾地说，我教了她很多不该教的知识。"

"当爸抱妈步入家门时，妈就已经不是处女了？"黎莎震惊地问道。

布鲁娜大哼一声。"镇上有一半以上的男人都和她睡过，直到史蒂夫赶跑所有人。"

黎莎相当震惊。"妈在克拉莉莎怀孕时还公开指责她。"

布鲁娜对着地上吐口水。"所有人都指责那个可怜的女孩。全都是伪善者！史密特说什么全镇都是一家人，但当他老婆率领全镇镇民抨击那个女孩时，好像她是运气好、结婚得早，或是够聪明，懂得事先防备。"

"事先防备？"黎莎问。

布鲁娜摇头。"伊罗娜一心只想抱孙子，什么都没有对你说，是不是？"她问，"告诉我，女孩，小孩是怎么来的？"

黎莎脸色一红。"男人，我是说，你丈夫……他……"

"大声说出来，女孩。"布鲁娜大声道，"我老到没有时间等你害羞了。"

"他在你的体内播种。"黎莎说，脸颊比先前还红。

布鲁娜大笑。"你有办法治疗灼烧和恶魔伤口，但面对创造生命的话题却扭扭怩怩？"

黎莎开口欲言，但是布鲁娜打断了她。

"你的男人把种子播在你肚子里,然后你就可以心满意足地躺在他的身边。"布鲁娜道,"但就像克拉莉莎学到的教训,男人未必会及时自你体内拔出,聪明的女孩就知道要来找我要茶。"

"茶?"黎莎问,一字一句都不肯放过。

"庞姆叶,以一定比例混合其他药草,就会是一种不让男人种子在你体内扎根的药茶。"

※

"但米歇尔牧师说……"黎莎开口道。

"别念《可农经》。"布鲁娜打断她,"那是男人写的书,完全没有考虑到女人的感受。"黎莎立刻闭嘴。

"你老妈常来找我。"布鲁娜继续道,"咨询一些老偏方,在小屋附近帮忙,为我磨药。我本来打算收她为学徒,但她唯一想学的只有庞姆茶的秘密。当我教会她后,她就跑远了,再也没有回来。"

"听起来像她做的事。"黎莎说。

"少量饮用庞姆茶不会有问题。"布鲁娜说,"但史蒂夫性欲很强,你妈喝太多了。在他们两个做了上千次后,你父亲的生意开始兴隆了,于是她看上了他的钱包。当时,你老妈的子宫已经被榨干了。"

黎莎好奇地打量着她。

"与你老爸结婚后,伊罗娜想要怀胎努力了两年,都失败了。"布鲁娜说,"史蒂夫娶了年轻女子,一夜之间就让对方怀孕,这件事让你妈更加心急。最后,她又回来找我,哀求我帮忙。"

黎莎凑上前去,心知自己的一生与布鲁娜接下来要说的事有关。

"庞姆茶必须少量饮用。"布鲁娜重复道,"而且最好一个月要停用一段时间,让你的月经来潮。不这么做,有可能导致终生不孕。我警告过伊罗娜,但她是下半身的奴隶,根本听不进去。我用了好几个月的药,观察她的月经,又拿药让她添加在你父亲的饮食里。最后,她终于怀上了你。"

"我?"黎莎道,"她怀了我?"

布鲁娜点头。"我很为你担心。你妈的子宫十分虚弱,我们都知道她没有机会再度怀孕。她每天都来找我,要我检查她的儿子。"

"儿子?"黎莎问。

"我警告过她可能不是儿子。"布鲁娜说。但是伊罗娜十分固执。"造物主不会如此残忍的。"她说,"完全忘记了地心魔物也是同一个造物主创造出来的产物。"

"所以我只是造物主残忍的玩笑?"黎莎问。

布鲁娜伸出枯瘦的手指抬起黎莎的下巴,将她钩到眼前。黎莎在老妇人讲话的同时默默看着她嘴边猫须般的灰色长毛。

"我们是什么样子都是自己选择的,女孩。"她说,"让其他人决定你的价值,你就输定了,因为没有人希望其他人比自己更有价值。伊罗娜一生无数错误的决定都只能怪自己,怨不得别人,但她太骄傲,不敢承认,把气出在你和可怜的厄尼身上总是比较容易。"

"我希望有人揭发她淫荡的行为,逼她远走他乡。"黎莎说。

"你为了私怨宁愿出卖自己的性别?"布鲁娜问。

"我不懂。"黎莎说。

"女人想要男人而张开双腿并不是罪,黎莎。"布鲁娜道,

"草药师不会因为人们年轻气盛时顺应本性所做的事去评断他人,我不能忍受的是背弃誓约者。誓约一出口,女孩,你最好遵守你的誓言。"

黎莎点头。

加尔德正好在这时走了进来。"妲西前来接你回镇上。"他对布鲁娜说道。

"我发誓我已经开除了那头愚蠢的母猪。"布鲁娜咕哝道。

"镇议会昨天开会决议将我复职。"妲西说着推门走了进来。她没有加尔德那么高,但也差不多,而且体重比他重多了。"这是你自己的错,没人有能力接下这份工作。"

"他们无权这么做!"布鲁娜叫道。

"他们有权这么做。"妲西道,"我也不喜欢这种情况,但你随时都有可能死掉,镇上需要人照顾病患。"

"你死了,我都还没死。"布鲁娜冷笑一声,"我会自己选择学徒。"

"那我就待到你选好为止。"妲西说着转向黎莎,露出一口白森森的牙齿。

"那就发挥一点用处,下去煮粥。"布鲁娜道,"加尔德正在长身体,需要吃早饭补充体力。"

妲西皱起眉,但还是卷起衣袖,朝沸腾的水壶走去。

"回到镇上后,我要去找史密特好好谈谈。"布鲁娜喃喃说道。

"妲西真的这么糟糕吗?"黎莎问。

布鲁娜微弱的目光转向加尔德。"我知道你比公牛还要强壮,小子,但我想外面还有柴没劈完?"

加尔德一听就懂,转眼间已经冲出大门,不久她们就听见外面传来了劈柴声。

"妲西在小屋附近打杂是很够用了。"布鲁娜承认道,"她劈柴的速度几乎和你的男朋友一样快,煮的粥也很香。但那双肥大的手掌太笨拙,不适合治病疗伤,而且她在草药学方面的天赋有限。她当接生婆没有问题——任何蠢材都有办法把小孩拉出来——接骨她也是绝佳人选,但面对比较复杂的疾病,她就束手无策了。如果她成为本镇的草药师,我会为本镇感到悲哀。"

"如果你连晚饭都做不好,还妄想当好加尔德的妻子!"伊罗娜大声喝斥。

黎莎皱眉,据她所知,她母亲从来没有做过一顿好饭。而且自己好几个晚上没睡好了,但是造物主还是不让她妈出手帮忙。

这几天,白天她都在帮布鲁娜和妲西照料伤患。她学得很快,使得布鲁娜拿她当作指导妲西的典范。妲西并不喜欢这种情形。

黎莎知道布鲁娜想要收她当学徒——老妇人没有明说,但她的意图十分明显。可是她也必须照顾到她父亲的造纸厂。她很小的时候就在店里帮忙,为镇民撰写讯息,填写单据。她装帧的技巧比他还高,而黎莎也很喜欢在纸张四周镶花瓣,雷克顿和来森堡的贵妇愿意支付比她们丈夫购买白纸更高的价钱来买这种纸张。厄尼经常夸她在这方面的天赋。

厄尼希望在自己退休时,黎莎来掌管店面,还有加尔德帮忙做一些如制作纸浆的粗活。但黎莎对造纸一直提不起多大兴趣。她勤于帮忙,主要是为躲避母亲尖酸刻薄的责骂。

伊罗娜喜欢管钱,但她反感纸浆缸里碱水的味道和碾磨的声音。店里是黎莎和厄尼常用的避难所。

史蒂夫豪迈的笑声吸引了正在切菜的黎莎。他在客厅里，坐在她父亲的椅子上，喝着父亲的麦酒。伊罗娜坐在椅臂上，手掌搭在他的肩上，笑嘻嘻地靠向史蒂夫。

黎莎希望自己是火恶魔，这样就可以对他们吐一团火焰。她一辈子都因为和伊罗娜困在同一个屋檐下而闷闷不乐，现在布鲁娜的故事在她脑中挥之不去——老妈只爱老爸的钱。她将女儿视为造物主的残忍玩笑，而且结婚时，当父亲抱着她跨越家中魔印时，她就已经不是处女了。不知道为什么，她最反感母亲这一点。尽管布鲁娜说，女人享受男人带来的欢愉并非罪孽，但她母亲的虚伪依然令她作呕——为了掩饰自己的放浪，她还赶跑了克拉莉莎。

我绝不会像你一样。黎莎发誓。我一定会遵循造物主之道，要在自己的新房里成为真正的女人。

史蒂夫说的话引得伊罗娜尖声浪笑。黎莎开始自顾自地唱歌，试图盖过他们调情的声音——黎莎的嗓音清脆悦耳，米歇尔牧师曾一直想请她在讲道时唱歌。

"黎莎！"不久后，她母亲大叫，"闭上你的鸟嘴，太影响我们思考问题了！"

"听起来不像有人在思考。"黎莎嘟哝道。

"你说什么？"伊罗娜喝道。

"什么也没说！"黎莎很无辜地回道。

日落过后，他们开始吃晚饭，黎莎欣慰地看着加尔德用她做的面包刮净第三盘她煮的菜。

"她厨艺不好，加尔德。"伊罗娜道歉道，"但是只要捏着鼻子，还是管饱。"

史蒂夫正在张口喝酒，被逗得把酒从鼻子里喷了出来。加尔德嘲笑自己父亲。伊罗娜则扯下厄尼大腿上的餐巾去擦史蒂夫的脸。黎莎转向父亲。但他一直埋头吃饭,他每天从店里回家都很少说话。

黎莎实在受不了了。她收拾了餐桌,回到自己房间,但是那也不是什么避难所。她忘了她妈把房间让给史蒂夫了。粗鲁的伐木工把她一尘不染的房子踩得满地都是泥巴,还把脏兮兮的靴子摆在她的床边,用她最喜欢的书垫在地上。

她大叫一声,冲向自己的书。但封面已经沾满了泥巴。她软绵绵的来森羊毛床单沾满不知道是什么玩意儿的东西,闻起来像是汗水和她妈最喜爱的安吉尔斯高档香水混杂出来的味道。

黎莎感到一阵恶心。她紧紧抱着宝贵的书本,逃往她父亲的纸店,一边哭泣一边徒劳无功地擦拭书上的泥巴。

加尔德在纸店里找到了她。"原来这里就是你的避难所。"他说着伸出粗壮的手臂将她拥入怀中。

黎莎推开他,拭去眼泪,尽力让自己平静下来。"我想单独待一会儿。"

加尔德抓住她的手臂,问道:"就因为你妈说的那个笑话?"

黎莎摇头,试图走开。但加尔德紧握着她的手不放。

"我只是在笑我爸。"他说,"我爱吃你做的菜。"

"真的吗?"黎莎哽咽问道。

"真的,"他保证,将她拉到身前,深深一吻,"那样的菜可以喂饱一整队儿子军团。"

黎莎轻笑。"我或许没办法挤出一整队小加尔德。"

他抱紧黎莎,将嘴唇凑到她耳边。"现在,我只想要挤一个小加尔德进去。"

黎莎呻吟一声,但仍轻轻推开他。"别急,我们很快就会结婚的。"

"就算昨天结婚都太慢了。"加尔德说,但不为难她。

※

黎莎蜷缩在客厅炉火旁的毯子底下。史蒂夫霸占了她的房间,加尔德睡在店里的吊床上。地板在夜里十分冰凉,羊毛地毯表面粗糙,躺起来却很不舒服。她很想爬回自己床上睡,但除非放火烧床,不然绝对没法清除史蒂夫和她妈在床上犯的罪孽。

她甚至不了解伊罗娜干吗还要费心找这么多借口,又不是说大家看不出来她在干什么。她干脆叫厄尼去客厅睡,然后把史蒂夫拉上床算了。

黎莎实在受不了这个家了。

她睡不着,躺在地上听着恶魔测试魔印发出的声响,幻想着和加尔德一起经营造纸店的情景——老爸退休,老妈和史蒂夫不幸去世。她的肚子又大又圆,在店里记账,加尔德满身大汗地从碾磨机那边走进店内。他亲吻她,而他们的孩子在店里跑来跑去……

这个画面为她带来一些暖意,但她想起布鲁娜的话,怀疑自己会不会因为将一生奉献给小孩和造纸生意而错过什么。她再度闭上双眼,幻想自己成为伐木洼地的草药师,所有人都请她治病、接生、疗伤——一个美好的梦,却容不下加尔德和孩子的存在。草药师必须出诊,而她很难想象加尔德帮她拎着草药袋和工具挨家挨户看病的模样,也不认为他会在她工作时会待在家照顾小孩。

"我只是来上厕所。"加尔德轻声细语,来到她的身边蹲下。

"店里就有厕所。"黎莎提醒道。

"那我是来亲你道晚安。"他说着凑上前去噘起嘴。

"你上床时已经亲过三次了。"黎莎说,开玩笑似的推开他。

"再来一次有什么不好吗?"加尔德问。

"我想没有。"黎莎说着伸手搂住他的肩。

不久后,另一扇房门传来开启的声音。加尔德身体一僵,四下找寻躲藏的地方。黎莎指向一张椅子。他太壮,不可能完全遮住,但是在火炉昏暗的照明下或许不会被人发现。

不久,门后射来一道暗淡的光线,粉碎了他们的希望。黎莎才刚躺回地上,闭上双眼,光线就已经洒入客厅。

黎莎睁大双眼,看见母亲正在打量客厅。她手中的油灯灯叶几乎完全合上,投射出大片阴影,只要不细看,加尔德还是不易被发现。

他们根本没有必要担心。在认定黎莎已经熟睡后,伊罗娜打开史蒂夫的房门,立即消失在门后。

黎莎望着房门很长一段时间。伊罗娜对丈夫不忠都是很明显的事,但此前,黎莎一直无法接受——老妈会背着老爸放荡成这样。

她感到加尔德的手放在自己肩上。"黎莎,我很抱歉。"他说,她把脸埋入他的胸口,低声哭泣。他紧紧拥抱她,压抑她的啜泣声,不停摇晃安慰。远方传来一声恶魔的怒吼,黎莎很想和它一同大叫。她压抑住这种冲动,只希望父亲还在沉睡,没有听见伊罗娜的呻吟,但除非他喂父亲吃了布鲁娜的安眠药,不然实在不太可能。

"我会带你远离这一切。"加尔德道,"我们不要浪费时间计划未来,就算我必须亲手扛回足够的木头,我也会在婚礼前盖好我们的房子。"

"喔，加尔德。"她说着吻了上去。他回应她的热吻，扑倒她。史蒂夫房里的撞击声和屋外的恶魔吼叫声全消失在她耳内喷发的热情中。

加尔德的手肆意抚摸她的身体，黎莎任由他接触只有丈夫才能触碰的地方。她重重地喘息，在一阵强烈的快感中弓起背脊，加尔德趁机卡位到她两腿中间。她感觉到他在脱裤子，心里清楚他想干什么。她知道自己应该推开他，但她的内心极为空虚，而加尔德似乎是世上唯一有能力填补这份空虚的人。

正当他要向前挺入的一刹那，黎莎听见自己母亲淫荡的呻吟，身体随即僵硬。如果自己如此轻易放弃自己的誓言，那又比伊罗娜好到哪里去呢？自己曾发誓要在婚礼之日以处女之身跨越自家魔印。自己发誓绝不要像伊罗娜那样。此时此刻，自己却将那一切全抛到脑后，企图在如此接近母亲出轨的地方与一个男孩胡来。

"我不能忍受的是背弃誓约者。"脑海中再度传来布鲁娜的声音，黎莎双手用力抵住加尔德的胸膛。

"加尔德，不要，拜托。"她低声说道。加尔德僵了很久。最后，他从她身上翻开，重新系好裤带。

"我很抱歉。"黎莎无力地解释。

"不，我才应该抱歉。"加尔德说。他亲吻她的额头。"我可以等的。"

黎莎紧紧抱了他一下，接着加尔德起身离去。她很希望他留下来睡在自己身边，但刚才情况够危急了。如果伊罗娜发现他们睡在一起，她不会反省自己的过失，一定会严厉惩罚她。或许正是因为她自己做过的事而更要惩罚她。

通往店里的门关起时，黎莎躺回地上，心里想着加尔德。不管母亲为她带来多少痛苦，只要有加尔德在，她就有办法承受。

早餐在众人的尴尬中一晃而过，咀嚼和吞咽的声音在安静的餐桌上显得格外响亮。大家都识相地闭上嘴。黎莎默默地清理餐桌，加尔德和史蒂夫拿起斧头做一些准备工作。

"你今天会在店里帮忙吗？"加尔德问道，终于打破了沉默。厄尼一整个早上第一次抬头，对这个问题的答案深感兴趣。

"我答应布鲁娜去帮忙照顾伤患。"黎莎说话的同时，带着歉意地望向自己的父亲。厄尼理解地点头，无力地笑了一笑。

"你要去帮忙多久？"伊罗娜问。

黎莎耸肩说："等他们伤势痊愈。"

"你不能老跟那个老巫婆混在一起。"伊罗娜道。

"我是应你要求去的。"黎莎提醒她道。

伊罗娜皱眉。"别对我耍嘴皮子——"

黎莎感到一股怒气涌上心头，但她扬起最迷人的微笑，将斗篷披在肩上。"别担心，妈妈，"她说，"我不会喝太多她的药茶。"

史蒂夫轻哼一声。伊罗娜双眼圆睁。但黎莎在她从震惊中回过神来之前走出了家门。

加尔德陪她走了一段路，但当他们走到与其他伐木工会合的地方时，加尔德的朋友们已经等在那里。"你迟到了，加尔。"艾文埋怨道。

"现在有女人做饭了。"弗林说，"是男人都会迟到。"

"如果他昨晚又睡在她家的话。"伦边哼边道，"我猜她可不只是帮他做饭，竟然在她父亲面前干这种龌龊事。"

"伦猜得对吗，加尔？"弗林问，"昨晚又找到新窝摆你的斧头吗？"

黎莎勃然大怒，正要回嘴，加尔德已经伸手搂住她的肩。"别理他们。"他说，"他们只是想要惹你发火。"

"你可以维护我的清白。"黎莎说。她知道，男孩们会为了莫名其妙的事大打出手。

"我会的。"加尔德保证，"我只是不想让你看到，我希望在你心中维持温柔的形象。"

"你很温柔。"黎莎说着踮起脚尖亲吻他的脸颊。男孩们放声怪叫，黎莎对他们吐了吐舌头，然后离开。

※

"傻孩子。"当黎莎告诉布鲁娜自己对伊罗娜说了什么后，布鲁娜喃喃说道，"只有笨蛋才会在牌局刚开始时亮出底牌。"

"这又不是牌局，这是我的人生。"黎莎说。

布鲁娜抓起她的脸颊，狠狠捏了一把，痛得她嘴巴都噘了起来。"那就更有理由谨慎。"她瞪大乳白色的双眼吼道。

黎莎感觉体内燃起一股怒火。这个女人以为自己是谁，竟然这样和自己说话？布鲁娜似乎鄙视镇上每个人，只要一个不顺眼就会抓人打人，语出恫吓。她真的有比伊罗娜好到哪里去吗？告诉黎莎自己母亲的所作所为时，她真的是为了黎莎着想，抑或只是为了要让自己成为她的学徒，就像伊罗娜逼自己尽快嫁给加尔德，好帮他生个儿子？内心深处，黎莎很乐意去做这两件事，但她实在不想继续被逼迫。

"好哇，好哇，看看是谁来了。"门外传来一个声音，"年轻的天才。"

黎莎抬头看见妲西站在圣堂大门口，手里抱着一堆柴禾。这个女人毫不掩饰对黎莎的妒忌之情——只要她高兴，她随时都可以变得像布鲁娜一样可怕。黎莎一直试图向她表示自己的好感，但这种友好姿态只会让情况变得更糟——妲西打定主意就是不喜欢她。

"不要因为黎莎的内疚，而把你的愚笨推责于她。"布鲁娜在妲西丢下柴禾、举起沉重的拨火棍拨火时说道。

黎莎很肯定只要布鲁娜持续挑拨，自己就不可能和妲西好好相处，于是她埋头继续磨药。数名在攻击事件中灼伤的病人皮肤受到感染，需要持续照料。其他人的情况仍十分糟糕。布鲁娜昨晚因急救被人叫醒两次。截至目前，她的草药和医疗技巧没有令任何人失望。

布鲁娜完全接管了圣堂，把米歇尔牧师和其他人当做密尔恩仆役一般使唤。她让黎莎待在身边，不停地以好似喉咙堵满浓痰的难听声音解说伤口的情形，以及用来治病的草药药性。黎莎看着她割开伤口、缝合皮肤，发觉自己已经习惯这种景象了。

早晨过去，将近中午时，黎莎必须强迫布鲁娜搁下工作，休息，吃饭。其他人或许没注意到老妇人急促的呼吸或颤抖的手，但黎莎看在眼里。

"够了。"她终于说道，从草药师手中夺走研钵和碾杵；布鲁娜立刻抬头看她。

"去休息。"黎莎说。

"你以为自己是谁，女孩，竟然……"布鲁娜破口大骂，伸手要去拿拐杖。

黎莎眼明手快，一把抓起拐杖，指向布鲁娜的鹰钩鼻。"你再不休息就会发作。"她喝斥道，"我要带你出去，没得商量！史黛芙妮和妲西可以接手一个小时。"

"勉强可以。"布鲁娜嘟哝道，但还是任由黎莎扶起自己，离开圣堂。太阳高挂在天空，圣堂附近草木茂盛，绿意盎然，只有部分地面有火恶魔焚烧过后的痕迹。黎莎铺了一块毯子，扶着布鲁娜坐下，拿出她的特质药茶和不会影响老妇人仅存几颗牙齿的软面包。

他们安静舒适地坐了一段时间，享受这温暖的春日气息。黎莎觉得自己有点过分，竟然拿布鲁娜与自己母亲相比。自己有多久没和伊罗娜一起在阳光下享受宁静了？好似没有过第一次吧？

她听见一阵刺耳的声音，转头时发现布鲁娜在打呼。她微微一笑，将老妇人的披肩盖在她的身上。她伸展双脚，发现赛拉和麦莉在不远处的草地上缝补衣服。她们对她挥手招呼，并在毯子上腾出一点空间让她坐下。

"草药师的生活怎么样？"麦莉问。

"很累。"黎莎说，"布莉安娜呢？"

两个女孩互看一眼，咯咯娇笑。"和艾文在树林里。"赛拉说道。

黎莎喷了一声。"那女孩迟早会有和克拉莉莎一样的下场。"

赛拉耸肩。"布莉安娜说你不该贬低自己没有尝试过的游戏。"

"你打算尝试吗？"黎莎问。

"你以为自己应该等到婚后再做。"赛拉说，"我以前也是这样想，直到杰克死在恶魔手中。现在我愿意放弃一切，换取在他死前和他做一次的机会，甚至为他怀个孩子也无所谓。"

"我很抱歉。"黎莎说道。

"没有关系。"赛拉哀伤地回应。黎莎拥抱她，麦莉也加入。

"喔,真是甜蜜。"她们身后传来叫声,"我也想抱抱!"她们抬头,刚好赶上布莉安娜直扑而来,笑哈哈地将她们撞倒在草地上。

"你今天心情不错。"黎莎说。

"在树林里快活一下心情自然不错。"布莉安娜说着眨眨眼,以手肘轻顶了黎莎的肋骨。"再说,"她话锋一转,"艾文对我说了个秘密!"

"快告诉我们!"三个女孩同时叫道。

布莉安娜大笑,目光转向黎莎。"或许晚点,"她说,"老太婆的新学徒今天过得怎么样?"

"我不是她的学徒,不管布鲁娜怎么想。"黎莎说,"等加尔德和我结婚后,我还是要打理我父亲的造纸店,我只是暂时帮忙照顾伤患。"

"是,你总是比我好。"布莉安娜说,"采药似乎是件苦差。你看起来很糟,昨晚没睡好吗?"

黎莎摇头。"火炉旁的地板没有床那么舒服。"她说。

"如果可以躺在加尔德身上,我并不在乎睡地板。"布莉安娜说。

"这话是什么意思?"黎莎问。

"别装蒜,黎莎。"布莉安娜不耐烦地说道,"我们是你闺蜜。"

黎莎发怒。"如果你是在暗示……"

"不要装了,黎莎。"布莉安娜说,"我知道加尔德昨晚和你做了,我只是希望你与我们一起分享你的感受。"

赛拉和麦莉倒抽一口凉气。黎莎瞪大双眼,面红耳赤。"他才没有和我做!"她大叫,"谁对你说的?"

"艾文,"布莉安娜微笑,"他说加尔德一整天都在吹嘘。"

"加尔德就是个大骗子！"黎莎吼道，"我不像你们想象的那样不守规矩……"

布莉安娜脸色一沉。黎莎倒吸一口气，赶紧捂住嘴。"喔，布莉安娜，"她说，"我很抱歉！我不是指你……"

"不，我认为你就是这个意思。"布莉安娜说，"我认为这是你今天说过最真诚的一句话。"

她站起身来，拍拍裙子，一贯的好心情消失殆尽。"走吧，姐妹们，"她说，"我们换个空气清新的地方说我听来的故事。"

赛拉和麦莉互看一眼，然后转向黎莎——但布莉安娜已经迈步离开——她们赶紧起身跟上。黎莎开口欲言，但一时愣住，不知道说什么好。

"黎莎！"她听见布鲁娜叫唤，转身看见老妇人拄着拐杖挣扎着起身。黎莎哀伤地看了他们离去的背影一眼，然后跑过去扶她。

当加尔德和史蒂夫出现在她父亲屋外的小径上时，黎莎已经等在门口。他们有说有笑，脸上愉快的神情更令黎莎怒火中烧。她的手抓紧裙摆，指节泛白，迈开大步走到他们面前。

"黎莎！"史蒂夫嘲弄似的笑道，"我未来的儿媳今天过得好吗？"他张开双臂，似乎打算来个热情拥抱。

黎莎无视他的存在，直接走到加尔德面前，狠狠打了他一耳光。

"嘿！"加尔德大叫道。

"糟了！"史蒂夫大笑。黎莎以她母亲瞪人的目光瞪了他一眼。史蒂夫扬起双掌作安抚状。"看来你们需要谈谈。我就先走啦。"他朝加尔德眨眼。"快感都是要付出代价的。"他离开前忠告道。

黎莎转身面对加尔德，再度出手要打。他抓住她的手腕，用力一拧，大声道："黎莎，住手！"

黎莎不顾手腕疼痛，抬起膝盖重重顶上他双腿之间。她厚重的裙子影响了她的动作发力，但这一下还是令他放开手掌，颓然倒地，双手紧紧捂住下身。黎莎出脚踢他，但加尔德浑身都是肌肉，而双手已护住要害。

"黎莎，你到底有什么毛病？"加尔德大口喘气，紧接着嘴巴又被踢了一脚。

加尔德怒吼一声，当她再度抬脚时，他立刻出手抓住，随即使劲，将她向后推。她背部着地，在她呼吸恢复正常前，加尔德已经扑了上来，抓起她的手臂，将她按倒在地。

"你疯了吗？"他大叫。她则不断在地上挣扎。他疼得面红耳赤，眼中泪水直流。

"你怎么可以？"黎莎叫道，"恶魔养的，你怎么可以如此残忍？"

"黑夜呀，黎莎，你到底在说什么？"加尔德哑着嗓子问，加在她身上的力道越来越重。

"你怎么可以？"她又问，"你怎么可以说谎，告诉大家你昨晚帮我破身了？"

加尔德大吃一惊。"谁告诉你的？"黎莎心里燃起一丝希望，或许说谎的人不是加尔德。

"艾文对布莉安娜说的。"她说。

"我要杀了那个恶魔养的，"加尔德大叫，向后退开，"他保证不会说出去的。"

"所以是真的？"黎莎尖叫。她用力顶起膝盖，加尔德在惨叫声中滚向一旁。她爬起身来，在他再度扑上前跑开了。

"为什么?"她大声质问,"你为什么要撒这种谎?"

"只是砍树时闲聊,"加尔德呻吟道,"没有任何意义。"

黎莎一辈子没有对人吐过口水,但是她对他吐了一口口水。"没有任何意义?"她大叫,"你为了没有任何意义的事毁了我的人生?"

加尔德爬起身来,黎莎立刻后退。他举起双手,没有逼近。

"你的人生没被毁掉。"他说道。

"布莉安娜知道了!"黎莎高声回应,"赛拉和麦莉也知道了!明天全镇的人都会知道!"

"黎莎……"加尔德开口。

"还有多少人?"她打断他。

"什么?"

"你还告诉多少人,猪头?"她尖叫。

他将双手插入口袋中,低下头去。"只有其他伐木工。"他说。

"黑夜呀!所有伐木工?"黎莎冲向他,双手朝他脸上抓去。他抓住她的手腕,大叫道:"冷静点!"他的手掌如同火腿般粗,使劲握紧,一股痛楚立刻沿着手臂袭来,让黎莎恢复理智。

"你弄痛我了。"她尽量以最冷静的口吻说道。

"这样好多了。"他说着减轻力道,但是没有放手,"这点痛还不能与你的一脚相提并论。"

"你活该。"黎莎说道。

"就算我活该吧。"加尔德说,"现在我们可以静下心来谈谈吗?"

"如果你放手的话。"她说道。

加尔德皱起眉,然后迅速放手,跳出黎莎踢人的距离之外。

"你愿意告诉大家你说谎吗?"黎莎问。

加尔德摇头。"不可能,黎莎,那样会让我看起来像个白痴。"

"比我看起来像个坏女人好?"黎莎反驳。

"你不是坏女人,黎莎,我们有婚约;这不会让你变成布莉安娜。"

"很好,"黎莎说,"或许我也可以撒点小谎。如果你朋友先前已经在嘲笑你了,你想要是我告诉他们你硬不起,办不了事,他们会怎么讲?"

加尔德一手握拳,微微扬起。"你不会想那样做,黎莎。我一直对你很有耐心,但是如果你散播那种谎言,我保证……"

"而你就可以传播我的谎言?"黎莎问。

"这一切等我们结婚以后都不重要了。"加尔德道,"所有人都会忘记这件事。"

"我不要嫁给你。"黎莎说完,突然感到卸下肩头的重担。

加尔德皱起眉。"你没得选择。"他说,"就算有人还想要你,无论是那个书虫约拿或其他人,我都会出面痛扁他们一顿,伐木洼地不会有人胆敢抢夺我的女人。"

"好好享受说谎的乐趣吧。"黎莎说,在眼泪滴落前转过头,"我宁愿葬身黑夜,也不会让你得逞。"

当天晚上,黎莎忍着委屈准备晚餐。加尔德和史蒂夫发出的每个声音都像匕首般刺痛了她的心。前一天晚上她还差点受不了加尔德的诱惑，几乎让他得逞。拒绝他令她心痛，但是她当时认为自己有权决定要不要献出自己的贞操。她从来没有想过他单凭片面之词就能夺走它，更没有想过他会这么做。

"幸好你最近和布鲁娜走得很近。"她的耳后传来一阵低语。黎莎迅速转身，发现伊罗娜站在面前，笑嘻嘻地看着她。

"我们可不想看到你挺着个大肚子结婚。"伊罗娜说。

黎莎后悔早上脱口说出药茶的事。她开口想要回嘴，但她母亲窃笑两声，在她想出该说什么前已转身离开。

黎莎在她的碗里吐口水，也在加尔德和史蒂夫的碗里吐口水。在他们吃饭时，她感到一股空洞的满足。

晚餐时间十分难熬，史蒂夫在她母亲的耳畔低语，伊罗娜不停咯咯娇笑。加尔德从头到尾都看着她，但黎莎拒绝回应他的目光。她将视线保持在碗内，和身旁的父亲一样愣愣地搅拌着碗中的食物。

似乎只有厄尼没有听说加尔德的谎言。黎莎对此心存感激，但是她也很清楚纸包不住火，因为他们对于谣言都津津乐道。

她尽快离开餐桌。加尔德待在座位上，但是黎莎能感觉到他的目光寸步不离。当他回到店内休息后，她立刻将门堵起，才终于松了一口气。

就和先前许多夜晚一样，黎莎在哭泣中入眠。

☙

黎莎起床时还在怀疑自己是否睡过——她母亲昨晚又在深夜里幽会了史蒂夫，但在恶魔的喧闹声中听着他们的喘息，黎莎心中却只感到一阵麻痹。

加尔德在深夜时分也发出了声响，因为他发现房门被堵得异常严实。她冷冷一笑，听着他拉了几次门闩，最后放弃了。

当她生火煮粥时，厄尼过来亲吻她的额头。这是几天以来两人第一次独处。她不敢想象早已伤痕累累的父亲在听说加尔德的谎言后会有什么反应。以前他或许会相信她，但在妻子的背叛后，黎莎怀疑他心中还能保有多少对人的信任。

"今天又要去照顾病患？"厄尼问，看到黎莎点头，他微笑说道，"那样很好。"

黎莎说："很抱歉我没有时间帮忙看店。"

他握起她的手臂，拉到近前，看着她的眼说道："人永远都比纸张重要，黎莎。"

"难道坏人也是？"她问。

"坏人也是。"他肯定地回答。他的笑容中透着痛苦，但回答却没有半点犹豫。"不管遇上多坏的人，每天晚上你还是能在窗外看见更糟糕的东西。"

黎莎开始哭泣，父亲抓住她的双肩轻摇，拨弄他的发丝。"我为你骄傲，黎莎。"他低声道。

"造纸只是我个人的梦想，魔印不会因为你选择另一条路而失效。"

她紧紧拥抱他，眼泪浸湿了他的衣服，说道："我爱你，爸。不管发生什么事，永远不要怀疑这点。"

"我不会怀疑的，我的小太阳。"他笑笑说，"我也一样，永远爱你。"

她继续拥抱父亲，父亲是世上最了解自己的人。

✿

她趁加尔德和史蒂夫还在穿鞋时离开家门，她希望前往圣堂的路上不要碰到任何人，但加尔德的朋友已经等在门外，以口哨和嘘声看她的热闹。

"我们只是来确证你和你妈是怎么把加尔德和史蒂夫留在床上的!"伦大叫。

黎莎气得满脸通红,但一言不发地推开众人,快步离去。他们在身后很夸张地哈哈大笑。

她觉得自己不是神经敏感——路上的人都以异样的眼光瞪她,并在背后交头接耳。她快步冲往安全的圣堂。但当她抵达时,史黛芙妮挡在门口,鼻孔大张,仿佛黎莎全身散发出她父亲造纸用的碱水气味让她厌恶。

"你在干吗?"黎莎问,"让我过去,我是来帮布鲁娜的。"

史黛芙妮摇头,轻蔑地说道:"我不会让你的罪孽玷污这个神圣的地方。"

黎莎抬头挺胸,整个人比史黛芙妮还要高上几英寸,但她仍觉得自己像是老鼠遇到猫一样。"我没有犯罪。"她说。

"哈!"史黛芙妮大笑,"全镇的人都知道你和加尔德的龌龊事情。我本来对你期望很高,但看来你终究还是遗传了你母亲的风骚。"

"这是干吗?"在黎莎有机会回应前,布鲁娜沙哑的声音已从门后传来。

史黛芙妮转身,气焰嚣张地低头看向年迈的草药师。"这女孩是烂货,我不准她进入造物主的圣堂。"

"你不准?"布鲁娜问,"难道你是造物主?"

"不要在这个地方亵渎造物主,老太婆。"史黛芙妮说,"他的训诫清楚地写在经书中。"她拿起随身携带的包着皮革封面的《可农经》。"奸夫淫妇为世人带来瘟疫,就是在指这个小淫妇和她妈。"

"你有她的犯罪证据吗?"布鲁娜问。

史黛芙妮微笑。"加尔德已经和很多人说了他们的事情。"

她说。

布鲁娜吼叫一声,突然发难,一拐杖击中史黛芙妮的脑袋,将她击倒。"只听男孩大放厥词就认定一个女孩犯罪?"她叫道,"男孩子吹嘘的鬼话根本不能信,这种事你最清楚!"

"所有人都知道她妈是镇上的婊子。"史黛芙妮轻蔑说道,太阳穴淌下一条血痕。"这只小母狗有什么理由与她妈不同?"

布鲁娜一拐杖刺中史黛芙妮的肩,令她失声惨叫。

"嘿!"史密特大叫,连忙迎上,"你打够了吧!"

米歇尔牧师气急败坏地赶来。"这里是圣堂,不是什么安吉尔斯的旅店……"

"女人的问题留给女人解决,你们如果识相,就统统让开!"布鲁娜大声喊道。两个男人顿时气势锐减。她回过头看向史黛芙妮。"叫他们退下,还是要我公开你的罪行?"她语带恫吓。

"我没有犯罪,老巫婆!"史黛芙妮嘴硬道。

"这个镇上所有小孩都是我接生的。"布鲁娜压低音量不让男人听见,"不管外面怎么说,我的眼睛还没瞎到看不清楚手中的婴儿。"

史黛芙妮脸色发白,转身面对丈夫和牧师。"不要插手!"她叫道。

"我非插手不可!"史密特大叫。他抓起布鲁娜的拐杖,自妻子身上移开。"听清楚了,老女人,"他对布鲁娜道,"不管你是不是草药师,你不能肆无忌惮地殴打任何人!"

"喔,那你太太就可以肆无忌惮地污蔑任何人吗?"布鲁娜大声问道。她自他手中抽回拐杖,对着他的脑袋敲去。

史密特向后退开,用手护住脑袋。"够了。"他说,"我已经够客气了。"

一般来说，史密特只有在动粗前才会说这种话。他身材不高，但身体很壮，而且多年以来累积了不少对付喝醉酒的伐木工的经历。

布鲁娜不是什么虎背熊腰的伐木工，但她看起来一点也不惧怕。她站在原地，等着史密特如同狂风暴雨般扑来。

"很好！"她叫道，"把我丢出去！自己去调药！你和史黛芙妮想办法治好那些不停吐血的恶魔感染病患！顺便帮其他人接生小孩！自己煮药！自己做火焰棒！你们何必在一个老巫婆面前忍气吞声？"

"哦，说真的？"妲西问。所有人都转头看布鲁娜大步走到史密特面前。"我调药和接生的本事不比她差。"妲西道。

"哈！"布鲁娜说。就连史密特也怀疑地看着她。

妲西不理会她："我想是换人的时候了。我或许没有布鲁娜那种超过百年的诊疗经验，但我不会在镇上作威作福。"

史密特轻搔下巴，看了布鲁娜一眼。

布鲁娜只是冷笑。"好哇，"她挑衅道，"我正好休息休息。但是等她缝了不该缝的，割了不该割的伤口后，可别跑到我的大门口来装可怜。"

"或许该给妲西一个机会。"史密特说。

"那就这么办了！"布鲁娜说着举起拐杖狠狠戳着地板，"确保镇上所有人都知道该上哪去找药吃，感谢你让我退休后享受一份宁静。"

她转向黎莎。"来，女孩，扶老太婆回家。"她牵起黎莎的手臂，两人转身走向门外。

路过史黛芙妮身边时，布鲁娜停下脚步，扬起拐杖指着她，以只有她们三人才能听见的音量说道："再敢污蔑这个女孩半个字，或是指控其他人，我就让全镇的人都知道你那些糗事。"

史黛芙妮恐惧地看着黎莎和布鲁娜离开圣堂。

进屋后，布鲁娜立刻转身面对她。

"好了，女孩？是真的吗？"她问。

"不是！"黎莎叫道，"我是说。我们差点……但是我叫他停，他也停了！"

这说法听起来软弱无力，难以令人信服，她自己也很清楚，且十分惊恐。布鲁娜是唯一愿意为自己挺身而出的人，如果连这个老妇人都认为她在说谎，自己还不如去死算了。"如果想要的话，你……可以查查看。"她满脸通红地说道。她低头看向地板，忍住泪水。

布鲁娜咕哝一声，摇摇头。"我相信你，女孩。"

"为什么？"黎莎问，"加尔德为什么要那样说谎？"

"因为同一件事女孩子做了就会被赶出镇子，男孩子做了却会到处吹牛。"布鲁娜说，"因为男人会以他人如何看待自己那条摆荡的小虫来界定自己的价值。因为他是一坨屎，心胸狭窄、感情脆弱、愚蠢之极……"

黎莎再度开始哭泣。她觉得自己仿佛一辈子都在哭泣，一个人怎么会有那么多眼泪。

布鲁娜张开双臂，将黎莎拥入怀中。"好了，就是这样，女孩。"她说，"彻底发泄出来，然后我们再来决定接下来该怎么办。"

黎莎泡茶时，布鲁娜小屋里安静无声。天色还早，但她已经感到筋疲力尽——自己要如何在伐木洼地中度过余生？

来森堡据此只有一个星期的路程，她心想。那里有数千人，而且没有人听说过加尔德的谎言。我可以找到克拉莉莎，然后……

然后怎样？她知道那些都不切实际。就算她可以找到愿意带她离开的信使，单是想到要在空荡荡的野外度过一整个星期就令她窒息，而且来森人都是农民，用不着阅读以及造纸的技能。或许她可以找到新的丈夫，但把自己的命运系在另一个完全陌生的男人身上的想法不能为她带来多少慰藉。

她端茶给布鲁娜喝，希望老妇人能指点她。但草药师什么也没说，只是安安静静地喝茶。黎莎蹲在她的椅子旁。

"我该怎么办？"她问，"我不能永远躲在这里。"

"你可以。"布鲁娜道，"不管妲西多会吹嘘，她根本没有学会多少本事，而且我教过她的东西十分有限。镇民很快就会回来求我，乞求我出手救命。留下来。只要跟着我一年，伐木洼地的人将永远离不开你。"

"我妈不会允许我留下来。"黎莎说，"她会坚持把我嫁给加尔德。"

布鲁娜点头。"她会坚持，她一直无法原谅自己没帮史蒂夫生个儿子。她一心指望你来帮她弥补错误。"

"我不干。"黎莎说，"我宁愿葬身黑夜也不让加尔德碰。"她很惊讶地发现自己字字认真。

"这种说法非常勇敢，亲爱的。"布鲁娜说，但是语气中充满鄙夷，"为了一句谎言及对母亲的惧怕就结束自己的性命。"

"我才不怕她！"黎莎说。

"你只是害怕告诉她自己不愿意嫁给沾污你名节的男孩？"

黎莎沉默了半响，才点了点头。"你说得对。"她说。布鲁娜咕哝一声。

黎莎站起身来说："我希望最好能解除婚约。"

布鲁娜什么也没有说。

来到门前，黎莎停步，转过头来。"布鲁娜?"老妇人又咕哝了一声。"史黛芙妮到底犯了什么罪?"

布鲁娜轻啜一口茶。"史密特有三个美丽的孩子。"她说。

"四个。"黎莎纠正。

布鲁娜摇头。"史黛芙妮有四个。"她说，"史密特只有三个。"

黎莎惊得双眼圆睁。"怎么可能?"她问，"除了圣堂，史黛芙妮从来没有离开过酒馆……"她倒抽一口凉气。

"教徒也是男人啊。"布鲁娜悠悠说道。

黎莎慢慢走回家中，仔细斟酌用词，但到最后她知道修饰词汇没有意义。重点在于她说出反对嫁给加尔德时，母亲会如何反应。

到家时已经接近傍晚了。加尔德和史蒂夫很快就会从树林回来。她必须在他们回家前把架吵完。

"好了，这下你真成了明星了。"她母亲在她进门时刻薄地说道，"我的女儿，镇上的淫妇。"

"我不是淫妇。"黎莎说，"加尔德在说谎。"

"你自己合不拢大腿，休想把事情怪到他头上!"伊罗娜道。

"我没和他睡觉。"黎莎道。

"哈!"伊罗娜叫道，"别把我当傻子，黎莎，我也曾年轻过。"

"这个星期你每晚都很'年轻'。"黎莎说，"而加尔德是个骗子。"

伊罗娜一巴掌将她打倒。"不准你这样对我说话，你这个小婊子！"她高声叫道。

黎莎躺在地上，心知只要自己一动，她母亲就会继续动手；她的脸颊火辣辣地生疼。

眼看女儿示弱，伊罗娜深吸一口气，仿佛冷静了一点。"无所谓。"她说，"我一直都知道你需要当头棒才能从你父亲高捧的掌心里摔下来。你很快就会嫁给加尔德，镇民迟早会厌倦传你的闲话。"

黎莎语气坚定。"我不要嫁给他。"她说，"他是个骗子，我不嫁。"

"你非嫁不可。"伊罗娜说。

"不嫁。"黎莎说，"我不会念诵誓约，你没有办法逼我。"

"我们走着瞧。"伊罗娜说着抽下身上的皮带。那是绑着金属扣环的粗皮条，随时都宽松地系在她的腰上。黎莎觉得她之所以系这条皮带纯粹是为了随时可以拿来打自己。

她迎向黎莎，黎莎惊叫一声，退入厨房，接着发现这是她最不该进入的地方——厨房只有一个出入口。

她在扣环划破衣服、割伤背部时大声惨叫。伊罗娜再度出手，黎莎不顾一切地撞向母亲。两人摔倒的同时，她听见房门打开以及史蒂夫的声音。同一时间，纸店的方向也传出询问的叫唤。

伊罗娜把握黎莎分心的时机，一拳打在女儿脸上。她转眼间已经爬起身来，但母亲的皮带再度抽来，却被史蒂夫强壮的手臂抓住。

"到底出了什么事？"一声喝问自门边传来。黎莎抬头看见父亲试图挤入厨房，却被史蒂夫强壮的手臂挡在门外。

"不要挡路！"厄尼叫道。

"这是她们母女之间的事。"史蒂夫笑着说道。

"这里是我家，你只是客人！"厄尼叫道，"给我让开！"

史蒂夫不让，厄尼动手打他。

所有人都停下动作。没有人看得出来这拳是否打痛史蒂夫。史蒂夫哈哈大笑，打破突如其来的沉默，随手一推，将厄尼甩入客厅。

"请两位女士私下解决你们的分歧。"史蒂夫说着眨眨眼，在黎莎的母亲再度动手前关上厨房大门。

黎莎躲在父亲纸店后面的小房间里无声地哭泣，轻轻擦拭身上的伤痕和瘀青。如果手边有足够的药材，她可以好好治疗自己，但此刻冷水和布巾是她仅有的一切。

被打完后，她立刻躲进纸店，从店中反锁房门，就连父亲温柔的敲门声也不理会。清理伤口、包扎较深的创口后，黎莎蜷曲在地，在痛苦和羞愧中不断颤抖。

"初经来那天，你就嫁给加尔德。"伊罗娜保证道，"不然我就每天打你一顿，直到你嫁给他。"

黎莎知道她说话算话，也知道加尔德的谎言可以让很多人站在她母亲那边，赞成他们结婚，完全不理会黎莎身上的瘀伤。

我不嫁。黎莎对自己承诺道，就算葬身黑夜也不嫁。

就在此时，她的腹部传来一阵抽痛。黎莎哀号一声，顿时感觉大腿内侧一片湿润。她吓坏了，拿起一块干净的布擦拭，激动地祷告，但在她眼前，如同造物主残忍的玩笑，布上满是鲜血。

黎莎尖叫，她听见屋内有人回应她的叫声。

门上传来敲门声。"黎莎，你没事吧？"她父亲急切地问道。

黎莎没有回答，惊恐地看着经血——前两天她不是还在盼望初经赶快来临吗？现在她看着经血，仿佛见到了地心魔物。

"黎莎，现在就打开门，不然今晚有你好受的！"她母亲尖声叫道。

黎莎不理她。

"如果在我倒数十下之前不打开门的话，黎莎，我保证我会把门踢烂。"史蒂夫沉声恐吓道。

史蒂夫开始数数，黎莎感到万分恐惧。她毫不怀疑他会一拳把门打烂。她冲向门边，悄声拉开门闩。

天已经快要黑了。天空一片深紫，最后一丝余晖将在几分钟内沉入地平面。

"五！"史蒂夫叫道，"四！三！"

黎莎深吸一口气，冲出家门。

## 第六章 火焰的秘密

**319 AR**

黎莎撩起裙摆，拼命奔跑，但她家离布鲁娜小屋不止一里路，她心里十分清楚自己绝不可能及时赶到。她的家人在她身后大叫着追赶，但他们的声音都被淹没在自己的心跳和脚步声中。

她的身侧传来一阵刺痛，背部和大腿上被伊罗娜的皮带抽出来的伤痕疼痛难忍。她摔了一跤，爬起来时擦伤了手掌。她挣扎起身，不管全身的痛楚，凭借意志力继续朝前奔跑。

跑到一半路程时，阳光终于彻底消失，全新的夜晚召唤来自地心的恶魔。黑暗的迷雾开始升起，凝聚成丑陋的形状。

自己并不想死——黎莎终于认清这一点，但为时已晚。就算这时想回头，她家比布鲁娜家更远，而且中间没有其他人家。由于镇民抱怨化学药剂的难闻气味，厄尼刻意把房子盖在远离村落的地方。她没得选择，只有继续朝布鲁娜位于树林边缘的小屋奔跑，那里是木恶魔的聚集地。

几头地心魔物在她路过时跃跃欲试，但它们尚未完全成形，无法碰到她。不久后，当一只恶魔的手掌穿透她的胸口时，她感觉到一阵凉意，仿佛鬼魂触摸自己，没有一丝疼痛，也没有影响到她奔跑的速度。

在接近树林的地方不会有火恶魔出没。木恶魔一看见火恶魔就会动手攻击。普通火焰烧不着木恶魔,但火焰唾液可以。一头风恶魔在她面前成形,不过黎莎绕道闪过,对方纤细的双脚没有能力徒步追逐。

前方出现一道光源,是挂在布鲁娜家门旁的油灯。她开始加速冲刺,大声喊道:"布鲁娜!布鲁娜,求你开开门!"

没有回应,家门紧闭着,但是前方的路畅通无阻,她开始觉得自己有可能活命。

接着,一头八英尺高的木恶魔来到她面前——希望落空了。

木恶魔张嘴吼叫,露出满口菜刀般的利齿,浑身肌肉暴突,比史蒂夫还强壮,其外覆盖一层树皮般的厚重外壳。

黎莎在身前比画着魔印,默默乞求造物主赐给自己干净利落的死法。传说恶魔不但能吞噬肉体,还会吸取灵魂。她想自己很快就会知道这种说法是否正确了。

恶魔一步步逼近,盘算着猎物的逃命方向。黎莎知道自己应该拔腿就跑,但就算没有因为恐惧而四肢僵硬,她还是看不出自己能往哪儿跑。这头地心魔物就挡在她和唯一的庇护所之间。

布鲁娜的家门在一阵嘎吱声中开启,光线洒入前院中。恶魔在老太婆步入视线的同时转过身去。

"布鲁娜!"黎莎大叫,"待在魔印后面!前面有头木恶魔!"

"我的视力大不如前,亲爱的!"布鲁娜回答,"但还不至于看不见那么大个丑八怪。"

她又向前踏出一大步,穿越自己的魔印力场。在黎莎的尖叫声中,恶魔朝老妇人直扑而去。

布鲁娜站在原地,眼睁睁地看着恶魔以极度恐怖的速度直扑过来。她伸手到披肩中，取出一个小东西，触碰门旁油灯中的火苗。黎莎看到那个东西立刻着火燃烧。

等到恶魔近在眼前时，布鲁娜举起手，用力一抛。那东西突然爆炸，将木恶魔笼罩在一团液态火焰中。火势照亮夜空，尽管位于数码之外，黎莎仍感受到了一股热浪迎面涌来。

恶魔冲势受阻，尖叫着摔倒在地，疯狂打滚，试图扑灭身上的火焰，火焰顽强地附着在它身上，地心魔物只能在地上挣扎惨叫。

"赶紧进屋里来吧，黎莎。"布鲁娜在恶魔燃烧的同时说道，"不然会着凉的。"

黎莎裹着布鲁娜的披肩，坐在椅子上，凝视着手中的茶杯冒出来的热气，一点都不想喝。木恶魔的惨叫声持续了很久才完全消失。她想象着在前院中闷烧的残骸，感觉自己恶心想吐。

布鲁娜坐在他的摇椅上，一边熟练地转动手中的针线，一边轻轻哼着小调。黎莎不懂她为什么能如此冷静，她觉得自己一辈子再也无法冷静下来。

布鲁娜刚刚检查了她的伤口，除了在涂药包扎时偶尔嘟哝几句，一句话也没有说。很显然，其中有几道伤痕是在途中自己弄伤的。她同时也指导黎莎如何折叠和填塞布块，以堵住两腿之间的经血，并且告诫她要经常换洗。

但现在布鲁娜又坐回摇椅上，仿佛什么事儿也没发生过，屋里只听到织针的交错声以及木柴燃烧的啪啦声。

"你对那头恶魔做了什么？"黎莎开口问道。

"液态恶魔火。"布鲁娜说，"制作困难，非常危险，但那是我知道唯一可以阻止木恶魔的东西。木恶魔不惧怕普通火焰，但液态恶魔火的温度可与火焰唾液相当。"

"我不知道有东西可以杀死恶魔。"黎莎说。

"女孩,我以前就告诉你了,草药师是古老科学的守护者。"布鲁娜说。她咕哝一声,在地板上吐了口痰。"至少有少数草药师是,我或许是唯一还保有恶魔火配方的人。"

"为什么不与众人分享?"黎莎问,"大家从此就能从对恶魔的恐惧中解放出来。"

布鲁娜大笑。"解放?"她说,"这玩意儿可能会烧毁村落,或烧掉大片树林。但没有火焰可以影响火恶魔,也不可能阻挡石恶魔的去路。没有火焰可以抵抗高速飞行的风恶魔,火势令湖面以及池塘燃烧,而伤害水恶魔。"

"尽管如此,"黎莎继续,"你今晚做的事验证了这东西多么有用,你救了我一命。"

布鲁娜点头。"我们保存古老的知识,是为了有朝一日我们会再次需要它们,但随着这些知识而来的则是沉重的负担。历史上自相残杀的男人们给我们留下了血的教训——俗人会滥用火焰的秘密。"

"这就是草药师一直都是女人的原因。"她继续道,"一旦男人获得这种力量,他们就会使用它。我愿意高价出售闪电棒和庆典爆竹给史蒂夫,但我绝不会告诉他这些东西是怎么制造的。"

"妲西是女人。"黎莎说,"可是你也没有教过她。"

布鲁娜哼了一声。"那头母牛思维模式还是像个男人,即使她聪明到不会在混合化学药剂的时候烧死自己,我也不会教她。"

"他们明天就会来找我。"黎莎说。

布鲁娜指着黎莎半凉的茶。"喝下!"她命令道,"明天的事等明天再说。"

黎莎照做,一阵晕眩伴随茶中谭普草的酸味和天英草的苦味袭来。朦胧中,她依稀记得茶杯自手中掉落。

疼痛随早晨一同到来。布鲁娜在黎莎的茶中添加了姜根,以抑止伤口的疼痛以及腹部痉挛。但这种配方导致她有些知觉错乱——她觉得自己好像飘浮在床上,四肢却很沉重。

天亮不久厄尼就赶来了。他一看到黎莎立刻热泪盈眶,跪在她的床边,紧紧拥抱着她。"我以为我失去你了。"他哽咽道。

黎莎无力伸手,轻抚他稀疏的头发。"不是你的错。"他无力道。

"我早就该挺身而出对抗你母亲了。"他说。

"真是废话。"布鲁娜一边织毛线一边说道,"男人不该让老婆骑到头上。"

厄尼点头,没有辩驳。他的五官纠结,眼睛后方涌出更多泪水。

这时,门外传来敲门声。布鲁娜看向厄尼,厄尼过去开门。

"她在这里吗?"黎莎听见她母亲的声音,腹部痉挛立刻加剧。她虚弱到没有力气继续抵抗了。她甚至没有力气从床上站起来。

不久后,伊罗娜出现在门口,加尔德和史蒂夫如同一对猎狗般跟在她的身后。

"果然躲在这里,你这个没出息的女子!"伊罗娜叫道,"你知道晚上跑出去让我有多害怕吗?全村有一半的人都出来找你了!我应该把你打死才对!"

"不准打人,伊罗娜。"厄尼道,"真要怪起来,这一切都是你的错。"

"闭嘴,厄尼。"伊罗娜道,"就是因为你太宠她,才让她变得如此任性。"

"我不会闭嘴。"厄尼说着走到她妻子面前。

"识相的话就给我闭嘴。"史蒂夫握拳警告厄尼。

厄尼看看他,吞下一口口水。"我不怕你。"他说,但听起来底气不足。加尔德在一旁低声窃笑。

史蒂夫抓起厄尼的上衣,一手将他举离地面,另一手高举握拳。

"你给我停止这些愚蠢的举动。"伊罗娜对他说道。"而你,"她转向黎莎,"立刻随我们回家。"

"她哪儿都不去。"布鲁娜说着放下织针,拄着拐杖站起身来,"要离开的是你们三个。"

"闭嘴,你这个老巫婆。"伊罗娜说,"我不会让你像摧毁我的人生一样毁我女儿的一生。"

布鲁娜大哼一声。"我有在你喉咙里强灌庞姆茶,然后逼你向全镇的男人张开双腿吗?"她问,"你的问题是你自己造成的,现在滚出我家。"

伊罗娜迎上前去,挑衅道:"不然怎样?"

布鲁娜冷冷一笑,拐杖对准伊罗娜的脚背狠狠地戳下,让对方尖声惨叫。接着她又在伊罗娜肚子上补了一杖,痛得她捧腹弯腰,叫声戛然而止。

"好了,动手!"史蒂夫大叫,抛下可怜的厄尼,和加尔德一同冲向老妇人。

布鲁娜就像面对木恶魔时一样毫不紧张。她把手探入披肩,抓出一把粉末,往两个男人的脸上撒去。

加尔德和史蒂夫一起摔倒，双手捂脸，连声大叫。

"我这里还有更多药粉，伊罗娜。"布鲁娜说，"继续在我家里乱来，我就把你们全弄瞎。"

伊罗娜连滚带爬地冲出门口，边爬边伸手护脸。布鲁娜哈哈大笑，在她屁股上狠狠敲上一杖，让她滚出小屋。

"你们两个也给我滚。"她对加尔德和史蒂夫叫道，"出去，不然我一把火把你们烧了！"两个男人盲目摸索、痛苦呻吟，脸颊涨红，泪流满面。布鲁娜以拐杖殴打他们，像赶走在她家地板上撒尿的小狗似的把他们轰出家门。

"有种就再回来找我！"布鲁娜哈哈大笑，看着他们逃出她家前院。

当天早上稍晚些，门外又传来了敲门声。当时黎莎已经可以起床，但身体仍然很虚弱。"又怎么了？"布鲁娜叫道，"自从我胸部下垂以来，就没有在一天内接待这么多访客了！"

她步伐沉重地走到门边，打开门，看见史密特站在门外，紧张地搓揉双掌。布鲁娜眯起双眼打量着他。

"我退休了，去找妲西。"她说完就要关门。

"等等，拜托。"史密特恳求道，伸手挡在门上。布鲁娜眉头一皱。他立刻缩手，好像门是烫的。

"我在等——"布鲁娜不耐烦地说道。

"是安迪。"史密特说。安迪是前周攻击事件中的伤患之一。"他腹部的伤口开始腐烂，于是妲西割开伤口，现在他肚子两侧都在流血。"

布鲁娜张嘴在史密特的鞋子上吐了一口口水。"我告诉过你会发生这种事。"她道。

"我知道。"史密特说,"你说得没错,我该听你的,请你回来,你要我做什么我都答应。"

布鲁娜咕哝一声。"我不会让安迪为了你的愚蠢付出代价。"她说,"但你既然做了承诺就要遵守,不要以为我会忘记。"

"什么我都答应。"史密特再度承诺。

"厄尼!"布鲁娜叫道,"去拿我的药草毯!史密特帮我背,你扶你女儿,我们要去镇上一趟。"

黎莎挽着父亲的手上路。她很怕自己会拖慢他们的速度;尽管身体虚弱,她仍跟得上布鲁娜缓慢的步伐。

"我应该叫你背我。"布鲁娜对史密特发牢骚道,"我这双老腿不比从前了。"

"要的话我可以背你。"史密特说。

"别傻了。"布鲁娜道。

半数镇民聚集在圣堂外。看到布鲁娜出现,所有人都松了一口气;而在看到衣衫破烂、浑身是伤的黎莎时,所有人都忍不住窃窃私语。

老太婆无视所有人,以拐杖推开挡路的村民,直接步入圣堂。黎莎看到加尔德和史蒂夫躺在病床上,眼睛盖着湿毛巾,差点忍不住笑出声来。布鲁娜解释过洒在他们脸上的胡椒粉和臭草不会造成永久性的伤害,但她希望妲西的医疗知识没有好到可以告诉他们这点——伊罗娜的目光如同尖刀般刺人。

布鲁娜笔直走到安迪床前。他满身大汗、臭气熏天。他的皮肤泛黄,裹在肚子上的布块染满鲜血、尿液及粪便。布鲁娜看着他,接着吐口口水。妲西坐在近前,显然刚哭过。

"黎莎,摊开药草毯。"布鲁娜命令道,"我们有得忙了。"

妲西连忙赶来,自黎莎手中接过装草药的布毯。"我来就好了。"她说,"你看起来站都站不稳。"

黎莎扯回草药毯,摇摇头。"这是我该做的。"她回答,说着解开草药毯,摊在地上,露出许多装有草药的布袋。

"从今以后黎莎就是我的学徒!"布鲁娜对所有人高声宣布。她环视四周,直视伊罗娜的目光。"她和加尔德的婚约已经取消,见习期限是七年零一天!任何对于此事,或是对她有意见的人,以后都请自己想办法治病!"

伊罗娜张嘴欲言,但厄尼伸手指着她。"闭嘴!"他吼道。伊罗娜双眼圆睁,在一阵咳嗽声中将嘴边的话吞进肚里去了。厄尼点点头,然后去找史密特。两个男人走到角落低声交谈。

黎莎和布鲁娜专心工作,完全忘记了时间。姐西在尝试切除恶魔感染的腐肉时不小心割到安迪的肠子,害他被自己体内的秽物感染。布鲁娜一边疗伤,一边不住咒骂,使唤黎莎清理用具、拿取草药并混合药水。

最后,在做完手术后,她们缝合伤口,然后以干净的绷带包扎。安迪仍然在药物的影响下沉睡,但是看起来似乎呼吸顺畅多了,肤色也比较正常了。

"他会没事吧?"史密特在黎莎扶起布鲁娜时问道。

"因为你和姐西的关系,不会。"布鲁娜大声道,"但只要他乖乖躺在这里,一切全照我的吩咐去做,这就不会是他的死因。"

在他们朝门口走去的途中,布鲁娜来到加尔德和史密特的病床前。"把那些愚蠢的绷带从眼睛上拿下来,然后停止大呼小叫。"她说道。

加尔德先取下绷带,眯着眼睛看向四周。"我看得到!"他大叫。

"你当然看得见,木脑白痴。"布鲁娜说,"镇上需要人搬运重物，总不能让你瞎着眼睛去做。"她举起拐杖在他眼前摇晃。"但要是再冒犯我，你要担心的就不光是眼睛瞎掉这种小事了。"

加尔德脸色发白，连忙点头。

"很好。"布鲁娜说，"现在老实说，你到底有没有夺走黎莎的贞操？"

加尔德环顾四周，一脸惊恐。最后，他垂下眼。"没有。"他说，"我说谎。"

"大声点，小鬼。"布鲁娜大声道。"我是个老太婆，听力不比从前。大声点，让所有人都听到，"她要求，"你有没有夺走黎莎的贞操？"

"没有！"加尔德大喊，脸红得比之前被药粉洒到还红。人们的窃窃私语如同火星燎原般迅速播散。

这时史蒂夫已经解下绷带，狠狠在儿子后脑上甩了一巴掌，"等回家有你好受了。"他大吼道。

"不准回我家。"厄尼道。伊罗娜立刻抬头看他，但厄尼毫不理会，扬起大拇指指向史密特。"酒馆已经帮你们两个准备好房间了。"他说。

"你们必须以劳力换取房租。"史密特补充，"而且只能住一个月，到时候就算只搭好棚子都给我搬回去住。"

"太荒谬了！"伊罗娜道，"他们不可能同时工作支付房租又搭建房屋。"

"我认为你有自己的问题要担心。"史密特说。

"什么意思？"伊罗娜问。

"意思是你必须作决定。"厄尼说，"看你是要遵守婚姻誓约，还是要我请牧师解除你的誓约，让你搬去史蒂夫和加尔德的棚子里住。"

"你不是认真的吧。"伊罗娜说。

"从来没有这么认真过。"厄尼回答。

"不要管他。"史蒂夫道,"跟我走。"

伊罗娜侧眼看他。"去住小棚子里?不可能。"

"那你最好快点回家。"厄尼道,"你得花点时间学会做饭。"

伊罗娜皱皱眉,黎莎心知父亲的抗争才开始,但从母亲乖乖离开这点来看,他获胜的机会并不小。

厄尼亲吻女儿。"我为你感到骄傲。"他说,"希望有一天你也能为我感到骄傲。"

"哦,老爸,"黎莎说着抱紧他,"我已经为你骄傲了。"

"那你要回家吗?"他满怀期望地问道。

黎莎转头看向布鲁娜,接着又看他,摇摇头。

厄尼点头,再度拥抱她。"我了解。"

## 第七章　罗杰

**319 AR**

　　母亲打扫旅店时，罗杰总是跟在后面，不停挥动手中的小扫把，模仿母亲的动作。她低头对他微笑，摸摸他亮眼的红发，他则以灿烂的笑容回应；他今年三岁。

　　"去扫扫烤火箱后面，罗杰。"她说。他连忙遵照母亲的吩咐，将扫把上的刷毛塞入火箱和墙壁之间的缝隙，扫出去一堆木屑和树皮。她母亲将他扫出来的东西集到一堆。

　　旅店大门开启，罗杰的父亲走了进来，双臂下夹满柴禾。他穿过房间时在地上留下一些树皮和泥土。

　　"杰桑！"他母亲叫道，"我才刚扫过那里！"

　　"我也帮忙了的。"罗杰大声补充。

　　"没错。"她母亲同意道，"而你父亲又把地板弄脏了。"

　　"难道你希望公爵和他的随从住在楼上时发现晚柴禾不够用吗？"杰桑问。

　　"公爵阁下至少还要一个星期才会来。"他母亲回应道。

　　"最好趁着旅店不忙时准备，卡莉。"杰桑说，"天知道公爵会带多少侍从，将我们使唤来使唤去，把河桥镇当成安吉尔斯。"

　　"如果你想做点有用的事，"卡莉说，"外面的魔印已经开始剥落了。"

杰桑点头。"我知道。"他说，"去年冬天，寒流来袭导致模板有些变形。"

"皮特大师一个礼拜前就应该过来重画了。"卡莉说。

"我昨天去找过他。"杰桑说，"他把所有人力都投入桥上的工作，他说公爵抵达前必须完工。"

"我担心的不是公爵。"卡莉说，"皮特一心只想取悦林白克，进而承包王室工程；但是我担心的事就简单多了，比方说不要让我的家人晚上被恶魔吃掉。"

"好啦，好啦，"杰桑说着举起双手，"我再去跟他说说。"

"你以为皮特不会这样傻才对。"卡莉继续说道，"林白克根本不是我们的公爵。"

"他是唯一在我们需要紧急帮助时有能力伸出援手的公爵。"杰桑说，"只要信使可以把事情办好，税收都不迟交，欧克根本不在乎河桥镇。"

"这就对了。"卡莉说，"如果林白克会来帮忙，唯一的原因就是他也想要分点税收。在罗杰看见明年夏天前，我们就要开始两边纳税了。"

"那你要我们怎么做？"杰桑问，"为了位于我们北边两周路程的公爵，去得罪距离我们一天之遥的公爵？"

"我又不是要你对他的眼睛吐口水。"卡莉道，"我只是不懂为什么取悦公爵会比重画我们自己家的魔印还要重要。"

"我说过我会去找他。"杰森说。

"那就快去呀。"卡莉说，"已经过了中午了。带罗杰一起去，或许这样能提醒你什么才是真正重要的事。"

杰桑压抑心里的不悦，在儿子身旁蹲下。"想要去看大桥吗，罗杰？"他问。

"钓鱼？"罗杰问。他很喜欢和父亲一起在桥边钓鱼。

杰桑大笑,一把将罗杰抱在手上。"今天不钓鱼。"他说,"你妈要我们去找皮特。"

他让罗杰坐在自己肩膀上。"现在抓紧了。"他说。罗杰抱紧父亲的脑袋,低头穿过门框。他爸的脖子上长满扎手的胡楂。

大桥离他们家不远。即使以小村落的角度来看,河桥镇的规模也算很小;镇上只有几间住户和店家,一座收取过桥费的岗哨及旅店。罗杰在路过收费岗时朝守卫挥手招呼,他们也对他挥挥手。

大桥横跨分界河最狭窄的河道上。这座桥是在好几十年前建立的,有两道拱门架构,桥长超过三百英尺,桥宽可供两辆大马车双向通行。密尔恩工程团每天都会检查绳子和支架的强度。信使大道——唯一的一条大道——从桥的两旁延伸向远处。

皮特大师站桥的对面,对着桥侧的人大声下达指令。罗杰顺着他的目光,看见他的学徒们用绳子垂在桥下,绘制桥底的魔印。

"皮特!"杰桑走到大桥中央时叫道。

"啊,杰桑!"魔印师叫道。杰桑放下罗杰,和皮特握了握手。

"大桥的状况看起来不错。"杰桑注意到皮特将大多数简单的漆印都改成复杂的金属刻版印,并且上漆磨光。

皮特微笑道。"公爵看到我的魔印一定会非常满意。"

杰桑大笑。"卡莉正在打扫旅店。"他说。

"只要能够取悦公爵,你的前途就一片光明。"皮特说,"只要找到亲近的人美言几句,我们就可以离开这个鬼地方,去安吉尔斯做生意啦。"

"这个'鬼地方'是我家。"杰桑说着脸色一沉,"我祖父就是在河桥镇出生,照我的意思,我的孙子也会在这里出生。"

皮特点头。"没有不敬的意思。"他说，"我只是怀念安吉尔斯。"

"那就回去吧。"杰桑说，"道路通畅无阻，而且在大路上露宿一夜对魔印师而言不是什么大不了的事情，想回安吉尔斯不需要公爵繁忙。"

皮特摇头。"安吉尔斯多的是魔印师。"他说，"我在那里不过是树林里的一片树叶。但是只有能够赢得公爵青睐，才容易混饭吃嘛。"

"是呀，但是今天我只担心我家的门。"杰桑说，"魔印开始剥落了，卡莉认为它们撑不过今晚。你可以过来看看吗？"

皮特长叹一声。"我昨天就告诉过你了……"

但是杰桑打断他。"我知道你告诉过我什么，皮特，但是我要告诉你那样不够好。"他说，"我不会让我儿子睡在不牢靠的魔印力场中，只因为你要把大桥弄得更有艺术气息。你能不能帮忙先来补一下，让我们度过今晚吗？"

皮特吐了口口水。"那你自己来就行了，杰桑。只要沿着线条重画，我可以提供油漆。"

"罗杰画的魔印都比我画得好，而且好很多。"杰桑说，"我一定会搞砸，到时候就算没有死在地心魔物手上，卡莉也会把我杀了。"

皮特皱起眉。他正打算回话时，大道的另一边突然传来人声。

"啊，河桥镇！"

"杰若！"杰桑叫道。罗杰突然兴奋地抬起头来，认出信使壮硕的身影。他一看到对方就会口水直流，杰若每次来访都给他糖吃。

还有一个陌生人与他同行，那套鲜艳的吟游诗人服装让小男孩感到十分开心。他想到之前那个吟游诗人唱歌、跳舞，以及倒立行走的景象，忍不住兴奋地蹦跳；吟游诗人是罗杰的最爱。

"小罗杰，这么快又长高6英寸啦！"杰若叫道，拉缰下马，抱起罗杰。他个子很高，身材好似水桶，有张圆脸以及花白的大胡子。罗杰以前很怕他，因为他都穿金属锁甲，嘴唇还因为一道恶魔留下的伤痕而总是噘起，但现在他不怕了；小罗杰在杰若搔痒时哈哈大叫。

"哪个口袋？"杰若问，将男孩举在身前。罗杰立刻伸手去指，杰若每次都把糖放在同一个地方。

壮硕的信使哈哈大笑，取出一颗包在玉米皮里的来森糖果。罗杰高声欢呼，扑通一声跳下草地，开始剥糖。

"你这次来河桥镇有什么事？"杰桑问信使道。

吟游诗人上前一步，以夸张的动作将斗篷甩到身后。他个子很高，一头长发在太阳下金光闪闪，脸上还留着棕色胡子。他的下巴方正，皮肤让日光晒成漂亮的古铜色。鲜艳的表演服外搭配上好的粗布大衣，上面绘有棕色田野上点缀绿叶的图形。

"艾利克·甜蜜歌。"他自我介绍，"我是吟游诗人大师，是林白克三世公爵、森林城堡守护者、木冠持有人、安吉尔斯之王的使者，我是为了公爵阁下下周莅临一事事先巡查而来。"

"公爵的使者是吟游诗人？"皮特扬起一道眉毛，对杰若问道。

"对小村落而言是最佳的人选。"杰若眨眼说道，"乡民不太可能因为他宣布提高税金，而去吊死为小朋友表演杂耍的人。"

艾利克狠狠瞪了他一眼，但杰若只是大笑。

"当个好人，去找旅店老板来帮我们牵马。"艾利克对杰桑道。

"我就是旅店老板。"罗杰的父亲说着伸出手掌。"杰桑旅店。这是我儿子,罗杰。"他指着罗杰补充道。

艾利克忽略他的手掌以及小男孩,凭空取出一枚银月币向他抛去。杰桑接下硬币,好奇地打量着。

"马。"艾利克指示道。杰桑皱眉,但还是将硬币放入口袋,然后朝马匹走去。杰若拉起自己的缰绳,挥手请他离开。

"我仍需要你检查我的魔印,皮特。"杰桑说,"等会儿我让卡莉来向你大吼大叫时你就知道厉害了。"

"看来大桥的魔印在公爵阁下抵达前还有待加强。"艾利克注意道。皮特一听立刻站直身体,接着神色不善地瞪了杰桑一眼。

"你今晚想要睡在斑驳的魔印中吗,吟游诗人大师?"杰桑问。艾利克古铜色的皮肤立刻变得惨白。

"如果你不介意,我可以帮你看看。"杰若说,"只要情况没有太糟,我就自行修补,不行的话我会亲自来找皮特。"他用力将长矛往地上一蹬,然后冷冷瞪老魔印师一眼。皮特瞪大双眼,点头表示理解。

杰若抱起罗杰,将他放在自己的马背上。"抓紧,孩子。"他说,"我们去骑马!"罗杰大笑,拉扯战马的鬃毛,杰若和他父亲牵着马前往旅店。艾利克走在众人前方,仿佛身后的人都是他的随从。

卡莉等在旅店门口迎接。"杰若!真是太意外了!"

"这位是?"艾利克问,随即伸手整理头发和衣服。

"这是卡莉。"杰桑道,在看到艾利克眼中的光芒没有因此消失后又补了一句,"我妻子。"

艾利克似乎没有听见最后那句,大摇大摆地走在她面前,将五颜六色的斗篷甩到身后，鞠躬行礼。

"我的荣幸，女士。"他说着亲吻她的手背，"我是艾利克·甜蜜歌，吟游诗人大师以及林白克三世公爵、森林城堡守护者、木冠持有人、安吉尔斯之王的使者。公爵阁下抵达贵旅店时一定会很高兴看见如此美丽动人的女主人。"

卡莉捂住嘴，苍白的脸颊红到可以与她满头红发媲美。她手忙脚乱地屈膝回礼。

"你和杰若必定累了。"她说，"请进来，我准备晚餐时先帮两位上些热汤。"

"那真是太好了，善解人意的夫人。"艾利克说完再度鞠躬。

"杰若答应在天黑前帮我们检查魔印，卡莉。"杰桑说道。

"什么？"卡莉问，将目光自艾利克英俊的笑容上移开。"喔，那你们两位先把马拴好，然后去检查魔印，我带艾利克大师去客房，再去准备晚餐。"她说。

"真是个好主意。"艾利克说着弓起手臂让她勾着，两人一起步入旅店。

"不要让你老婆和艾利克走得太近。"杰若喃喃说道。

"他们叫他'甜蜜歌'，是因为他的歌声能让所有女人两腿间淌下蜜汁——有夫之妇也从不放过。"

杰森皱眉。"罗杰，"他说着把儿子抱下马背，"进去陪妈妈。"

罗杰点头，落地后立刻跑向屋内。

※

"上次的吟游诗人会吞火，"罗杰道，"你会吞火吗？"

"我会，"艾利克说，"还会像火恶魔一样把火吐出来。"罗杰鼓掌叫好。艾利克转回头去凝望卡莉，只见她正弯腰站在吧台后方，帮他倒麦酒；她把头发放下来了。

罗杰再度拉扯他的斗篷。吟游诗人折起斗篷不让他扯。但罗杰就改扯他的裤管。

"什么事？"艾利克问，不悦地回头看他。

"你也会唱歌吗？"罗杰问，"我喜欢听歌。"

"或许我晚点会唱给你听。"艾利克说着转过头去。

"喔，为他唱首歌。"卡莉一边哀求，一边在他面前倒上满是泡沫的麦酒，"他会非常开心。"她微笑。但艾利克的目光已经移到她上衣最上方的扣子，只见这颗扣子在她倒酒时不知道什么时候自动撑开了。

"当然。"艾利克说着露出灿烂的微笑，"只要来口你们最好的麦酒冲掉我喉咙里的尘埃。"

他一口气喝光麦酒，目光一直没有离开她的领口，接着伸手到地上一个鲜艳的袋子里摸索。卡莉在他取出鲁特琴的同时帮他重新倒满一杯酒。

艾利克轻轻拨弄鲁特琴，嘹亮的男中音回荡在酒馆中，歌声嘹亮而美妙——倾诉着乡村女子错过在心爱的男人离乡前往自由城邦前表白的机会，然后一辈子在悔恨中度过。卡莉和罗杰赞叹地凝望着他，沉迷在动人的歌声中。当他唱完后，两人大声鼓掌。

"还要！"罗杰叫道。

"现在不行，孩子。"艾利克说着轻抚头发。"或许等晚餐过后，这里，"他说着又伸手到彩袋里，"要不要试着自己弹点音乐？"他拿出一把玩具木琴，几块长短不一的花梨木板钉在一块亮面木框上。一条粗绳将琴身和琴棒绑在一起，琴棒是一根六英寸长的木条，末端镶有木球。

"拿这个去玩,我有话对你美丽的母亲说。"他说。

罗杰高声欢呼,拿起玩具跑到一旁,坐在木地板上,以不同的顺序敲击琴板,开开心心地听着自己敲出每个清澈的音阶。

卡莉笑呵呵地看着他。"将来他会成为吟游诗人。"她说。

"顾客不多?"艾利克问,伸手比向前厅几张空荡荡的桌椅。

"喔,午餐时间人很多。"卡莉说,"但是每年的这个时候,除了偶尔路过的信使,我们没有多少住宿的客人。"

"打点一间没人光顾的旅店一定很寂寞。"艾利克说。

"有时候是这样,"卡莉道,"但罗杰就够我忙了。就算在淡季时要看好他都很难,遇上商队往来的旺季更是可怕,醉醺醺的车夫彻夜高歌,他一兴奋起来晚上就不睡觉了。"

"我可以想象在那种情况下你也一定很难入眠。"艾利克说。

"我不好睡。"卡莉承认道,"但杰桑不管在什么情况下都睡得很安稳。"

"真的吗?"艾利克问,手掌滑动到她的手背上。她瞪大双眼、呼吸急促,但并没有缩手。

前门突然开启。"魔印都补好了!"杰桑叫道。卡莉倒抽一口凉气,连忙将手抽离艾利克的掌心,一不小心打翻他的麦酒。她抓起抹布擦拭吧台。

"补一下就好了?"她怀疑地问道,垂下目光掩饰潮红的脸颊。

"没这么好的事。"杰若说,"老实说,魔印还没有失效算你们走运。我补强了最糟糕的部分,明天早上我会去和皮特谈谈。就算拿矛头抵着他,我也要确保他在明天黄昏前重画旅店的所有魔印。"

"谢谢你,杰若。"卡莉说着朝杰桑瞪了一眼。

"我还在清理畜棚,"杰桑说,"所以我把马拴在前院,用杰若的携带式魔印圈围起来。"

"那很好,"卡莉说,"所有人都去洗手,晚餐快好了。"

"太美了。"艾利克大声说道,一边享用晚餐,一边畅饮麦酒。卡莉烤了一只香草羔羊腿,把最好吃的部位放在公爵使者的盘中。

"我想你应该没有像你一样貌美的姐妹?"艾利克趁着吃饭空当问,"公爵阁下正在物色新娘。"

"我以为公爵已经结婚了。"卡莉问,红着脸凑上去帮他倒酒。

"他结了,"杰若嘟哝道,"这是第四个了。"

艾利克哼了一声。"如果宫廷传言属实,第四任妻子也会和前几任一样生不出儿子。林白克会持续物色新娘,直到有人帮他生个儿子。"

"这点你或许没有说错。"杰若承认道。

"牧师会允许他在造物主面前承诺'永恒'几次?"杰桑问道。

"他想要几次就有几次。"艾利克保证道,"所有圣徒都受总管大臣詹森管辖。"

杰若啐了一声。"这样不对,造物主的仆人为了这种事败坏自己的声誉……"

艾利克举起手指警告。"听说就连树木都是总管大臣的眼线。"

杰若一脸不悦,但是没有继续说下去。

"好吧，他不太可能在和桥镇找到新娘。"杰桑道，"这里的女人连本地男人都不够分了。我还是大老远跑到蟋蟀坡才娶到卡莉呢。"

"你是安吉尔斯人，亲爱的？"艾利克问。

"是的，在那里出生。"卡莉说，"但结婚时牧师要我宣誓成为密尔恩人，所有河桥镇的镇民都必须宣誓向欧克效忠。"

"暂时而言。"艾利克道。

"所以谣言是真的。"杰桑说，"林白克打算接管河桥镇。"

"没有那么戏剧化。"艾利克说，"公爵阁下只是认为既然这里有半数镇民来自安吉尔斯，大桥又是用安吉尔斯的木材建造并且维修，我们当然应该维持……"他看着卡莉，背靠座椅，"更亲密的关系。"

"我不认为欧克愿意分享河桥镇。"杰桑道，"千年以来他们的领土都是以分界河划分，放弃自己的疆土就像放弃他的王座。"

艾利克耸耸肩，再度微笑。"那就是公爵和总管大臣之间的问题了，"他说着举起酒杯，"像我们这种小人物没必要担心这种问题。"

太阳很快就下山了，屋外开始传来爆裂声，魔光在窗叶之间随着魔印闪动。罗杰讨厌这些可怕的声音，以及伴随而来的吼叫声。他坐在地上，越来越使劲地敲打他的乐器，试图盖过外面的声音。

"今晚地心魔物格外饥饿。"杰桑担心道。

"它们吓到罗杰了。"卡莉说着起身走向他。

"不必害怕。"艾利克说着擦了擦嘴。他走到彩袋前，拿出细长的小提琴盒。"我们来赶走恶魔。"

他将琴弓搭上琴弦，音乐的旋律立刻回荡在屋子里。罗杰一边欢笑一边拍手,恐惧之情烟消云散。他们很快就抓到艾利克的节奏,他的母亲和他一起拍手,连杰若和杰桑也跟着打起节拍。

"和我跳舞,罗杰!"卡莉笑道,抓起他的手,拉他起身。

她翩翩起舞,罗杰试图跟上节拍,但是摔了一跤,她立刻抱起他,一边在屋子里转圈,一边亲吻儿子。罗杰开心大笑。

门上突然传来猛烈的撞击声。艾利克的琴弓自琴弦上滑开,所有人都转头看向在门框中猛震的沉重大门。尘埃被无形的力道震下,缓缓地飘落至地面。

杰若率先反应,壮实的他以难以想象的速度冲向放在门边的长矛和盾牌。接下来很长的时间,其他人只是呆呆地看着他,不懂他为什么会有这种反应。接着又是一下撞击,黑色的利爪击穿门板——卡莉尖叫。

杰桑跳向壁炉,拔出沉重的拨火棒。"带罗杰去厨房的避难门!"他大叫,说话时门外传来吼叫声。

这时杰若已经拿起长矛,将盾牌丢给艾利克。"带卡莉和男孩逃生!"他大叫的同时大门已经粉碎,一头七英尺高的石恶魔破门而入。杰若和杰桑转身面对它。恶魔停下脚步,脑袋后仰,发出胜利的吼叫。小而灵活的火恶魔则趁机从它脚边和胯下窜入屋内。

艾利克接下盾牌,但当卡莉抱着罗杰跑来向他寻求庇护时,他却把她推到一旁,拿起自己的彩袋,朝厨房冲去。

"卡莉!"杰桑大叫,眼看卡莉摔倒在地,扭动身体护着儿子。

"诅咒你下地心魔域,艾利克!"杰若对着吟游诗人的背影叫道,"愿你所有梦想全化为泡影!"石恶魔反手将他击飞,远远摔在前厅另一边。

一头火恶魔朝挣扎起身的卡莉冲去,但杰桑狠狠挥出拨火棒,将它打到一旁。它落地时咳出一口火焰,地板立刻着火燃烧。

"快跑!"他在她爬起身来的同时叫道。罗杰回头看见恶魔在他们逃出前厅的同时朝父亲喷火。杰桑衣衫着火,大声惨叫。

他母亲将他紧紧抱在胸口,一边哽咽一边沿着走廊奔跑。前厅里,杰若发出痛苦的吼叫。冲入厨房时,艾利克刚好拉开地板上的暗门,跳入地底下。他伸出一手,四下摸索用来关闭魔印暗门的铁环。

"艾利克大师!"卡莉大叫,"等等我们!"

"恶魔!"罗杰尖叫,看着一头火恶魔跳入厨房,但太迟了。地心魔物撞击的力道将卡莉撞倒,但即使恶魔的利爪插入体内,她仍抱着他不肯放手。她在火恶魔窜上背部时大声尖叫,对方的尖牙狠狠咬入她的肩,同时划过罗杰的右手。他痛得大叫。

"罗杰!"他母亲叫道,跌跌撞撞地朝碗槽爬行,然后跪倒。她痛苦尖叫,伸手向后,紧紧抓住地心魔物头上的一根魔角。

"你……别想……伤害……我……儿子!"她叫道,接着向前摔倒,使尽全力拉扯恶魔角。卡莉将恶魔角连根拔起,连同恶魔一起摔向碗槽。

脏碗在撞击中摔成碎片,火恶魔口中发出溺水声,身体激烈地扭动着,碗槽里的水顿时沸腾起来,空气中随即蒸汽弥漫。卡莉双手灼痛,失声惨叫,但说什么也不肯放手,将恶魔压在水中,直到它不再抽搐。

"妈!"罗杰大叫,她转过身去,又看见两头火恶魔跳入厨房。她抓起罗杰,冲向地窖,一手拉开沉重的大门。艾利克双眼圆睁，仰头惊望着她。

一头恶魔摔到卡莉脚上，在大腿内侧咬下一大块肉，让她摔倒。"带他走！求求你！"她苦苦哀求，将儿子塞入艾利克手中。

"我爱你！"她对罗杰叫道，使劲关上暗门，将他们留在黑了暗中。

由于临近分界河的关系，河桥镇的居民为了抵挡洪水而将房舍建造在绘有魔印的巨石上。他们在黑暗中等待，只要地基不垮，地心魔物就动不了他们，但现在到处都是浓烟。

"不是死在恶魔爪下，就是死在浓烟下。"艾利克喃喃说道。他开始离开暗门，但罗杰紧紧抱着他的脚。

"放手，孩子。"艾利克说着踢了踢脚，试图甩开这个小鬼。

"不要丢下我！"罗杰不停地哭喊道。

艾利克皱眉。他环顾四周的浓烟，吐了一口口水。

"抓紧了，孩子。"他说着将罗杰抬到背上。他撩起斗篷，当成临时带子，把小男孩背在身后，然后将斗篷一角绑在腰间。他举起杰若的盾牌，沿着地基前进，压低身体爬入夜色中。

"造物主呀。"他轻声念道，看着整座河桥镇陷入一片火海。恶魔在夜色里手舞足蹈，拖出尖叫的人们大快朵颐。

"看来你父母不是唯一一被皮特忽视的人。"艾利克说，"我希望它们把那个混蛋拖入地心魔域。"

艾利克蹲在盾牌后，借着浓烟和混乱的掩护缓缓绕过旅店，抵达前院。在那里，它们看见两匹马安安稳稳地站在杰若的魔印圈中；在恐怖景象中形成安全孤岛。

艾利克朝魔印圈奔去时，一头火恶魔发现了他们，但杰若的盾牌将它的火焰唾液化为一道魔法闪光。进入魔印圈后，艾利克放下罗杰，跪倒并大口喘气。恢复体力后，他开始在马鞍袋里疯狂摸索。

"肯定在这里。"他喃喃说道，"我知道我把它……啊！"他拿出酒袋，拔下塞子，灌下一大口酒。

罗杰低声啜泣，抱着自己血淋淋的右手。

"呃？"艾利克问，"你受伤了，孩子？"他走过去检查罗杰的手，在看到男孩的右手时倒抽一口凉气。罗杰的中指和食指都被恶魔咬断了。

"不！"当艾利克试图取走他手中的头发时，罗杰大叫，"那是我的！"

"我不会拿走，孩子。"艾利克说，"我只是要看看你的伤口。"他将头发放到罗杰的另一只手中，男孩立刻紧紧握住。

伤口没有流太多血，不过部分伤口被火恶魔唾液灼烧而腐烂，且不断渗出脓液，有些恶臭味。

"我不是草药师。"艾利克耸耸肩说，接着将酒袋里的红酒洒在伤口上。罗杰痛得大声尖叫。艾利克自上好的斗篷上扯下一块布帮他包扎伤口。

这时罗杰已经放声哭泣，艾利克紧紧将他包在斗篷中。"好了，好了，孩子，"他抱紧罗杰，在他背上轻拍，"我们会活下来传诵今晚的故事。这很了不起，不是吗？"

罗杰继续哭泣。艾利克开始吟唱摇篮曲。他在燃烧的河桥镇轻声歌唱，在恶魔欢呼雀跃时轻歌伴唱。他的歌声如同盾牌般围绕着他们，在歌声的守护下，罗杰精疲力竭，沉沉睡去。

## 第八章　自由城邦之路

**319 AR**

　　随着感染日益严重,亚伦不得不拄着拐杖行走,弯腰驼背,伴着恶心呕吐,胃里吐得只剩下胆汁了。

　　头昏眼花的他,试图为目光找寻焦点——他好似看见一缕白烟——远方的路旁有栋建筑物,一道石墙,上面爬满藤蔓,几乎遮挡了墙后的建筑物。白烟就是建筑物里袅袅升起来的。

　　找到有人烟的地方为他疲累的躯体注入了力量,他蹒跚着往前爬去。他靠在墙边,扶着墙前进,试图寻找入口。石墙上千疮百孔,满是裂痕。绿油油的藤蔓从石墙上的孔洞里伸出来了。如果没有藤蔓牵连着,颓废的石墙早就垮下来了。

　　亚伦借助石墙的支撑,找到一道石拱门。两扇锈迹斑斑的铁栅门躺在杂草丛里。拱门里是一个宽敞的庭院,墙上爬满藤蔓,地上长满杂草。院中有一座由堆积的泥沙和汇集的雨水形成的水塘,和一间藤蔓覆盖的低矮建筑,不仔细看根本看不出来。

　　亚伦很小心地沿着院墙行走。地上杂草间满是碎裂的石板;巨大的木柱倾倒在长满苔藓的巨石板上。亚伦在这些石板上发现许多深深的爪痕。

　　他惊讶地发现,石板上没有魔印,这座城堡建于恶魔回归前。若真如此,这里至少已经荒废数百年了。

　　矮建筑的大门和栅门一样破败不堪。一个小小的石造入口通往里面的房间。墙上垂下许多金属丝线，当年挂在上面的艺术品早已破烂，而且积满尘土。墙面上还粘连着厚重的挂毯。墙壁和家具上刻着远古遗留下来的爪痕，满地都是残骸。

"哈啰？"亚伦叫道，"有人吗？"

没有回应。

尽管气温不高，但他额头滚烫，而且身体却冷得发抖。他已经没有力气继续搜索——刚才这里明明有白烟，有烟就应该有人。这个想法给了他力量，引导他找到一座残破不堪的城堡，他爬上楼梯。

建筑顶楼大部分都处在阳光里，屋顶已经名存实亡；废墙中突起许多锈蚀的铜条。

"有人吗？"亚伦叫道。他将顶楼搜索一遍，仍只找到一片废墟。

正当他失去希望的时候，他透过大厅另一边的窗口看见了白烟。他冲向窗口，结果发现后院有一根正在燃烧的树枝，上面满是爪痕，几处火苗仍在燃烧，冒着浓浓的白烟。

他失望透顶，面孔扭曲，但没有哭泣。他想过坐在原地等待恶魔出现，希望它们在感染发作前赏他一个痛快。但他发过誓，绝不自愿交给恶魔任何东西；再说，玛莉雅的死法显然一点也不痛快。他低头望向窗外，看着底下的石板庭院。

从这里摔下去肯定没命，他沉思一会儿，一阵晕眩感袭来，就这么跌出窗外似乎是简单且正确的选择。

就像科利？他脑中的声音问道。

那条吊索再度浮现在他脑海里。亚伦回过神来，尽力稳住身子，从窗口边退开。

不，他心想，科利的做法和爸一样糟糕。就算要死，也是被杀而丧命，而不是因为我自己放弃。

透过顶楼的窗户，他可以看得很远。石墙之外，道路上，人来人往，而且是朝自己的这边走来——瑞根——亚伦挤出最后一丝力气，以近乎正常人的速度跳下楼梯，迅速穿过院子。刚跑到路上，他已经精疲力竭倒在地上。他气喘吁吁地紧紧捂住身侧的伤。那种感觉就像是胸腔里突然多了一千块木屑。

他抬起头来，看见对方的距离仍然很远，但已经可以看到自己。他听见一声呼唤——世界随即陷入一片漆黑。

✥

亚伦在阳光下醒来时，发现自己趴在地上。他吸了一口气，感觉身上紧紧缠了一圈绷带。他的背仍然很痛，但灼烧感已经消失。数天以来第一次，他觉得脸颊不再灼烧。他双手撑地，想站起身来，一阵剧痛随即袭来。

"别急着起身。"瑞根建议道。"你能活下来已经算幸运了。"

"出了什么事？"亚伦问，抬头看着坐在眼前的男人。

"你昏倒在路边。"男人道，"你背上的伤口已经感染。我必须切开伤口，挤出毒液，然后再缝起来。"

"奇林呢？"亚伦问。

瑞根笑着说："在里面。这两天奇林都和你保持距离。他晕血，刚见到你时，他还吐得满地都是。"

"两天了？"亚伦问。他看了看四周，发现自己人还在那座古老庭院。瑞根在这里扎营，他的携带式魔印圈守护着他们的铺盖和坐骑。

"我们大约是在两天前中午时发现你的。"瑞根道，"这两天你一直神志不清，在对抗病魔的过程中大汗淋漓，还不停抽搐。"

"你治好了我身上的恶魔感染?"亚伦惊讶地问道。

"提贝溪镇的人是这么称呼它的?"瑞根问,他耸了耸肩,"好名称。但这并不是什么魔法疾病,孩子,只是一种感染。我在路旁找到一些猪根,制成药膏抹在伤口上。我再用它煮点药茶,坚持喝上几天,你很快就会康复的。"

"猪根?"亚伦问。

瑞根举起一把随处可见的小草。"每名信使的药草袋里都会准备的药草,不过还是新鲜的药性最强。它会让你有点头晕,但神奇的是,药到病除。"

亚伦开始哭泣。母亲的病只要用这种自己常常在自家农场里拔除的杂草就可以治好?这个简直太难以置信了。

瑞根静静等待,给亚伦一些发泄的空间。在仿佛永远停滞后,泪水开始停歇,哽咽声也逐渐减弱。瑞根默默地递给他一块干布,亚伦擦掉脸上的泪水。

"亚伦,"信使问道,"你跑到这么远的地方来干什么?"

亚伦凝视他良久,不知道该从哪里说起。想了一会儿,他将这几天发生的事一一说给信使听,从母亲受伤,直到逃离父亲身边这几天来的遭遇。

瑞根默默听着亚伦的经历。"我为你母亲感到遗憾,亚伦。"他终于说道。亚伦哽咽一声,点了点头。

亚伦讲述到自己原本打算前往阳光牧场,却不小心踏上了通往自由城邦的道路时,奇林走了进来。他全神贯注地听着亚伦描述第一天独自在外过夜以及踏花魔印的经过。当亚伦讲到自己在恶魔杀死自己前抢先修复魔印时,吟游诗人吓得脸色发白。

"你就是砍断那头石恶魔手臂的人?"片刻后,瑞根怀疑地问道。奇林看起来似乎又要吐了。

"我不会再这么做了。"亚伦说。

"不,我想也是。"瑞根轻笑,"尽管如此,把一头近二十英尺高的石恶魔打成残废,绝对是值得歌颂的英勇事迹,嗯,奇林?"他以手肘轻顶吟游诗人,但这似乎挑起奇林的呕吐感。他捂着嘴跑了出去。瑞根只能摇头叹息。

"自从我们找到你后,每天晚上都被一头巨大的独臂石恶魔骚扰。"他解释道,"我从没看见过任何地心魔物像它那样死命地攻击魔印力场。"

"他不会有事吧?"亚伦问。奇林回来后又一次冲出去吐了。

"没事。"瑞根咕哝道,"我们先弄点东西吃。"他扶起亚伦靠着马鞍坐下。这个动作令他全身刺痛,瑞根能察觉他一脸的痛楚。

"嚼这个。"他建议道,递给亚伦一根硬草根,"你会有点头重脚轻,但可以减缓疼痛。"

"你是草药师吗?"亚伦问。

瑞根大笑。"不,但如果想活命,信使什么都得学一点。"他伸手在鞍袋中摸索,拿出金属锅及一些锅架。

"我希望你会教可琳猪根的效用。"亚伦悼念母亲道。

"如果知道她不知道,"瑞根道,"我一定教。"他在锅里倒满水,然后挂在火堆上方的三脚架上。"很难想象人们怎会遗忘这么多知识。"

他拨弄火堆时,奇林走了回来,脸色依然白得吓人,但呕吐症状已经减轻。"带你回去后,我一定会提起这件事。"

"回去?"亚伦问。

"回去?"奇林重复。

"当然是'回去'。"瑞根说,"你爸一定会到处找你,亚伦。"

"我不想回去。"亚伦说,"我想和你一起前往自由城邦。"

"你不能逃避问题,亚伦。"瑞根说。

"我不回去。"亚伦说,"你可以把我拖回去,但只要你一放手,我立刻会再次逃出来。"

瑞根凝望他良久。最后,他看向奇林。

"我的想法是,"奇林说,"我一点也不希望再跑一趟,因为至少需要五天。"

瑞根皱眉转向亚伦。"抵达密尔恩后,我会写信给你父亲。"他警告道。

"你只是在浪费时间。"亚伦说,"他绝不会来找我。"

当晚庭院的石板地和外围的高墙为他们提供了理想的庇护。马车停在大型携带式魔印圈中,骏马则拴在另一道魔印圈里。他们人在两道同心魔印圈中,中间生了一堆火。

奇林躺在毛毯里,缩成一团,浑身颤抖,不是因为寒冷,而是惧怕恶魔——每当地心魔物测试魔印时,他就会剧烈抽搐。

"为什么明知无法突破,它们还是会不断攻击?"亚伦问。

"它们在找寻魔印网的瑕疵。"瑞根道,"你绝不会看见地心魔物重复攻击同一个点。"他轻叩自己的脑侧。"它们记得。地心魔物没有聪明到足以研究魔印网,进而推断出弱点,所以它们直接攻击力场,借由这种方法来找出弱点。它们很少突破力场,但机会还是高到值得不断尝试。"

一头风恶魔越过高墙,撞在魔印力场上。奇林立刻在毯子里发出一声尖叫。

瑞根看着蜷缩在毛毯里的吟游诗人,摇了摇头。"他好像以为只要自己看不见地心魔物,它们也就看不见他。"

"他一直都是这样吗?"亚伦问。

"独臂恶魔让他比平常更恐惧。"瑞根说,"平时在魔印圈里就站不直身子的家伙。"他耸肩。"我临时需要吟游诗人同行,公会指派奇林给我,通常我不会跟这么弱的人同行。"

"为什么要带吟游诗人同行?"亚伦问。

"喔,当你前往偏远村庄时一定要带上吟游诗人。"瑞根说,"没带的话,村民的态度会很冷淡。"

"偏远村庄?"

"像提贝溪镇似的小村落,"瑞根解释,"地处偏远,公爵难以轻易掌控,而且居民又大多不识字。"

"认不认字有什么区别?"亚伦问。

"不认字的人不太需要信使。"瑞根解释道,"他们会需要食盐以及其他短缺的生活必需品,但是大多数的人都不会出门找你或提供传闻,而搜集传闻就是信使的主要任务。只要带着吟游诗人同行,人们就会抛下所有工作前来欣赏演出。我会散布奇林演出的消息并不只是为了帮大家。"

"有些人,"他继续,"可以同时身兼商人、吟游诗人、草药师以及信使多重身份,但这种人就和仁慈的地心魔物一样稀有;大多跑村庄路线的信使都会雇用吟游诗人。"

"而你平常不跑村庄路线。"亚伦说,想起他之前说过的话。

瑞根眨了眨眼。"吟游诗人可以吸引村民,但是在公爵面前只会扯你后腿。公爵和富商都有私人的吟游诗人。他们唯一感兴趣的只有交易和各地新闻,而他们支付的代价远远高出老霍格所能负担的一切。"

第二天早上天还没亮瑞根就已经起床了。亚伦也早就醒了。瑞根向他点头表示赞许。"信使没有睡懒觉的权利，"他边说边用锅子碰撞声提醒奇林，"我们连一丝阳光都不能错过。"

亚伦上车坐在奇林旁边时，感觉已经好多了。骡车朝地平线上几个瑞根称为高山的隆起轮廓前进。为了打发时间，瑞根向亚伦讲一些旅行中的趣事，并且介绍路旁的药草，告诉他哪些可以吃，哪些不要碰，哪些可以疗伤，哪些又会导致伤势恶化。他指出最适合用来过夜的防御地点，并且解释原因，同时警告他应注意的其他野外掠食者。

"恶魔会掠食动作最慢的弱小动物。"瑞根说，"所以能够存活下来的都是最聪明、最强壮，或最善于躲藏的动物。在户外，地心魔物不是唯一将你视为猎物的掠食者。"

奇林不时紧张地左顾右盼。

"我们前几个晚上是在什么地方过夜？"亚伦问。

瑞根耸肩。"某个小地主的旧城堡。"他说，"这里到密尔恩之间，起码有一百多座被信使洗劫过的废堡垒。"

"信使？"亚伦问。

"对，"瑞根说，"有些信使会花几个礼拜搜寻废墟。能够找到不知名废墟的幸运儿就可以带着各式各样的战利品回家。黄金、珠宝、雕像，有时甚至还会发现古老的魔印。但是他们真正想要寻找的宝贝却是传说中的古老魔印、攻击魔印——如果这种魔印真的存在的话。"

"你相信它们存在吗？"亚伦问。

瑞根点头。"但是我不愿为了找寻它们而冒着生命危险离开大路。"

两个小时后，瑞根带领他们离开道路，来到一座小山洞。"只要有机会，最好在所有可以用来过夜的遮蔽处外绘制魔印。"他对亚伦道，"这个洞穴是葛雷格游记里记载的避难所之一。"

瑞根和奇林开始扎营，给牲口喂水和饲料，然后将补给品搬到山洞里。解套的马车留在洞口外的魔印圈中。趁他们扎营时，亚伦研究这道携带式魔印圈。"这里有些我没见过的魔印。"他注意到，伸出手指沿着魔印勾勒线条。

"我在提贝溪镇也看到这几个没见过的。"瑞根承认道，"我把它们抄在我的游记里，或许今晚你可以告诉我它们的作用？"亚伦微笑，很高兴自己有机会回报瑞根的救命之恩。

吃饭时，奇林开始不安地扭动，不时看向黑暗的天空和四周。但瑞根似乎不太在意那些。

"最好把驴子牵进洞。"瑞根说道，奇林立刻唯唯诺诺地行事。"驮兽讨厌洞穴，"瑞根对亚伦说道。"所以尽可能等到最后一刻再赶它们进洞，马一定要最后进去。"

"这匹马没有名字吗？"亚伦问。

瑞根摇头。"我的马必须努力赢得自己的名字。"他说，"公会曾特别训练它们，但有些马还是害怕被拴在携带式魔印圈里过夜。只有我确认不会惊慌失措的马，才有资格拥有名字。这匹马是我在安吉尔斯买的，因为我以前的佳伦马跑出去被恶魔吃了。如果能平安抵达密尔恩，我就会赏它个名字。"

"它会抵达密尔恩的。"亚伦说着轻抚马的脖子。当奇林把驴子都赶入洞内后，他抓起它的马勒，领着它走进洞中。

趁大家进洞准备休息时，亚伦打量山洞入口。魔印刻在石头上，但入口的地面却没刻。"这道魔印不完整。"他指着地面说道。

"当然不完整。"瑞根回应，"不能在地上绘制魔印，是不是?"他好奇地看着亚伦。"要完成这道魔印的话,你会怎么做?"他问。

亚伦思索这道谜题。洞口并非正圆,比较像∩字形。这种形状不容易绘印,但也不算太难,而刻在石块上的魔印都是很常见的魔印。他拿起树枝,在地上描绘魔印,线条顺畅无碍地和两边石块上的魔印连在一起。他再三检查它们,然后退开一步,转向瑞根,请他指点。

信使一言不发地研究亚伦的魔印,接着点了点头。

"做得好。"瑞根说,亚伦脸上露出微笑,"你取顶点的技巧十分成熟。我都没有办法画出更密的魔印网,而你居然还能完全在脑中计算。"

"呃,谢谢。"亚伦说,尽管他完全不懂瑞根在说些什么。

瑞根察觉男孩的迟疑。"你有计算公式,对吧?"

"什么计算公式?"亚伦问。"那条线,"指向最接近的魔印,"接到那边那个魔印,"他指向墙面,"和这条线交叉,"他指向其他魔印,"而这些线又和那些线交叉,"他指向剩下的魔印,"就这么简单。"

瑞根一脸骇然。"你是说你是用目测的?"他大声问道。

亚伦在瑞根的目光下耸了耸肩。"大多数人都用直木棍测量线条,只是我从不这么干。"

"我真想不透提贝溪镇怎么能撑到现在还没有被黑夜吞没。"瑞根说。他自鞍袋里取出一个布袋,蹲在洞口前,抹除亚伦的魔印。

"不管画得多好,在地上绘制魔印都是有勇无谋的表现。"他说。

瑞根在布袋中挑出一个亮面魔印木牌,利用标有线条的直木棍测量距离,迅速排开木牌,重新封住魔印网。

天黑不过一小时，独臂石恶魔就已经扑到洞外。它发出怒吼，挥臂甩开挡路的小恶魔，发出挑衅的叫声。奇林悲戚地小声呻吟着，退到洞穴最深处。

"这头恶魔已经记住你的气味了。"瑞根警告道，"它会永远跟着你，找寻你的防卫漏洞。"

亚伦凝视怪物良久，思索着信使的话。恶魔不停地咆哮，拼命攻击力场，但是魔印闪动，将它弹了回去。奇林不住地哀鸣。亚伦站起身来，走到洞口，直视地心魔物的双眼，缓缓举起双手，突然间双掌交击，以自己完好的双臂嘲笑独臂恶魔。

"让它浪费时间吧。"他在恶魔无能为力的吼叫声中说道，"它动不了我。"

他们继续赶了近一周的路。瑞根转道向北，穿越山脉外围的山丘，渐行渐高。瑞根不时会停下来狩猎，向很远的距离外抛掷短矛刺穿小动物。

晚上，他们大部分时间都待在葛雷格游记中记载的洞穴中，不过有两晚他们直接在道路上扎营。和所有动物一样，瑞根的马被疯狂的恶魔吓得惨叫，但它没有试图挣脱拴在身上的绳索。

"它够资格拥有名字了。"亚伦指着稳健的马儿，再次提出此事。

"好啦，好啦！"瑞根终于让步，伸手在亚伦的头上乱抓一通，"你帮它取个名字吧。"

亚伦微笑。"夜眼。"他说。

瑞根看着马，点点头。"好名字。"

## 第九章 密尔恩堡

**319 AR**

随着地平线上的隆起,山势越来越高,泥土地表逐渐转为岩石山。瑞根说一百座博金丘才能叠成一座高山并非夸大其词。此刻亚伦抬头就能望见四面的高山。他们爬得越高,就越寒冷;强风如同长鞭抽来。亚伦回过头去,发现世界已经平整地铺展在自己面前——他憧憬着单靠长矛和信使袋横跨大地。

当密尔恩堡映入眼帘时,亚伦简直无法相信自己的眼睛。不管瑞根形容得多具体,他总认为密尔恩和提贝溪镇一样,只是比较大。但当密尔恩城堡出现在眼前时,他差点惊得从马车上掉下来。

密尔恩堡依山而建,俯瞰一片宽阔的山谷。密尔恩所依的这座高山,位于山谷对面。一道三十英尺高的圆形城墙环抱城市,不过城中的不少建筑物高过城墙,直插天际。城墙由近及远绵延数十英里长。

城墙上画有亚伦这辈子所见过最大的魔印。他的目光随着魔印之间的无形线条转动,将整座城墙形成一张将地心魔物阻挡在外的魔印网。

尽管气势恢宏,但城墙仍然令亚伦十分失望——所谓的"自由"城邦有些名不副实——阻挡地心魔物的城墙同时也禁锢了人们的脚步。至少在提贝溪镇,囚禁人们的墙是无形的。

"如何阻止风恶魔飞跃城墙？"亚伦问。

"城墙顶端设有许多魔印桩，在城市上空形成魔印屏障。"瑞根说。

亚伦觉得这个问题根本不需要瑞根回答就可以猜出答案。他还有很多问题，但他将它们放在心里，以自己敏锐的心智寻求可能的答案。

走近城门口时，已过正午。瑞根指向城市上方数里外的山间浓烟。"公爵的矿坑，那里原来就是一座城镇，比你们提贝溪镇更大。但他们无法自给自足，因为公爵需要加强控制——每周都有车队往返。送食物上去，运盐、金属以及煤块下山。"

一道矮墙自主城一角延伸而出，顺着山谷圈出一大片狭长的农地。亚伦在一片整齐的绿色果树林上方看到许多魔印桩。

"大花园和公爵果园。"瑞根介绍道。

城门大开着，许多人进进出出，守卫在他们接近时挥手招呼。他们身材高大，和瑞根一样，头戴带有凹痕的金属头盔，厚重的羊毛衫外加穿一层硬皮护甲。手持长矛，但更像是在拿展示品，而非武器。

"啊，信使！"其中之一叫道，"欢迎回来！"

"盖恩斯和沃伦。"瑞根朝他点头。

"公爵已经等你好几天了。"盖恩斯说，"你没有准时回来让我们很担心。"

"以为我被恶魔吃了？"瑞根笑道，"那是不可能的！我从安吉尔斯回来途中路过提贝溪镇时，那里遭到了恶魔的攻击。我们在那里逗留了一段时间帮忙。"

"顺便捡了个迷路小孩回来？"沃伦笑着道，"作为礼物送给留在家里等你回来，让她成为母亲的漂亮老婆？"

瑞根脸色一沉，守卫立刻退缩。"我没有不敬的意思。"

"那我建议你避免说出任何不敬的玩笑话，仆役。"瑞根神色不善地说道。沃伦脸色发白，迅速点头。

"事实上，我是在路上救了他。"瑞根说着摸摸亚伦的头发，面带微笑，仿佛刚刚什么事都没发生。

亚伦就喜欢瑞根这种个性——随时保持微笑，不会心存怨愤，但要求他人尊重，并且确保人人清楚自己的身份。亚伦希望有朝一日可以变成像他一样的人。

"在路上？"盖恩斯怀疑地问道。

"在杳无人烟的荒野中！"瑞根大声说道，"这个男孩绘制魔印的技巧比我认识的某些信使还要高明。"亚伦在他的称赞下骄傲地抬头挺胸。

"你呢？吟游诗人。"沃伦向奇林问道，"第一次尝试赤裸黑夜的感觉如何？"

奇林满脸怒容。守卫哈哈大笑。"看来还不错吧，呃？"

"时候不早了。"瑞根说，"传话给琼恩主母，等我回家洗澡用餐过后就会前往宫殿。"守卫行礼，让他们进入城门。

尽管刚开始有点失望，亚伦很快就被密尔恩繁华的景象吸引住了。建筑物高耸入云，印象中所有的一切事物都相形失色，街道上铺满石板，而非硬土块。地心魔物没有办法自人工切割过的石块下转出来，但亚伦实在无法想象要切割出成千上万块紧密咬合的石块需要花费多少人力。在提贝溪镇，几乎所有建筑都是木制，以堆叠在一起的石块作为地基，茅草屋顶上架设着魔印木牌。这里，几乎所有东西都是石材切割，有一定的年代了。除了魔印森严的外墙，城内所有建筑都专门架设魔印，有些很美观，有些很实用。

城内的空气很糟糕,充满垃圾、粪便燃烧物,以及汗水味。亚伦试图屏住呼吸,但是随即放弃,开始改用嘴巴呼吸。话说回来,奇林则露出第一次平静地呼吸到新鲜空气的样子。

瑞根领头来到一座市集。在那里,亚伦看到最繁华的集市。数百名洛斯克·霍格同时自四面八方对他兜售商品。"买这个!""试试那个!""大特价,是你才有!"他们都很高,和提贝溪人比起来堪称巨人。

推车上,水果和蔬菜堆积如山,而卖衣服的摊位上陈列着很多新衣,仿佛这里的人每天都穿新衣服。还有人在卖油画和雕塑品,做工细致到匪夷所思,怎么会有人有时间去弄那种东西。

瑞根带他们来到位于市集另一边的摊位上,那摊位的帐篷绘有盾牌的标志。"公爵的手下。"瑞根在他们接近推车时说道。

"瑞根!"老板叫道,"今天带了什么来呀?"

"沼泽米。"瑞根道,"提贝溪镇支付公爵食盐的税金。"

"去找洛斯克·霍格了?"老板比较像在陈述事实,而非提问,"那个骗子还在掠夺乡民的财物?"

"你认识霍格?"瑞根问。

老板大笑。"十年前,我在主母议会中作证吊销他的商人执照,因为他试图拿一批爬满老鼠的谷物蒙混过关。"他说,"没多久他就被赶出了密尔恩堡,逃向世界的另一端。听说他以前在安吉尔斯就干过这样的事,后来才会跑来密尔恩堡坑蒙拐骗。"

"幸好我们仔细检查过这些米。"瑞根喃喃说道。

他们针对米和盐的现行价格讨价还价了好一阵子。最后,老板终于让步,承认瑞根没有在霍格手上吃亏。他给了信使一袋硬币，补足盐米之间的价差。

"亚伦可以接手驾车吗？"奇林问。瑞根看了他一眼，点了点头。他丢给奇林一袋硬币，奇林轻快地接下钱袋，跳下马车。

瑞根看着奇林的背影消失在人群中。"算不上最差劲的吟游诗人。可惜胆量小了点。"他再度上马，带着亚伦穿过繁忙的街道。当他们走过一条人潮汹涌的街道时，亚伦几乎被挤得喘不过气来。他注意到有人在高山的冷风中依然衣衫破烂。

"他们在干吗？"亚伦问，看着那些人对着路人高举空碗。

"乞讨。"瑞根说，"不是所有密尔恩堡的居民都富得流油。"

"我们不能给他们一点钱吗？"亚伦问。

瑞根叹气。"不是那么简单的，亚伦。"他说，"这里的土壤贫瘠，物产不足以养活多半人口。我们需要从来森堡买谷物，从雷克顿买鱼，从安吉尔斯买牲畜。其他城市不会平白无故提供我们这些东西。这些东西都会流入有工作、能够赚钱支付食物的人手里，也就是商人。商人会自掏腰包雇用仆役帮忙做事，然后提供他们食物、衣物以及住所。"

他指向一个披着肮脏、破烂衣服的男人——手里拿着木碗向行人乞讨，但是路人视而不见，拒绝和他目光接触。"所以除非你是贵族或是教徒，不然只要没工作，就会沦落到这种下场。"

亚伦点头，但他并不真的懂。提贝溪镇的居民常常都会花光杂货店里的买卖点数，但就连霍格都不会任由他们挨饿。

他们来到一间房子前，瑞根指示亚伦停下马车。与亚伦在密尔恩堡所见的房舍相比，这间房子并不算大，但以提贝溪镇的标准来看，这栋完全石造的双层房舍已经十分气派了。

"这里是你家？"亚伦问。

瑞根摇摇头，翻身下马，来到门前，大声敲门。不久后，一位绑着棕色辫子的年轻少妇打开了门。她的身材修长、身材健美，一如所有密尔恩人。她身穿高领洋装，裙长直达脚踝，胸口绷得很紧。亚伦看不出她的相貌是否美丽，正当他觉得她长相平凡时，她突然展颜欢笑，感觉立刻变了。

"瑞根！"她叫道，张开双臂拥抱他，"你回来了！感谢造物主！"

"我当然会回来，珍雅，"瑞根说，"我们信使一定会照顾自己人。"

"我不是信使。"珍雅说。

"你嫁给信使，那是一样的。我不管公会如何裁决，葛雷格到死都是信使。"

珍雅一脸哀伤。瑞根立刻改变话题，大步来到马车旁，卸下剩下的货物。"我帮你带了点顶级沼泽米、食盐、肉干和鱼干。"他说着将东西搬了下来，放在她的房门里。亚伦连忙跑去帮忙。

"还有这个。"瑞根补充，取出一袋自霍格那里弄来的金币和硬币。另外他还将公爵手下商人支付的小钱袋一并奉上。

珍雅打开钱袋，瞪大双眼。"喔，瑞根，"她说，"太多了。我不可以……"

"你可以，快收下。"瑞根以命令的口吻打断她，"这是我能做到的。"

珍雅眼中泛着泪花。"我不知道该怎么感谢你，"她说，"我最近还很担心，帮公会书写的酬劳不足以支付家用，少了葛雷格……我以为会再度沦落到乞讨为生。"

"好了，好了，"瑞根轻拍她的双肩说道，"我的兄弟和我绝不会让事情走到这个地步，就算要带你回家帮佣我也不会让你流落街头。"

"喔,瑞根,你们真的愿意这样帮我?"她问。

"还有另一件事。"瑞根说,"来自洛斯克·霍格的特别礼物。"他取出那枚戒指。"他要你写信给他,让他确认你收到了。"

看着闪闪发光的戒指,珍雅再次流下眼泪。

"葛雷格的人缘很好。"瑞根说着将戒指套入她的手指,"让这枚戒指成为回忆的象征。这些食物和钱够你过一阵子了。或许,在这段时间中,你可以找到另一个丈夫,成为一名母亲。但如果情况真的糟到必须变卖这枚戒指,你一定先来找我,听懂了吗?"

珍雅点头,但她的目光低垂,一边流泪一边抚摸着戒指。

"答应我。"瑞根命令道。

"我答应你。"珍雅说。

瑞根点头,接着再一次拥抱她。"我有机会就会来看你。"他说。他们离开时,她还在哭泣。亚伦边走边回头看她。

"搞不清楚刚才的状况?"瑞根问。

"是的。"亚伦同意道。

"珍雅来自乞丐家族。"瑞根解释道,"她的父亲双目失明,母亲体弱多病。不过幸运的是,他们生下一个健康美丽的女儿。嫁给了信使葛雷格后,她和父母的社会阶层提升了两个层次。他带着他们三人进入他的家庭,尽管一直分配不到最好的信使路线,但他赚的钱还是够一家人开心过活。"

他摇头。"但是现在,她必须支付租金,还要养活三个人。她还不能离家太远,因为他的父母没有能力照顾自己。"

"你愿意帮她真好。"亚伦说,感觉好过一点,"她笑起来很美。"

"你帮不了所有人,亚伦。"瑞根说,"但你应该尽力帮助你能够帮助的人。"亚伦点头。

他们沿着蜿蜒的道路爬上一座山丘,最后抵达一所大宅院前。一面六英尺高的高墙沿着宽敞的庭院而建,宅邸本身有三层楼高,有数十扇窗户,全都是会反射阳光的玻璃窗。单是这栋宅邸就已经比博金丘的大殿还大,而博金丘大殿足以在冬至庆典时容纳提贝溪镇所有镇民。宅邸和围墙上都漆有亮眼的魔印。亚伦心想,如此富丽堂皇的地方必定是公爵的家。

"我妈有个魔印加持的玻璃杯,和钢铁一样硬。"亚伦说着抬头看向窗户,这时一个瘦个子快步跑上前来开启栅门。"她平常都把它收好,偶尔有客人来时才会拿出来,让人看看它有多亮。"他们穿过不曾被地心魔物蹂躏的菜园,好几个人在里面挖菜。

"这是密尔恩城里唯一一栋完全采用玻璃窗的建筑。"瑞根骄傲地说,"我重金聘人绘制魔印,确保它们不会破碎。"

"我懂得那种技巧,"亚伦说,"但是你需要恶魔接触玻璃才能提供魔力。"

瑞根轻笑摇头。"或许不需要。"

庭院中还有比较低矮的建筑,有烟囱的石头房屋,人们来来去去,就像一座小村庄。脏兮兮的小孩蹦蹦跳跳,女人一边忙着家务事,一边望着他们。他们一路来到马厩,一名马夫立刻上来接过"夜眼"的缰绳。他对瑞根很恭敬,仿佛见到了传说中的国王。

"我以为我们要先回你家再去拜访公爵。"亚伦问。

瑞根大笑。"这里就是我的家啊,亚伦!你以为我会无条件冒着生命危险在旷野中闲逛吗?"

亚伦看着豪宅,双眼圆睁问道:"这一切都是你的?"

"全都是。"瑞根点头道,"公爵对于不畏惧地心魔物的人出手向来大方。"

"但葛雷格家却没这般阔气。"亚伦质疑。

"葛雷格是个好人。"瑞根说,"但他只是位还算合格的信使。他只要每年跑一趟提贝溪镇,并且在路过的偏远村落稍事停留就心满意足了。像那样的信使或许可以养家糊口,但是不可能累积很多财富。珍雅之所以能够得到那么多利润,完全是因为我自掏腰包买东西转卖给霍格。以前葛雷格必须向公会借钱进货,而公会抽成抽得很重。"

某个高个子男人鞠躬并打开豪宅大门。他面无表情,身穿褪色的蓝色羊毛外套。他的脸和衣服都很干净,与那些在庭院里的人形成鲜明的对比。他们进屋后,一名比亚伦大不了多少的男孩立刻跳起身来。他跑到大理石台阶下拉扯一条铃绳,屋内顿时铃声大作。

"看来你的好运还没到头。"不久后,一位女子大声说道。她有一头黑发,以及一双闪亮的蓝眼睛。她身穿一袭深蓝色长袍,比亚伦这辈子见过的所有衣服都还要华丽,腰和颈部戴满闪闪发光的珠宝。她站在大厅上方的大理石阳台上凝望着他们,脸上带着冰冷的微笑。亚伦从来不曾见过如此高雅美丽的女人。

"我妻子,伊莉莎。"瑞根低声说道,"一个回家的理由……同时也是离家的理由。"亚伦不确定他是不是在开玩笑;女人似乎不是很高兴见到他们。

"总有一天,你会死在地心魔物的手里的。"伊莉莎一边下楼一边说道,"到时候我就可以随心所欲地嫁给那位比我还年轻的情夫了。"

"那是不可能的事。"瑞根微笑说道,将她拉到身前轻轻一吻。他转向亚伦,解释道:"伊莉莎总是梦想有一天可以继承我的财产。我对抗地心魔物不但是为了保护自己，同时也是为了不让她称心如意。"

伊莉莎大笑，让亚伦也轻松下来。"这位是？一个让你不必在我的肚子里孕育的孩子吗？"

"我只需融化你那条结冰的衬裙，亲爱的。"瑞根反唇相讥，"这位是提贝溪镇的亚伦，我在路上遇到他的。"

"在路上？"伊莉莎问，"他只是个小孩！"

"我才不是小孩！"亚伦大声说道，随即自觉愚蠢。瑞根冷冷看了他一眼。他连忙低下头去。

伊莉莎仿佛没有听见他的吼叫。"脱掉你的护具，快去洗澡。"她命令丈夫道，"你满身都是汗水和尘土的味道，我来招待客人。"

瑞根离开后，伊莉莎唤来仆役帮亚伦准备点心。瑞根家的仆役似乎比全提贝溪镇的人加起来还多。他们为他切了一大块冷火腿以及一片厚厚的酥皮面包，搭配奶油块和牛奶。伊莉莎看着他吃，亚伦想不出该说什么，只顾全神贯注在餐盘上。

吃完奶油后，一名身穿和男仆役外套同色服装的女仆走进来，朝伊莉莎鞠躬。"瑞根老爷在楼上等你。"她说。

"谢谢你，母亲。"伊莉莎回应道，露出古怪的表情，手指有意无意地在肚子上轻抚。接着她面带微笑，转向亚伦。"带我们的客人先去洗澡。"她吩咐道，"等你可以看出他皮肤的颜色后再让他出来。"

亚伦习惯站在水槽里往身上淋冷水，一看到瑞根又深又宽的石制澡盆就感到浑身不自在。他默默等待女仆在澡盆中添加热水，为他驱逐寒意。她和所有的密尔恩人一样个子很高，目光友善，发色犹如蜂蜜，帽子底下只露出几缕灰发。她转身背对亚伦。让他脱光衣服进入澡盆。在看见他背上以针线缝合的伤口时，她忍不住倒抽一口凉气。赶紧走过来察看他的伤势。

"噢!"亚伦在她轻戳最上面的伤口时叫道。

"别像个孩子。"她责备道，搓揉食指和大拇指，然后放到鼻子前闻了闻，亚伦咬紧牙关，任由她在所有伤口上重复这个动作。"你比你想象中还要幸运，"她终于说道，"当瑞根说你受伤的时候，我以为只是一点擦伤，但是这个……"她啧啧说道："你妈没教过你晚上不要在外逗留吗?"

亚伦想要回嘴，但却忍不住哽咽。他紧咬嘴唇没有说话。女仆注意到了他的反应，立刻改变语气。"这些伤口愈合得很好。"她指着他的伤口道，接着拿出肥皂，开始轻轻地冲洗伤口。亚伦咬紧牙关。"等你洗好澡后，我会帮你准备药膏和干净的绷带。"

亚伦点头。"你是伊莉莎的母亲吗?"他问。

女人大笑。"造物主呀，孩子，你为什么会这么想呢?"

"她称呼你为'母亲'。"亚伦说。

"因为我是母亲。"女仆骄傲地说道，"我叫玛格莉特，有两个儿子、三个女儿，其中一个很快也会成为母亲。"她哀伤地摇头。"可怜的伊莉莎，尽管拥有这么多财富，仍只是个女儿，而她已经三十多岁了! 想起来就让人伤心。"

"身为母亲这么重要吗?"亚伦问。

女人看他的样子仿佛他刚刚问的是空气重不重要。"有什么能比身为母亲更重要?"她问，"女人的义务就是孕育小孩，维持本城的壮大。这就是母亲之所以拥有最高的荣誉，可以在晨间市场中优先选择商品，而且所有公爵的议会顾问都是母亲的原因。男人擅长打烂东西以及建造东西，但是政治和文书最好还是交给上过母亲学校的女人处理。还有，在公爵过世后，有权选举新公爵权利的人也是母亲。"

"那为什么伊莉莎不是母亲?"亚伦问。

"不是尝试不够的问题。"玛格莉特承认道,"我敢说她此刻正在尝试。出门六个星期可以让任何男人猛得像头公牛,而且我还煮了受孕药茶放在她的床头柜上。或许这样会有帮助,不过再蠢的人都知道最佳的受孕时期是黎明破晓前。"

"那他们为什么还没生孩子?"亚伦问。他知道生孩子与瑞娜和班妮想玩的游戏有关,但是他对具体的细节还是不太了解。

"只有造物主才知道。"玛格莉特说,"或许伊莉莎不孕,或许不孕的是瑞根,这真的很可惜。像他这样的好男人真的不多,密尔恩需要他的好儿女。"

她叹气。"伊莉莎十分幸运,因为他到现在还没离开她,或是去找年轻女仆生小孩。看在造物主的分上,她们都很愿意帮他生小孩。"

"他可以离开他的妻子?"亚伦语气骇然。

"不要这么惊讶,孩子。"玛格莉特说,"男人需要儿女,他们会不择手段取得子女。欧克公爵已经娶了三个女人,但至今还没有一个儿子!"她摇头。"但瑞根不会。有时候他们会像地心魔物一样吵架,但是他爱伊莉莎就像喜爱阳光,他永远不会离开。伊莉莎也不会,不管她为此放弃了什么。"

"放弃?"亚伦问。

"她是贵族。"玛格莉特说,"她母亲是公爵议会的成员。只要伊莉莎嫁给另一名贵族,并且怀孕生子,她也可以为公爵服务。但是她为了和瑞根在一起而自贬身份,违逆她母亲的意愿。她们在婚后就没再交谈过了。现在伊莉莎成为商人阶级,是很有钱的商人。在母亲学校拒收的情况下,她永远无法在城内取得任何地位,更别提要在公爵议会中服务。"

玛格莉特为沉默的亚伦清理伤口,然后自地上捡起他的衣服。她在啧啧声中检视上面的污点和破洞。"我趁你洗澡的时候尽量帮你补补。"她承诺道，然后把他一个人留在澡盆里。她离开后，亚伦试图搞清楚她刚刚告诉他的一起，但实在有太多难以理解的地方。

玛格莉特让亚伦联想到洛斯克的女儿卡特琳——"她会告诉你世界上所有的秘密，因为这样可以让她多听一会儿自己的声音。"希尔维总是这么说。

不久后，女人带着一套干净但不太合身的衣服回来。她帮他包扎伤口，并且在他的抗议声中帮他穿衣。他必须卷起衣袖才能看见自己的手掌，卷起裤管才不让自己绊倒，但是亚伦已经好几个星期没有这种干净清爽的感觉了。

他和瑞根、伊莉莎提前共进晚餐。瑞根修好胡子，绑起头发，换上质料绝佳的白衬衫、深蓝色绒布夹克和裤子。

为了庆祝瑞根回来，厨房宰了一头猪，餐桌很快就放满猪排、猪肋、培根薄片，以及鲜嫩多汁的香肠，仆人端上大壶冷冻麦酒及干净清凉的水。伊莉莎在瑞根指示仆役为亚伦倒杯麦酒时皱起眉，但是没有说什么。她轻啜杯中的红酒，那只玻璃杯精致到亚伦生怕会被她纤细的手指捏碎。晚餐还有比他曾经见过的面包都白的硬皮面包，以及大碗水煮芜菁和马铃薯，上面涂满一层厚厚的奶油。

虽然看着这些食物直流口水，亚伦还是忍不住想起外面街道上乞讨的人们。尽管如此，罪恶感还是迅速被饥饿征服，他每道菜都夹了一些，竟塞了满满一大盘子。

"造物主呀，你哪有那么大的肚子吃这么多东西？"伊莉莎问，一边拍手一边饶富兴味地看着亚伦清空眼前的餐盘。"你的肚子有洞吗？"

"不要理她，亚伦。"瑞根建议道，"女人可以在厨房里挑剔一整天，吃饭时却只吃一点点，以免显示自己缺乏教养；男人才是真正的美食家。"

"他说得没错。"伊莉莎两眼一翻说道，"女人不能像男人一样享受人生。"瑞根身体一震，杯中的麦酒溅了出来——亚伦这才发现她在桌下踢了他一脚，他觉得自己喜欢她。

晚餐过后，一名身穿胸口绘有公爵盾牌的灰色大衣的侍从过来送信。他提醒瑞根去觐见公爵，瑞根叹了口气，但还是向侍从保证会立刻赴约。

"亚伦的打扮不适合去见公爵。"伊莉莎担心道，"见公爵不能打扮得像个乞丐。"

"这可没有办法，我的夫人。"瑞根回道，"离天黑只剩几个小时，我们不可能有时间去找裁缝。"

伊莉莎不愿接受这种手法。她凝视男孩一段时间，接着轻弹手指，走出房间。不久后，她带着蓝色紧身上衣和一双亮皮靴回来。

"我们有一名侍从的年纪和你差不多。"她一边帮亚伦穿衣一边说道。上衣的衣袖很短，鞋子窄得脚痛，但伊莉莎女士似乎十分满意。她拿梳子帮他梳了梳头发，然后后退一步。

"可以了。"她微笑说道。"在公爵面前要注意礼貌，亚伦。"她吩咐道。亚伦由于衣服不合身而浑身不自在，但仍对她微笑点头。

公爵的城堡是魔印守护下的密尔恩堡中的一座有魔印守护的堡垒。外墙由完全吻合的石块建成，超过二十英尺高，绘有密密麻麻的魔印，有全副武装的长矛兵巡逻。他们骑马穿越城门，进入一座宽广的庭院，宫殿就位于庭院中央。这座宫殿令瑞根的宅邸相形见绌，它有四层楼高，还有几座高出两倍的高塔。每个石头上都绘有鲜明的魔印，窗户上反射着玻璃光。

武装守卫在院子中巡逻，身穿公爵侍从制服的人忙进忙出。一百名男子在内庭干活；木匠、石匠、铁匠以及屠夫。亚伦看见院子中囤积许多谷物和牲畜，还有比瑞根家的菜园还大的菜园。在亚伦看来，就算紧闭大门，公爵也可以在这座堡垒中生存到永远。

宫殿沉重的大门关闭后，院子中的噪声和气味随即被隔绝在外。大厅入口地上铺有宽厚的地毯，冰冷的石墙上垂着美丽的绣帷。除了几名守卫，他们看不见任何男人。数十名女子忙进忙出，宽松的裙摆飘逸生风。有些在石板上计算数字，其他人则将计算结果填入沉重的书册。少数几名服饰华丽的女子傲慢地四下巡视，监督他人工作。

"公爵在接见厅。"其中一名女子说道，"他已经等你很久了。"

接见厅外排起了长龙，大多数是手里拿着鹅毛笔和成捆文件的女人，不过还是有几名身穿华服的男子。

"低阶请愿人。"瑞根解释道，"都希望能在晚钟响起、被迫离开前见公爵一面。"

低阶请愿人似乎都意识到天色已晚，于是开始大声争论下一个轮到谁进去。但是一看到瑞根出现，交谈声立刻打住。当瑞根走过众人身旁，直接穿过整队人时，低阶请愿人一声不吭，然后在他走过后如同争食的狗群般紧跟而上。他们一路跟到接见厅入口，随即在守卫的目光前停下脚步。他们挤在入口外，看着瑞根与亚伦走进接见厅。

密尔恩堡欧克公爵的接见厅让亚伦感觉自己十分渺小。圆形屋顶离地好几层楼高，火把架在围绕欧克王座四周的大理石柱上。每根石柱都刻有魔印。

"高阶请愿人，"瑞根指着在接见厅里走来走去的男男女女低声解释道，"他们喜欢组成小团体。"他对着聚集在门边一大群男人点一点头。"富商。"他说，"四下花钱疏通，购买在宫殿中间晃的权利，借以探听消息，或是看看可以把女儿嫁给哪个贵族。"

"那里——"他面朝一群站在富商前方的年迈女子——"主母议会，等着向公爵报告今日的事务。"

王座附近有一群身穿凉鞋和棕色素胞的男人，沉默而稳重地站着。少数几名低声说话，其他人则默默倾听。"每个宫廷都须有教徒驻守。"

最后，他指向围在公爵身边喋喋不休的华服男子，这些男人身边另有一群端着食物和饮料的仆役在忙碌服侍。"贵族。"瑞根道，"公爵的外甥、表亲、二等表亲、三等表亲，全在他面前谄媚示好，幻想着万一欧克在没有继承人的情况下离开王座会发生什么事。公爵痛恨他们。"

"那为什么不赶走他们？"亚伦问。

"因为他们是贵族。"瑞根说，仿佛这句话就足以解释一切。

走到通往王座的半路上时，一名高个子女人迎上来拦住他们。她的头发以布条扎在脑后，脸上皱纹深刻到好像有魔印刻在上面。她身形微弓，神态庄严，但垂在下巴下的肉块不停抖动。她有种类似西莉雅的气势——一个习惯下达命令，并且没人胆敢质疑她的女人。她不屑地看着亚伦，嗤之以鼻，仿佛闻到粪堆的味道。她抬头转向瑞根。

"欧克的宫廷总管，琼恩。"瑞根在对方还听不见他们说话时喃喃说道，"母亲，贵族，有八分之一的地心魔物血统。等我停步你才停步,不然她会叫你去马厩里等着我觐见完公爵。"

"你的侍从必须在大厅外等候,信使。"琼恩走到他们面前说道。

"他不是我的侍从。"瑞根说着继续前进。亚伦维持原速,琼恩被迫放下威严,快步让开。

"公爵阁下没有时间接见所有流浪街头的孤儿,瑞根!"他低声喝道,加快脚步跟上瑞根,"他是什么人?"

瑞根停下脚步,亚伦跟着停步。他转身凝视女人,身体凑上前去。琼恩主母或许很高,但是瑞根比她更高,而且体重比她重上三倍。单是这股气势就让他情不自禁地后退一步。

"他是我选择要带的人。"他透过齿缝冷冷说道。他把一袋装满信件的包裹丢给她。她则反射性地接下包裹。包裹一入手,富商和主母议会成员立刻将她围住,牧师也派遣辅祭凑了过去。

贵族注意到底下的骚动,向隔壁的人指手画脚。突然间,他们身边有半数的人迎了上来。亚伦才知道那些只是身穿华服的仆役。贵族们表现出漠不关心的模样,但是他们的仆役就和其他人一样拼命挤向那堆包裹。

琼恩将信件交给自己的仆役,然后迅速奔向公爵,通报瑞根的到来,虽然她根本没有必要这么做。瑞根造成的骚动早已引起公爵本人的注意,欧克看着他们走上前来。

公爵年近六十,身材魁梧,头发花白,胡须浓密。他身穿绿色短袖上衣,衣服沾到手指上的油渍,不仅绣有华丽的金边,外面还加穿了一袭毛边披风。他手上戴满闪闪发光的戒指,额头上戴着金冠。

"你终于决定大驾光临了。"公爵大声说道,听起来像是说给其他人听。这句话确实发挥功效,贵族们纷纷点头,交头接耳,而抢夺邮件的人群中也有好几个人抬起头来。"难道我的事还不够急吗？"他问。

瑞根来到首席前，以冰冷的目光直视公爵的双眼。"四十五天的路程，先去安吉尔斯，然后取道提贝溪镇回来！"他大声说道，"是三十七个晚上在地心魔物的持续攻击下露宿野外！"他的双眼不曾离开公爵脸上。亚伦知道，他也一样，是在说给厅内所有人听。大多数人听到他的话都忍不住脸色发白，浑身发抖。

"离家六个多星期，公爵阁下，"瑞根说，压低一半音量，但仍让所有人都听到他的声音，"你难道不愿让我先回家洗洗满身的尘土，与妻子吃一顿饭吗？"

公爵迟疑片刻，目光在大厅中游移。最后，他发出豪迈的笑声。"当然不会！"他大声道，"冒犯公爵会让你的日子十分难受，但是冒犯老婆的话你就得吃不了兜着走啦！"

众人哈哈大笑，紧张的气氛立刻化解了。"我要私下和我的信使谈！"笑完后，公爵立刻下令。急着想要探听消息的人们发出一阵不满的声浪。但琼恩指示自己的仆人带着信使离开，大多数人立刻跟了上去。贵族们死赖着不走，直到琼恩用力拍击手掌。这个动作把他们吓了一跳，随即以最有尊严的速度鱼贯而出。

"待着。"瑞根低声对停在一定距离之外的亚伦说道。琼恩指示守卫，守卫随即拉上沉重的大门，然后待在门内。与城门外的守卫不同，这些守卫神色戒备且训练有素。琼恩走到自己的主人身边站定。

"以后不准在大庭广众之下，给我来这一套！"清场完毕后，欧克随即吼道。

瑞根微微鞠躬，表示收到命令——连亚伦都看得出来那只是礼节上的。男孩满心敬畏——瑞根简直无所畏惧。

"提贝溪镇有消息传来,公爵阁下。"瑞根开口道。

"提贝溪镇?"欧克大声道,"我管提贝溪镇干吗?林白克怎么说?"

"他们在缺乏食盐的情况下度过一个严冬。"瑞根继续说道,好像刚才没有听到公爵的话,"而且还发生了一次恶魔攻击事件……"

"黑夜呀!瑞根!"欧克吼道,"林白克的答复可能影响密尔恩全体居民好几年的生活,不要向我提什么落后地区贫困小镇的出生死亡清单和收成数量!"

亚伦吓得倒抽一口凉气,退到瑞根身后。瑞根安抚地轻捏他的手臂。

欧克继续进逼。"他们在提贝溪镇发现黄金吗?"他问道。

"没有,阁下。"瑞根回复,"但是……"

"阳光牧地新开了一座煤矿?"欧克打断他。

"没有,阁下。"

"他们发现失传许久的战斗魔印?"

瑞根摇头。"当然没有……"

"你至少有带回足以支付你这趟来回开支的沼泽米吧?"欧克问。

"没有。"瑞根不悦。

"很好。"欧克说着搓揉双掌,仿佛拍掉手上的灰尘,"那么接下来的一年半中我们都无须关心提贝溪镇了。"

"一年半太久了。"瑞根态度坚决,"镇民需要……"

"那就免费前往。"公爵打断他,"这样我就负担得起了。"

眼看瑞根没有立刻回应,欧克面露微笑,心知自己已经赢得这场争论。"安吉尔斯有什么消息?"他问道。

"林白克公爵托我带信。"瑞根叹气,手伸进外套,取出一根上有蜜蜡封住的管状容器,但公爵不耐烦地挥了挥手。

"直接说答案,瑞根,愿意还是不愿意?"

瑞根两眼一眯。"不愿意,阁下。"他说,"他的答案是不愿意。前两批货物都遗失了,所有随队人员也消失。林白克公爵不打算继续派遣商队。他的人伐木的速度有限,而对他而言,木材比食盐重要。"

公爵满脸涨红,亚伦以为他会立刻爆炸。"可恶,瑞根!"他大声怒吼,重重甩拳,"我需要那些木材!"

"公爵阁下认为他更需要那些木材来重建大河桥。"瑞根沉稳地道,"位于分界河南岸。"

欧克公爵嘶嘶作响,目露凶光。

"这是林白克的总管大臣的主意。"琼恩发表意见,"多年来,詹森一直试图帮林白克染指部分过桥费。"

"既然有办法全拿,又何必只取一部分?"欧克同意,"关于我在收到这种答复时会有什么反应,你是怎么向他说的?"

瑞根耸肩。"身为信使不该揣测公爵的意思。你认为我该怎么说?"

"说躲在木头堡垒里的人不该在别人家后院里放火。"欧克怒道,"我无须提醒你,瑞根,那些木材对密尔恩有多重要。我们的煤的产量逐年减少,没有燃料,所有矿坑的矿砂都没法提炼,半座城市将会结冰!如果事情走到这个地步,我一定会亲自放火烧掉他的新大河桥!"

瑞根鞠躬,表示自己了解这些事实。"林白克公爵知道这点,"他说,"他授权我提出还价。"

"什么还价?"欧克问,扬起一边眉毛。

"重建大河桥的建材,以及半数过路费。"琼恩在瑞根开口前已经猜到,"而且河桥镇要搭建在邻近安吉尔斯的分界河岸。"

瑞根平静地点点头。

"黑夜呀!"欧克诅咒,"造物主呀,瑞根,你到底站在哪边?"

"我是信使。"瑞根骄傲地回应,"我不站在任何一边,我只是回报他人要求我传达的信息。"

欧克公爵猛然起身。"那就以深夜的黑暗之名告诉我,我付你这么多钱到底是为了什么!"他大声问。

瑞根将脑袋侧向一旁。"你想要亲自跑一趟吗,公爵阁下?"他和善地问。

公爵脸色发白,不作回应。亚伦可以感受到蕴含在瑞根简短回应中的力量。如果可能,他想要成为信使的欲望比之前还要强烈。

公爵终于认命地点点头。"我会考虑考虑。"他终于说道,"天色已晚,你可以回去了。"

"还有一件事,公爵阁下。"瑞根补充,示意亚伦迎向前来;但是琼恩指示守卫打开大门,高阶请愿人随即涌入接见厅。公爵的心思已经不在信使身上。

瑞根在琼恩离开欧克身旁时挡住她的去路。"主母,"他说,"关于这个男孩……"

"我很忙,信使,"琼恩语气极其不屑,"或许你该等我不忙的时候再'选择'带他前来。"她偏过头去,迅速离开。

一名商人来到他们面前。此人壮得像头大熊,而且只有一只眼,另一个眼眶中只是带有伤疤的肉块。他的胸口绘有手持长矛和背袋的骑士标志。"很高兴看到你平安无恙地回来,瑞根。"男人道,"明天早上你会前往公会递交报告?"

"马尔坎公会长,"瑞根鞠躬说道,"很高兴见到你。我在路上遇到这个男孩，亚伦……"

"在城市之间的野外？"公会长语气惊讶，"你不该这样做的，孩子！"

"距离城市好几天的路程，"瑞根强调道，"这个孩子绘制魔印的技巧强过很多信使。"马尔坎听完这话，扬起一边眉毛。

"他想要成为信使。"瑞根继续说道。

"你找不到比信使更光荣的职业。"马尔坎对亚伦说道。

"他在密尔恩无亲无故。"瑞根说，"我在想他或许可以在公会担任学徒……"

"瑞根，"马尔坎说道，"你我都清楚，只有合格的魔印师才能成为公会学徒，去找文辛公会长试试吧。"

"这个孩子已经会绘制魔印了。"瑞根争辩，不过他的语气比和欧克公爵说话时明显恭敬许多。马尔坎公会长的体形比瑞根还要健壮，看来也不像是会被在野外过夜之类的故事吓着的人。

"那他要在魔印师公会取得资格应该不是难事。"马尔坎说着转过身去，"明天早上再见。"他头也不回地走了。

瑞根环顾四周，在富商群中找到另一个男人。"跟我来，亚伦。"他低吼一声，迈步穿过接见厅。"文辛公会长！"他边走边叫。

对方在他们走近时抬起头，然后离开自己那群人，走过来向他们招呼。他对瑞根鞠躬，是出于尊敬，而不是因为身份高低。文辛留着油亮的黑色山羊胡，光滑的大背头。肥胖的手指戴满闪闪发光的戒指。他胸徽是一个关键魔印，是魔印网中所有功效魔印的基础。

"我能为你效劳吗，瑞根？"公会长问道。

"这个孩子叫亚伦，来自提贝溪镇。"瑞根说着指向亚伦，

"在一次地心魔物攻击事件中沦为孤儿,他在密尔恩无亲无故,而他希望成为信使公会的学徒。"

"这样很好,瑞根,但是和我有什么关系?"文辛问道,一直没有看亚伦一眼。

"除非登记成为魔印师,不然马尔坎不肯收他入会。"瑞根说。

"是呀,这是一个问题。"文辛同意。

"这孩子懂得绘制魔印。"瑞根说,"如果你愿意帮忙……"

文辛摇头。"很抱歉,瑞根,你不能指望我相信,来自偏远小镇的乡巴佬拥有够格登记成为魔印师的绘制技能。"

"这个孩子的魔印切断了石恶魔的一条手臂。"瑞根说。

文辛大笑。"除非你还带着那条手臂,瑞根,不然这种鬼话还是说给吟游诗人听吧。"

"那你可以帮他安排学徒身份吗?"信使问。

"他有钱支付学徒费用吗?"文辛问。

"他是流落街头的孤儿。"瑞根抗议道。

"或许我可以找个魔印师收留他当仆役。"公会长提议道。

瑞根一脸不悦。"谢谢,那就不用麻烦了。"他说完带着亚伦转身离开。

他们加速赶往瑞根的住所,因为太阳再过不久就会下山。亚伦看着密尔恩繁忙的街道逐渐冷清,人们小心翼翼地检查着魔印,紧闭家门。即使拥有石板街道以及厚重的魔印城墙,所有人在夜晚来临时,依然把自己关在家里。

"我不敢相信你竟然那样和公爵讲话。"亚伦一边赶路一边说道。

瑞根窃笑。"身为信使的第一要件,亚伦,"他说,"商人和贵族或许会付钱给你,但是只要你容许他们,他们就会骑到你头上。你在他们面前必须得表现得像个国王，永远不要忘记出城冒险的人是谁。"

"这套对付欧克十分有效。"亚伦同意。

瑞根听到这名字，眉头立刻皱起。"自私的猪猡。"他啐道，"除了自己的口袋什么都不在乎。"

"没关系。"亚伦说，"去年秋天提贝溪镇在缺乏食盐的情况下还不是撑过来了，再撑一次也没问题。"

"或许。"瑞根火气稍缓，"但他们本来没必要这样。还有，一个好公爵一定会问我为什么要带孩子前往接见厅；一个好公爵会让你接受王室庇护，不会让你流落街头乞讨度日。马尔坎也没有好到哪里去！测试一下你的技巧难道会要了他的老命吗？还有文辛！只要你付得出学费，那个贪婪的混蛋会在太阳下山前找个魔印大师来收你当学徒！仆役，他说得出口！"

"学徒不是仆役吗？"亚伦问。

"完全不是。"瑞根说，"学徒是商人阶级。他们学习技能，然后自行出来闯荡，或是和另一名大师共同创业。仆役一辈子就是仆役，除非通过婚姻关系提升阶级，我就算死也不会让他们把你当成仆役。"

他说完陷入沉默。而亚伦，尽管仍搞不清楚其中差别，认为这个时候最好不要继续追问。

穿过瑞根家的魔印后没多久，天就已经完全黑了。玛格莉特带领亚伦前往一间几乎有杰夫整栋房子一半大的客房。客房中央摆有一张高到亚伦必须用爬才能上床的床铺，而由于他一辈子只睡过地板和草垫，所以在沉入柔软的床铺里时，他感到十分惊讶。

他很快就陷入沉睡，但在听见争吵声时立刻惊醒。他溜下床铺，离开客房，朝声音来源移动。宅邸走廊空无一人，仆役都已经回房休息。亚伦来到楼梯最上方，争吵的声音逐渐清楚，是瑞根和伊莉莎在吵架。

"……收留他，这就是最后的决定。"他听见伊莉莎说，"反正信使也不是小孩子的工作！"

"他想当信使。"瑞根坚持。

伊莉莎哼了一声。"把亚伦丢给其他人，不能减轻你在明知该带他回家的情况下仍带他前来密尔恩的罪恶感。"

"恶魔屎，"瑞根大声说道，"你只是想要找个可以从早到晚让你照顾的孩子。"

"我不准你把这件事算到我的头上！"伊莉莎恶狠狠地说，"当你决定不带亚伦回提贝溪镇时，你就必须肩负起照顾他的责任！此刻你应该扛起这个责任，而不是到处找人照顾他。"

亚伦竖耳倾听，但是瑞根好一阵子没有说话。他想要下楼参与讨论。他知道伊莉莎是一片好意，但是他已经厌倦了让大人帮他计划自己的人生。

"好吧。"瑞根终于说道，"我把他交给卡伯怎么样？他不会鼓励那孩子成为信使。我会支付所有费用，我们可以常常去店里看他，关心他的生活状况。"

"我认为这是好主意。"伊莉莎同意，声音中的怒意已然平息，"但是亚伦可以住在这里，没有理由去睡某间工坊的硬板凳。"

"学徒生涯本来就不好过。"瑞根说，"想要掌握绘制魔印的技巧，他必须从日出到日落一直待在那里，而如果他打算成为信使，他就得接受各式各样的训练。"

"好吧。"伊莉莎气冲冲地说，但不久语气便转柔。"现在过来在我肚子里播种个孩子。"她柔声说道。

亚伦轻声溜回客房。

※

亚伦一如往常在天亮前睁开双眼，但一时之间，他以为自己还在沉睡，或者飘浮在白云上。接着他想起自己身在何处，随即伸展四肢，感受塞满羽毛的床垫和枕头的柔软舒适，以及羽毛被带来的温暖。壁炉中的炉火现在剩下一堆暗淡的余烬。

他有一股想要待在床上的强烈欲望，但尿意迫使他离开床铺温柔的拥抱。他滑到冰冷的地板上，依照玛格莉特的指示，自床下拉出两个夜壶。他在一个壶里小便，另一个壶里大便，然后将夜壶放在门边，等人取走用作花园的肥料。密尔恩的土壤贫瘠，居民不会浪费任何东西。

亚伦走到床边。昨晚他一直凝望窗户，直到眼皮垂下，但是窗户上的玻璃依然令他着迷。看起来似乎空无一物，实际上却坚硬异常，宛如一张魔印网。他伸出手指触摸玻璃，在晨霜上画下一道直线。他想起瑞根携带式魔印圈上的魔印，于是将直线转化为其中一个印记。他继续画出好几个魔印，在玻璃上吹气以消除他的杰作，然后重新描绘。

心满意足后，他穿上衣服，走到楼下，发现瑞根站在窗子边喝茶，一边欣赏太阳从群山之间缓缓升起的景色。

"你起得很早。"瑞根微笑说道。"有朝一日，你一定会成为信使。"亚伦感到万分骄傲。

"今天我会带你去找我一个朋友。"瑞根说，"一名魔印师。我在你这么大的时候，就是他教导我绘制魔印的，他现在想收学徒。"

"我不能向你学吗？"亚伦满怀期望地说，"我会努力用功。"

瑞根轻笑。"我毫不怀疑。"他说,"但我不是好老师,而且我待在城外的时间比城内还多。你可以向卡伯学到很多东西。早在我出生前,他就已经是信使了。"

亚伦眼睛一亮,问道,"我什么时候可以见他?"

"太阳已经出来了。"瑞根回答,"没有理由不吃完早饭再出门。"

不久后,伊莉莎走进餐厅和他们一起用餐。瑞根的仆役做了满满一桌菜,有培根、火腿、涂了蜂蜜的面包、蛋、马铃薯以及烤苹果。亚伦狼吞虎咽,迫不及待地想要出门。吃完后,他枯坐原位,看着瑞根吃饭。瑞根不理他,在坐立难安的亚伦面前以出奇缓慢的动作享用早餐。

最后,信使放下叉子,擦拭嘴角。"真美味,"他说着站起身来,"我们可以出发了。"亚伦眉开眼笑,跳下椅子。

"先等等。"伊莉莎叫道,两人立刻停下脚步。亚伦想不到这句话会在他心中激起如此巨大的波涛,简直如同听见母亲在说话,他强行压下内心的波涛。

"在裁缝来家里帮亚伦量尺寸前,你们哪儿都不能去。"她说。

"为什么?"亚伦问,"玛格莉特洗好了我的衣服,还补好了所有破洞。"

"我了解你的苦心,我的夫人,"瑞根帮亚伦说话,"但我们已经觐见公爵了,没有必要急着做新衣。"

"这件事没得商量。"伊莉莎站起身来说道,"我不能让我们家的客人打扮得像个乞丐一样在外面跑。"

信使凝视妻子紧皱的眉头,轻叹一声。"认了吧,亚伦。"他低声劝道,"在她满意前,我们哪儿都别想去。"

裁缝不久便到了。此人身材矮小,十指灵活,以打结的长绳测量亚伦身上所有的部位,仔细在石板上用粉笔记下各种数据。量完后,他和伊莉莎女士交谈片刻,随即鞠躬离去。

伊莉莎走到亚伦身边,弯腰面对他的脸。"不算太糟吧?"她问,拉直他的上衣,拂开脸上的头发,"现在你可以和瑞根一起去拜见卡伯大师了。"她抚摸他的脸颊,手掌冰冷而柔软,令他一时沉溺在这种熟悉的感觉中,接着他突然后退,瞪大双眼看着伊莉莎。

瑞根察觉到这一幕,并注意到亚伦缓缓后退仿佛看到恶魔时,妻子脸上受伤的神情。

"我想你刚刚伤到伊莉莎了,亚伦。"瑞根在他们离家后说道。

"她不是我妈。"亚伦压抑自己的罪恶感说道。

"你想念她吗?"瑞根问,"我是指你母亲。"

"想。"亚伦静静回答。

瑞根点头,不再说话。亚伦十分感激他这种反应。他们默默地继续前行,不久亚伦的心思就被密尔恩的奇特景观吸引过去了。到处都弥漫着粪车的臭味,收粪人挨家挨户地收集昨晚的粪便。

"啊!"亚伦捏着鼻子说道,"整座城市的味道比畜棚还难闻!你怎么受得了?"

"基本上只有早上才会这样,收粪人收完就好了。"瑞根回应,"你会习惯的。我们曾经修建过下水道系统,贯穿所有房屋地底的通道,借以处理市民的粪便,但是下水道早在几个世纪前就封闭了,因为地心魔物会利用它们进入城内。"

"你们难道不能直接挖个粪坑吗?"亚伦问。

"密尔恩城的土壤贫瘠。"瑞根说道,"没有私人菜园需要施肥的人家就必须交出他们的粪便，让收粪人收去公爵的菜园做农肥，法律有明文规定。"

"很臭的一条法规。"亚伦说。

瑞根大笑。"或许吧。"他说，"但是这样做可以供我们温饱，并且促进经济。收粪公会长的豪宅让我家看起来像是茅草小屋。"

"我肯定你家比较香。"亚伦说。瑞根再度哈哈大笑。

最后他们转过街角，来到一间坚固小巧的店家，该店窗户四周、门梁和门框上都刻有细致的魔印。亚伦懂得欣赏这些魔印——刻得出这些魔印的人肯定拥有一双巧手。

他们在一阵铃铛声中进入店内，里面的景象令亚伦大开眼界。整间店里摆满了各式形状、尺寸与材质的魔印。

"在这里等着。"瑞根说完，走到另一边和坐在工作台边的男人交谈。亚伦在店内闲逛，几乎没注意到他已离开。他敬畏地伸手轻触绣在挂毯上的魔印，刻在光滑石头表面的魔印及以金属铸模而成的魔印。这里有专为农场打造的魔印桩，还有瑞根用的那种携带式魔印圈。他试图记住眼前的魔印，但数量实在太多了。

"亚伦，过来！"不久后，瑞根叫道。亚伦被吓了一跳，连忙跑过去。

"这位是卡伯大师。"瑞根指着一名年近六十的老人介绍道。以密尔恩人的标准来看，此人并不算高大，反倒给人强壮的男人发福后的感觉。浓密的灰胡子里只剩下一些黑胡子掺杂在内，他的脸深埋在其中，脑袋上留着整整齐齐的短发。皮肤上满是皮革般的皱褶，拳头可将亚伦的手掌完全罩住。

"瑞根告诉我你想当魔印师。"卡伯说着，亚伦重重坐回板凳上。

"不，先生。"亚伦说，"我想当信使。"

"所有你这个年纪的男孩都想当信使。"卡伯说，"聪明的人会在害死自己前醒悟。"

"你不也曾是个信使？"亚伦问，对方的态度令他十分困惑。

"我是。"卡伯承认，卷起衣袖露出一个刺青，与瑞根的刺青十分类似，"我的足迹踏遍五大自由城邦以及几十座偏远村落，并且赚到了我自以为永远花不完的财富。"他稍停片刻，让亚伦心中的迷惑持续酝酿。"我同时也赚到了这个，"他说着撩起上衣，露出满是疤痕的腹部，"还有这个。"他说着踢开一只鞋子，原本四个脚趾的位置，现在只剩下已愈合的半月形伤疤。

"时至今日，"卡伯说，"我只要睡一个小时一定会惊醒，伸手摸索我的长矛。是的，我曾是信使，技巧高超，幸运无比，但我仍不期待任何人走上这条道路。担任信使或许看起来十分光荣，但几十个信使里只有一个能像瑞根这样住豪宅，受人尊敬，其他的很可能都会惨死在路边。"

"我不在乎。"亚伦说，"这是我的志向。"

"那我和你来个约定。"卡伯说，"要当信使，最重要的就是要先成为魔印师，所以我会收你作学徒，教导你成为魔印师。有时间的话，我会额外教你一些野外生存之道。学徒阶段为期七年。到时候如果你依然打算成为信使……好吧，那是你自己的人生。"

"七年？"亚伦愣了愣。

卡伯哼了一声。"绘制各种魔印不是两天就能学会的，孩子。"

"我已经懂得绘制一些魔印了。"亚伦争辩。

"瑞根告诉过我。"卡伯说,"他也告诉我你是在完全不懂几何学和魔印论的情况下绘制魔印的。以目测方式绘制魔印或许不会让你明天就死,孩子,甚至可以撑上一个星期,但我敢保证你一定会死。"

亚伦跺了跺脚——七年听起来就像永远那样久远,但是内心深处,他很清楚大师说得没错。背上的痛楚随时提醒自己他还没有准备好再度去面对地心魔物。他需要这个男人懂得的技巧和经验。他毫不怀疑有无数信使死在恶魔手中,而他发誓自己绝不要因为固执到不愿从错误中学习教训,而成为其中之一。

"好吧。"他终于同意道,"七年。"

# SECTION II

## 第二部分 密尔恩

*Miln*

## 第十章　学徒

**321 AR**

"老朋友再次光临了。"站在城墙上的哨站里的盖恩斯,指向城外的巨大黑影说道。

"很准时啊。"沃伦说,走过来站在他身旁,"你认为它在找什么?"

"以我口袋里所有钱币打赌,"盖恩斯说,"你没法给出一个准确答案。"

两名守卫撑着哨塔的魔印护栏,看着独臂石恶魔在城门外凝聚成形。即使在看惯石恶魔的密尔恩守卫眼中,它的体型仍十分巨大。

在其他恶魔认清方向之前,独臂恶魔已经展开了有目的的进攻,在城墙附近搜索,寻找着什么。一会儿,它站直身体,攻击城门,测试魔印力场。魔光闪烁,把恶魔逼了回去,但它没有放弃。恶魔慢慢地沿着城墙移动,不断尝试,搜寻城墙的弱点,最后离开守卫的视线范围。

几个小时后,一道魔光闪现,独臂恶魔又从城墙另一端绕了回来。其他哨所的守卫传言该恶魔每晚都会绕行城墙一圈,测试所有魔印。再度回到城门后,它定住身形,耐心地凝视密尔恩城墙。

在过去的一年里,每晚都会看见类似的景象,盖恩斯和沃伦习以为常。他们甚至开始期待他出现,每次值班还会打赌,预测独臂魔绕行一圈花多少时间,或它会选择往东还是往西走。

"我还真想放它进来,看看它到底在找什么?"沃伦盯着恶魔说道。

"别开玩笑。"盖恩斯警告,"要是让守卫长听到,他会把我们两个锁上镣铐,送去采石场做苦工的。"

他的伙伴咕哝一声。"尽管如此,还是让人十分好奇……"

待在密尔恩的第一年,亚伦的十五岁在学徒生涯中转眼即逝。卡伯的首要任务就是教他认字。亚伦知道一些从来不会在密尔恩出现的魔印,而卡伯希望尽快将这些魔印载入书册。

亚伦有强烈的阅读欲望——从前那些不识字的岁月让他不堪回首。他常常一抱起书来就啃好几个小时,最初还会念诵书中的内容,但不久后,他一目十行,越翻越快。

亚伦工作时比过去所有学徒都勤快,晚上会钻研魔印到很晚才睡。卡伯对他很满意,因为他常常会在挂念第二天杂活的情况下入眠,但第二天爬起来时,发现所有工作都做完了。

学会阅读后,亚伦开始将他私有的魔印分门别类,并加入详细的叙述,全写入大师买给他的一本记录本。密尔恩树木稀少,纸张十分昂贵,普通人很少有机会能拥有一本小册子,但卡伯完全不在乎成本。

他常说:"就算是最糟糕的魔印宝典,也比用来撰写它的书册要值钱百倍。"

"魔印宝典?"亚伦问。

"记载各种魔印的书。"卡伯说,"每个魔印师都有一本,他们都小心守护着自己的秘密。"亚伦十分珍惜这份珍贵的礼物，缓慢地填满其中的每一页。

当亚伦将记忆中的魔印全数抄录出来后，卡伯惊讶莫名地研究这些图。"造物主呀，孩子，你知道这本书有多值钱吗？"他惊讶道。

亚伦将目光从自己正在雕刻魔印的石桩上移开，耸了耸肩。"这些魔印，提贝溪镇随便哪个老人都能绘制。"

"或许吧。"卡伯回道。"提贝溪镇司空见惯的东西说不定在密尔恩会成为稀世珍宝。这个魔印，"他指着一页说道，"真的可以将火焰唾液消散于无形？"

亚伦大笑。"我妈以前最喜欢这个魔印。"他说，"她希望火恶魔能在炎热的夏夜里直接跑来窗口往屋里吹风。"

"太惊人了。"卡伯摇了摇头，"我要你多誊抄几份这本魔印书，亚伦。这本魔印书会让你立刻成为有钱人。"

"什么意思？"亚伦问。

"人们会不惜重金购买你这本魔印书的誊抄本。"卡伯说，"或许我们不该拿来卖。只要保守这些秘密，我们或许可以成为全城最吃香的魔印师。"

亚伦皱眉。"藏私是不对的。"他说，"我父亲总说魔印属于所有人。"

"每个魔印师都有自己的秘密，亚伦。"卡伯说，"我们不得不靠这个为生。"

"我们是靠雕刻魔印桩以及在门框上描绘魔印为生。"亚伦不同意，"不是靠私藏可以拯救他人性命的魔印技术为生，难道我们要拒绝庇护付不出钱的人们吗？"

"当然不是。"卡伯说，"但这不一样。"

"不一样？"亚伦问，"提贝溪镇没有魔印师。我们都自行绘制魔印守护家园，而技巧好的人会免费帮助技巧差的人。为什么不免费？我们要对抗的不是彼此，我们要对抗的是恶魔！"

"密尔恩堡和提贝溪镇不同，孩子。"卡伯语气不悦，"在这里，干什么都要花钱。如果没钱，你就会沦为乞丐。我拥有一种技能，比如做糕点或雕刻石材，我为什么不能利用自己的技能多赚些钱？"

亚伦沉默片刻。"卡伯大师，你为什么会没钱？"他终于问道。

"什么？"

"像瑞根那样。"亚伦解释道，"你说你曾是公爵的信使。你为什么没有住在豪宅大院里，招一大堆仆役帮你做事？你为什么要做这些？"

卡伯深深吐了一口长气。"钱财是反复无常的东西，亚伦。"他说，"前一刻你还拥有怎么花都花不完的财富，而下一刻……你可能已沦落街头，乞讨为生。"

亚伦想起第一天进城时看见的那些乞丐，后来他又见过更多乞丐，看到他们窃取粪便焚烧取暖，睡在有魔印守护的公共收容所，向行人乞讨食物。

"你的钱花到哪里去了，卡伯大师？"他问。

"我遇到一个自称有能力铺设道路的人。"卡伯说，"他想铺设一条魔印大道，从这里一路通往安吉尔斯。"亚伦走过去坐在石板凳上，专心听他讲述。

"以前就有人尝试铺路，"卡伯读道，"通往山区的公爵矿坑，或是南方的哈尔登园。短距离，少于一天的路途，但足够为造路者带来可观的利润，从来没有人成功。只要魔印网中存在任何漏洞，不管多么微不足道，迟早都会被地心魔物找出来。而一旦它们进入道路中……"他摇头。"我向对方解释这些，但他十分坚定。他都计划好了，他认为一定会成功，只需要资金。"

卡伯看着亚伦。"每座城市都有欠缺的物资。"他说,"也有过剩的物资。密尔恩出产金属和石块,但缺乏木材。安吉尔斯则完全相反。这两座城市都缺乏谷物和牲畜,来森堡则是多得吃不完,却没有上等木材,也没有制作工具所需的金属。雷克顿拥有丰富的渔业,但其他东西都十分匮乏。"

"我知道你一定会觉得我很愚蠢。"亚伦说。

"就是因此,我才扣留你的工资,"卡伯轻笑,"你会把钱送人,就像我一样。"

"那条路后来怎样了?"亚伦继续问道。

"地心魔物出现了。"卡伯说,"它们屠杀了那个人,以及我帮他雇用的所有工人,烧掉魔印桩和设计图……整条路都被它们摧毁了。我可是把所有家当统统都投资在那条路上,亚伦。我遣散了所有仆役,还不够偿还债务。我卖掉宅邸,筹了一点钱清偿借款并购置这间小店,之后我就一直待在这里了。"

他们坐了一会儿,两人都沉浸在故事的景象中,两人眼前都出现地心魔物在大火中屠杀路人现场手舞足蹈的模样。

"你还是认为你的梦想值得冒险?"亚伦问,"把所有城市都连通起来?"

"至今深信不疑。"卡伯回答,"即使当我刻木桩刻到背痛,又受不了自己煮的菜时也一样。"

"这两件事没什么差别。"亚伦说着,拍拍他的魔印宝典,"如果所有魔印师彼此分享所知的一切,人们可以获得多大的好处?难道一座更安全的城市不值得我们牺牲一点利益吗?"

卡伯凝望着他一段时间,接着走过去拍拍他的肩。"你说得对,亚伦。我很抱歉,我们抄写魔印书,然后出售给其他魔印师。"

亚伦意有所指地微笑。

"怎么了?"卡伯怀疑地问道。

"何不和他们交换秘密?"亚伦问。

❦

门铃响了,伊莉莎带着愉快的笑容步入魔印商店。她朝卡伯笑了笑,将一个大篮子交给亚伦,亲吻他的脸颊。亚伦尴尬地做了个鬼脸,擦拭脸颊,但她丝毫不以为意。

"我带来些水果给你们,还有新鲜的面包和乳酪。"她说着自篮子里拿出来,"我想自从我上次过来之后,你们就没有吃过什么好东西了。"

"肉干和硬面包是信使的主食,女士。"卡伯微笑着说道,目光盯着正在雕刻的拱心石上。

"胡说。"伊莉莎斥道,"你退休了,卡伯大师,但亚伦还没有成为信使,别因为你懒得去市集买菜而找寻冠冕堂皇的借口。亚伦正在长身子骨,得吃好一点。"她边说边抚摸亚伦的头发,即使他刻意闪避仍不住地微笑。

"今晚回家用餐,亚伦。"伊莉莎道,"瑞根不在,少了他家里十分冷清。我帮你弄点会让你长肉的菜,你可以睡在你的房里。"

"我……可能没空。"亚伦回避她的目光说道,"卡伯大师需要我帮忙刻完公爵菜园要用的魔印桩……"

"胡说八道。"卡伯说,"魔印桩不急,亚伦,一个礼拜后才要交货。"他笑起抬头看向伊莉莎,完全忽略亚伦的尴尬。"晚钟一响我就让他过去,女士。"

伊莉莎轻轻一笑。"那就这么说定了。"她说,"今晚见,亚伦。"她亲吻男孩,然后走出店门。

卡伯看了亚伦一眼，只见他皱起眉埋头工作。"我不明白在温暖的羽绒被和伊莉莎这种女人关心下，你为什么想要在店后的草垫上过夜。"他说，目光仍没有离开自己的工作。

"她老把自己当成我妈。"亚伦抱怨，"但她不是我妈。"

"没错，她不是。"卡伯同意，"但她很明显想要扛起当妈妈的责任，就让她扛有什么不好呢？"

亚伦没有回话，卡伯看到男孩眼中悲伤的情绪后，决定不再继续这个话题。

🐎

"你花太多时间待在室里读书了。"卡伯说着，抽走亚伦正捧着阅读的书，"你上次晒太阳是什么时候？"

亚伦瞪大双眼看着卡伯。在提贝溪时，只要有机会他绝不窝在屋里。但在密尔恩住了一年后，他几乎想不起来上次出门是什么时候。

"死宅份子！"卡伯命令道，"交点同年龄的朋友又不会要了你的命！"

一年来，亚伦首次跨出密尔恩的城门，阳光如同老朋友般热情陪伴着他。远离粪车、腐烂的垃圾，以及汗臭熏天的人潮，空气中弥漫着他早已忘记的鸟语花香。他爬上一座小山丘，从袋子里取出一本书，坐下来一边阅读，一边欣赏在草地上嬉戏的小朋友。

"嘿，书呆子！"有人叫道。

亚伦抬头，看到一群男孩带着球走了过来。"来吧！"其中之一叫道，"我们还差一人才能分成两队玩比赛！"

"我不会玩。"亚伦说。尽管卡伯建议他去和其他男孩玩耍，但他还是认为读书有趣得多。

"有什么难的?"另一个男孩问道,"你帮助队友把球弄到得分区去,并且试着阻止敌队得分。"亚伦皱眉。"好吧。"他说着走到刚刚说话的男孩身旁。

"我叫杰克。"男孩道。他很瘦,有着一头凌乱的黑发和细长鼻子,脏兮兮的衣服上满是补丁。他看起来和亚伦差不多。"你叫什么名字?"

"亚伦。"

"你在魔印师卡伯那儿做学徒,是吧?"杰克问,"信使瑞根在路上捡到的小孩?"亚伦点头。杰克眼睛一亮,好似确证了什么似的。他带亚伦来到草地上,指出为标示得分区位置而漆成白色的得分石头。

亚伦很快就弄清楚游戏规则,将注意力集中在敌队队友身上。他幻想自己是信使,而他们就是试图阻止他进入魔印圈的恶魔。几个小时过去了,不知不觉晚钟已然响起。所有人都迅速收拾自己的物品,一脸担忧地看着逐渐暗淡的天色。亚伦慢慢地走过去捡起书本。

杰克跑到他身边说。"你最好动作快点。"

亚伦耸耸肩回道:"我们还有很多时间。"

杰克看着阴暗的天空,微微颤抖。"你打得很好。明天再来。我们通常都在下午玩球,第六日去广场看吟游诗人表演。"亚伦不置可否地点了点头。杰克笑笑,快步离开。

亚伦往回走,穿越城门,城内熟悉的臭味立刻扑面而来。他朝通往瑞根宅邸的山头前进。信使再度出城去了,这次的目的地是遥远的雷克顿,而亚伦这个月都要和伊莉莎住。她会拿一堆问题烦他,并且挑剔他的穿戴,但他答应瑞根要"赶跑她年轻的爱人"。

玛格莉特向亚伦保证伊莉莎没有爱人。事实上,每当瑞根出门远行时,她就会像个游魂似的在家中走廊里游荡,或在卧房中哭好几个小时。

但仆役说,当亚伦住在家里时,她整个人就变了。玛格莉特不止一次恳求他搬回宅邸来住。他拒绝了,但他承认自己开始喜欢让伊莉莎女士管东管西。

"他来了。"盖恩斯当晚说道,看着巨大的石恶魔自地底浮现。沃伦走到他身边,两人在守望塔上看恶魔嗅着城门附近的地面。它大声嗥叫,自城门前退开,跳到一座山丘上。那里本来蹲一只火恶魔,但是被它狠狠甩到一旁。石恶魔压低身躯,寻找着某种东西。

"独臂恶魔今晚特别兴奋。"盖恩斯说道,看着恶魔再度嗥叫,跳下山丘,冲向一片草地,躬身四下乱跑。

"你认为是什么让它这么兴奋?"沃伦问。他的伙伴耸耸肩。

恶魔离开草地,跳回山丘。它的嗥叫声几乎带着痛楚,回到城门时,它对着魔印疯狂吼叫,利爪在被守护力场弹开时激射出大片闪亮的火花。

"今晚较不寻常。"沃伦评论道,"要汇报上去吗?"

"汇报什么?"盖恩斯说,"没有人会在乎一头疯狂恶魔的愚蠢行径,就算在乎,他们又能怎样?"

"面对这个恶魔?"沃伦问,"大概就是吓得屁滚尿流吧。"

亚伦从工作台前离开,站起身来,伸展四肢。太阳早已西沉,肚子咕噜咕噜地叫,他希望卡伯有帮他留点饭菜在锅里。

尽管只有造物主知道已经多久没有任何恶魔现身密尔恩街道了。但面包师出双倍价钱要他连夜赶修魔印。

亚伦推开魔印店后门,探头张望,身体正好处于门前的半圆形魔印圈内。他左顾右盼,确定没有恶魔,然后踏上小路,小心不去踩到地上的魔印。

魔印店后门通往卡伯住所的小路,由许多独立四方形魔印石板组成,比密尔恩大多数房舍要安全。这种卡伯称之为克里特的石板是旧世界遗留下来的科技遗产,在提贝溪镇不曾听过,但在密尔恩却是很常见的奇观。用矽酸盐粉末和石灰混合清水和碎石,形成一种黏稠物质,塑形并且硬化后就会形成任何想要的形状。

制作方式是灌注克里特,然后在她开始硬化时,在柔软的表面上仔细刻画魔印,等硬了以后就会形成近乎永恒的防御力场。卡伯采取这种方式制作出一块块石板,终于铺出一条连接他家到魔印店之间的小路。就算有一块石板被破坏,行人还是可以轻易移动到前后的石板中,不会被地心魔物骚扰。

如果能够建立这样一条大道,亚伦心想,我们就可以掌控全世界了。

进入小屋后,他发现卡伯弯腰站在桌前审视一叠绘有粉笔痕迹的石板。

"饭菜还温着。"大师咕哝道,没有抬头。亚伦走到小路唯一一个房间的火炉旁,盛了一碗卡伯的浓粥炖菜。

"造物主呀,孩子,你的提议真是把情况弄得一团乱麻。"卡伯低声吼道,站直身,指向石板。"密尔恩有半数的魔印师只想保守他们的秘密,就算得不到我们的秘密也无所谓,剩下的人又有一半只想用钱买,但最后那四分之一还是在我的桌上堆满了他们愿意用来交易的魔印。但是分门别类都要花上好几个星期!"

"这样做比较好。"亚伦说着席地而坐,拿一块硬面包充当汤匙,狼吞虎咽地嚼了起来。玉米和豆子都是硬的,马铃薯又因为煮太久而糊成一团,但他没有抱怨。他已经吃惯了密尔恩又生又硬的蔬菜,而卡伯从不费事把它们分开来煮。

"我想你说得没错。"卡伯承认,"但是黑夜呀!谁想得到只是我们城内就有这么多不同的魔印!我曾仔细查看密尔恩里每一根魔印桩!而我可以向你保证,其中有一半我都从没见过。"

他举起一块粉笔石板。"这个人愿意用能让恶魔忘掉正在做的事转身离开的魔印,来换你母亲那个可以让玻璃硬得像钢铁一样的魔印。"他摇头。"他们都想得到你那些神秘魔印的秘密,孩子。那些可以在不需直木棍和量角器的情况下轻易绘制而成的魔印。"

"画不出直线的人才需要辅助工具。"亚伦嘲笑道。

"不是每个人都像你一样天赋异禀。"卡伯咕哝道。

"天赋异禀?"亚伦问。

"别太得意了,孩子。"卡伯说,"但我从没见过像你这么快就学会绘制魔印的人。担任学徒不过十八个月,你的技巧已经可以媲美出师五年的魔印师。"

"我一直在想我们之前的协议。"亚伦说。

卡伯一脸好奇地抬头看他。

"你答应过只要我努力工作,"亚伦说,"你就会教我野外求生之道。"

他们互望良久。"我一直都信守承诺。"亚伦提醒道。

卡伯长叹一声。"我想你确实有。"他说,"你练习过骑术吗?"他问。

亚伦点头。"瑞根的马夫让我帮忙锻炼马匹。"

"加强练习。"卡伯说,"信使的马就是他的生命。每当你的坐骑带你抵达一处城堡,就等于帮你免去了一个晚上的危机。"老魔印师移动脚步,打开一个橱柜,拉出一大捆布。"六天后,等我们打烊,"他说,"我就教你骑术,再教你使用这些东西。"

他将布放在地板上摊开,里面是几把保养良好的长矛……亚伦渴望地打量着它们。

卡伯顺着铃声看去,一个小男孩走入店内。对方约十五六岁,头发蓬乱,嘴角有着看似污垢的稀疏山羊须。

"你是杰克吗?"魔印师问,"你家人在东城嵛附近的磨坊工作,对吧?我们向你们报过一次价,但磨坊主人决定找别人帮忙翻新魔印。"

"没错。"男孩点头说道。

"有什么我能效劳的吗?"卡伯问,"你家主人要我再报一次价钱吗?"

杰克摇头。"我只是来看看亚伦今天要不要一起去看吟游诗人表演。"

卡伯几乎不敢相信自己的耳朵。他从没见过亚伦和同年龄的孩童交谈,亚伦一直把时间花在工作和阅读上,或是拿一大堆问题去骚扰来店里光顾的信使及魔印师。这真是令人意想不到的事,而且值得鼓励。

"亚伦!"他叫道。

亚伦走出店后的工作间,手里拿着一本书,直到快要撞上杰克时才注意到对方,停下脚步。

"杰克来找你去看吟游诗人表演。"卡伯告诫他道。

"我很想去,"亚伦满怀歉意地对杰克道,"但是我还要……"

"没什么不能等,"卡伯打断他,"去玩吧。"他抛给亚伦一小袋钱币,把两个男孩推出门外。

不久,两个男孩就走在环绕密尔恩中心广场的拥挤市集中。亚伦花了一枚银币向小贩购买肉派,脸上被熏得油腻腻的之后,他又付了几枚铜光币给小贩,买了一口袋的糖果。

"有朝一日我会成为吟游诗人。"杰克一边吃糖一边说道,朝其他孩童聚集的地方走去。

"真的?"亚伦问。

杰克点头。"看好了。"他说着,自口袋中取出三颗木球,抛入空中。不久后,其中一颗球砸中杰克脑袋,另两颗也在一片混乱中落地,亚伦哈哈大笑。

"因为我手指油腻得很。"杰克一边和亚伦追球一边说道。

"应该是。"亚伦同意,"等我在卡伯这边学徒期满,我立刻就去信使公会注册。"

"我可以当你的吟游诗人!"杰克叫道,"我们可以一起上路!"

亚伦盯着他问道:"你见过恶魔吗?"

"什么?你以为我没那个胆吗?"杰克说着推了他一把。

"你没那个胆。"亚伦说着推了回去。片刻后,他们在地上扭成一团。亚伦因为年龄的关系身材较瘦弱,杰克很快就把他撂倒。

"好啦,好啦!"亚伦笑道,"我就让你当我的吟游诗人!"

"你的吟游诗人？"杰克问，没有松手，"是我让你当我的信使才对！"

"好伙伴？"亚伦提议。杰克微微一笑，伸手扶起亚伦。不久，他们就坐在广场的大石块上，欣赏吟游诗人公会的学徒翻筋斗、表演默剧，为早晨的主场营造气氛。

在看到奇林步入广场时，亚伦的下巴差点掉了下来。眼前的奇林身材高瘦，如同一根红顶灯柱，毫无疑问就是杰克认为的吟游诗人。观众爆发出一阵热烈的欢呼。

"是奇林！"杰克说，兴奋无比地摇着亚伦的肩膀，"他是我的偶像！"

"真的吗？"亚伦十分惊讶地问道。

"怎样，你喜欢谁？"杰克问，"马里？可伊？他们可不像奇林这般英勇！"

"我认识他的时候，他可一点也不英勇。"亚伦怀疑地说道。

"你认识奇林？"杰克瞪大双眼问道。

"奇林救了你？"

"瑞根救了我。"亚伦纠正道，"奇林只要一有风吹草动就会哆嗦。"

"他才不会。"杰克说，"你认为他还认识你吗？你可以在表演结束后帮我介绍吗？"

"或许吧。"亚伦耸耸肩。

奇林的演出一开始和在提贝溪镇时很像。他先杂耍跳舞，热场子，然后开始对孩童讲述大回归的故事，不时穿插一些耍宝、前滚翻和后空翻等动作。

"唱那首歌！"杰克大叫道。观众随即鼓掌，恳求奇林唱歌。他本来似乎没有注意到这阵骚动，直到观众的呐喊震耳欲声,同时还不停跺脚。最后,他哈哈大笑,鞠了个躬,在如雷的掌声中取出他的鲁特琴。

他比了手势,亚伦看到学徒们拿出帽子走到观众间收钱。人们出手大方,迫不及待地想听奇林唱歌。最后,他终于开唱。

夜幕低垂
地面坚硬
放眼望去求助无门

寒风冷冽
刺痛心扉
唯有魔印隔绝地心魔物

"救命呀!"我们听见
求救的声音
发自一个惊慌失措的孩子口中

"快过来!"我叫道
"进入我们的魔印守护
数英里内唯一的庇护所!"

男孩叫道
"我办不到,我跌倒了!"
叫声在黑暗中回荡

听见他的叫声
我决定出手相助

# The Warded Man

但信使不让我去

"送死有什么好处？"
他严肃地问道。
"去了只是送死。"

"在地心魔物的利爪下
你根本帮不了他
只会沦为爪下碎肉。"

我狠狠捶他一拳
抓起他的长矛
跳出魔印圈外

在恐惧的驱使下
我拼命狂奔
要在男孩身亡前赶到

"鼓起勇气！"我叫道
"竭力奔驰
坚定信心，不屈不挠！"

"如果你无法抵达
安全的所在
我就把魔印带往你身旁！"

我迅速赶到

但不够快
恶魔已经包围而上

地心魔物数量众多
我手忙脚乱
在地上绘制魔印

一声震耳欲聋的吼叫
撼动黑夜
来自二十英尺高的恶魔

它耸立在前
面对如此庞然巨物
我的长矛微不足道

头上的角好比尖枪
利爪长如我的手臂
黑色的甲壳坚硬无比

如同雪崩
来势汹汹
怪物展开攻击

男孩惊恐尖叫
紧抱我小腿
恶魔在我画下最后一道魔印前挥爪袭来

# THE WARDED MAN

魔光闪烁
造物主的恩赐
恶魔唯一憎恨的力量

有人会说
只有阳光
能够伤害恶魔

那晚我发现
恶魔并非刀枪不入
独臂魔是个好例子!

他以夸张的动作收尾,亚伦在观众报以热烈掌声时震惊得说不出话。奇林朝观众鞠躬,学徒收下一大堆钱币。

"是不是很棒呀?"杰克问。

"当时的情况不是这样!"亚伦大叫。

"我爸说守卫告诉他有头独臂恶魔每晚都来攻击城墙的魔印。"杰克说,"它在寻找奇林。"

"奇林根本不在现场!"亚伦叫道,"恶魔的手臂是我砍的!"

杰克嗤之以鼻。"黑夜呀,亚伦!你不会以为有人相信这种话吧?"

亚伦脸色一变,站起来大叫:"说谎!骗子!"所有人转头去看说话的人,只见亚伦跳下大石块,朝奇林走去。吟游诗人抬头,认出对方后瞪大双眼问道:"亚伦?"吓得脸色发白。

杰克紧追亚伦而来,随即停下脚步。"你真的认识他。"他低声说道。

奇林紧张兮兮地打量观众。"亚伦,好孩子,"他说着张开双臂,"来吧,我们私底下谈谈。"

亚伦不去理会。"恶魔的手不是你砍的!"他让所有人听见他的话,"事发当时你根本不在现场!"

观众中发出愤怒的鼓噪。奇林恐惧地环顾四周,直到有人说道:"把那个男孩赶出去!"其他人随即欢呼。

奇林面露微笑。"没有人会相信你而不信我。"他冷笑道。

"我在现场!"亚伦大叫,"我身上有伤痕可以证明!"他伸手想要拉开上衣,但奇林甩了一个响指,亚伦和杰克身边随即围满学徒。

他们被困住了,束手无策,只能眼睁睁看着奇林离开,拿起鲁特琴,弹奏另一首歌曲,迅速抓住观众的眼球。

"你何不闭嘴,嘿?"一名身材魁梧的学徒吼道。对方比亚伦高一倍,所有学徒都比他和杰克年长。

"奇林是骗子。"亚伦说。

"还是个孩子呢。"学徒同意道,扬起装钱币的帽子,"你以为我在乎吗?"

杰克跳出来打圆场。"不要生气。"他说,"他没有什么意思……"

但话还没说完,亚伦已经冲向前,一拳击中对方的肚子。对方瘫倒在地,亚伦随即转身面对其他学徒,有一两个学徒被亚伦打得鼻血直流,但他很快就被压在地上拳打脚踢。他隐约察觉杰克也在旁边和他一起挨揍,直到两名守卫出面制止。

"你知道,"杰克在他们鼻青脸肿、一拐一拐地回家时说道,"就一个画虫来说,你打架的技术还太糟,只要你挑一下对手……"

"我会面对更可怕的敌人。"亚伦说着想到至今仍纠缠不休的独臂恶魔。

❧

"那甚至不是首好歌，"亚伦说，"他怎么可能在黑暗中绘制魔印？"

"好到足以让你跳出来争功了。"卡伯评论，轻轻擦拭亚伦脸上的血迹。

"他说谎。"亚伦回答，痛得皱起眉。

卡伯耸肩。"他只是在做吟游诗人该做的事，编故事娱乐大众。"

"在提贝溪镇，全镇的人都会出门欣赏吟游诗人演出。"亚伦说，"西莉雅说他们保留古老世界的传说，一代一代传承下去。"

"确实如此。"卡伯道，"但就连最好的吟游诗人也会刻意夸大事实，亚伦，难道你真的相信第一代解放者能够一拳打死一百头石恶魔？"

"我曾经相信，"亚伦叹气说道，"现在我不知道该相信什么。"

"欢迎来到成人的世界。"卡伯说，"每个小孩都会在某天突然发现成人和所有人一样都有弱点，会犯错。那天过后，你就长大成人了，不管你喜欢不喜欢。"

"我从来没有想到过这件事情。"亚伦说，发现自己的这一天早就过去，他的脑海中浮现杰夫躲在前廊的魔印后，眼睁睁看着他妈被恶魔摧残的景象。

"奇林的谎言真的如此罪大恶极吗？"卡伯问，"他的故事让人们快乐，给他们希望。这年头，希望和快乐都很稀少，偏偏人们迫切需要这两样东西。"

"他不说谎也能达到这个目的。"亚伦说,"但他抢走我的荣耀,以赚取更多的金钱。"

"你在追求真相,还是荣耀?"卡伯问,"荣耀真的重要么?重要的不该是你传递的讯息吗?"

"人们需要的不只是歌曲。"亚伦说,"他们需要地心魔物也会受伤的证据。"

"你听起来像是个克拉西亚战士。"卡伯说,"为了在另一个世界寻找造物主的天堂而抛弃性命。"

"画上说他们的来生世界里充满了裸体女子和美酒大河。"亚伦笑道。

"而想要通往那里只须在死前拉头恶魔陪葬就行了。"卡伯同意道,"但我还是打算待在这个世界比较保险。无论你躲到何处,来生都会找上门;我们没有理由主动追逐它。"

# 第十一章　密尔恩保卫战

**321 AR**

"我赌三枚银月币,它今晚会朝东走。"盖恩斯在独臂魔现身时抛着手中的银币说道。

"赌了。"沃伦说,"它已经连续三晚向东,今晚应该会换个方向。"

一如往常,石恶魔在城门附近闻来闻去,然后开始测试魔印。它有条不紊地转移阵地,从不漏过任何死角。确定城门没有漏洞后,地心魔物转而向东。

"黑夜呀,"沃伦咒骂,"我以为它今天要来点不同的。"正当他伸手到口袋中掏钱时,恶魔的吼叫和魔印的闪光突然消失。

两名守卫透过护栏往下看,完全将赌金抛到了脑后,只见独臂魔好奇地凝视城墙。其他地心魔物开始在它身边聚集,不过都与巨型恶魔保持一段距离。

突然间,恶魔伸出两指,向前挥爪。魔印力场没有发出任何闪光,石头崩裂声清清楚楚地传入守卫耳中;他们全身的血液仿佛凝结了。

在一阵胜利的吼叫声中,石恶魔再度出击,这次整个拳头直挥而出。即使透过星光,守卫依然看见石头碎屑随着它的利爪四溅开来。

"号角。"盖恩斯喝道,双手颤抖地紧握护栏。他的脚下突然传来一股热气，过了好一会儿他才知道原来是自己尿裤子。
"去吹号角。"

他身边没有动静。他转头看向沃伦，只见伙伴目瞪口呆地傻望着石恶魔，脸颊上滑落一滴眼泪。

"去吹那个报警的号角！"盖恩斯大叫。沃伦自恍惚中回过神来，冲向台座上的号角。他吹了好几下，终于吹出单音。此时恶魔已转身，甩着尾巴打碎更多石块。

卡伯摇醒亚伦。

"谁……什么声音？"亚伦揉着眼睛问道。"已经天亮了？"

"还没。"卡伯说，"号角声响起，有恶魔突破城墙。"

亚伦倏地爬起，仍未清醒。"突破？城里有地心魔物？"

"有。"卡伯点头，"或是快要有了，快起床！"

两人手忙脚乱地点燃油灯，收拾工具，穿上厚重的披风，并戴上能在不影响动作的情况下御寒的无指手套。

号角再度传来。"两声号角，"卡伯说，"一短，一长。城墙缺口位于城门以东第一和第二座守望塔之间。"

门外石板地上传来马蹄声，紧接而来的是一阵敲门声。他们打开大门，发现瑞根全副武装站在门外，手里握着长矛。他的魔镜印盾牌挂在重装战马鞍旁。这匹马不是夜眼那般优雅的骏马，这头猛兽精壮剽悍、脾气暴躁，属于稀有的战马品种。

"伊莉莎很担心。"他解释道，"她让我来保护你们。"

亚伦皱起眉，但从醒来后就萦绕不去的恐怖感随着瑞根的出现而消失。他们将健壮的佳伦马套上马车，然后出发，随着呐喊声、撞击声以及闪烁的魔光，朝城墙缺口的方向赶去。

街上空无一人，门窗全部紧闭，但亚伦看见门缝底下传来灯火。密尔恩的人民自睡梦中惊醒，紧张地咬着手指，祈祷他们的魔印不会失效。他听见哭泣声，突然了解密尔恩人有多依赖他们的城墙。

他们来到一片混乱的现场，石板街道上躺着许多已死亡或奄奄一息的守卫以及魔印师，长矛折断、木柄燃烧。三名浑身是血的守卫在和一头风恶魔搏斗，试图压制它，好让两名魔印师学徒将它困在一道携带式魔印圈内。其他人拿着水桶四下奔走，试图浇熄手舞足蹈、四处放火的火恶魔引发的火势。

亚伦看着城墙缺口——难以想象一头地心魔物居然能够挖穿二十英尺厚的石墙——许多恶魔卡在洞口，为了挤进城里大打出手。

一头风恶魔挤出洞口，扬起双翼拔足狂奔。一名守卫对它抛出长矛，但没有射中，恶魔随即在不受阻碍的情况下飞入城内。不久后，一头火恶魔扑倒这名手无寸铁的守卫，撕开了他的喉咙。

"动作快，孩子！"卡伯叫道，"守卫在为我们争取时间，但是在缺口这么大的情况下撑不了多久。我们必须尽快封闭缺口！"他身手矫健地跳下马车，自车后取下两道携带式魔印圈，将其中之一交给亚伦。

在瑞根驾车守护下，他们冲向标有魔印师公会的关键魔印旗帜所在地，那里是魔印师布置的临时阵地。手无寸铁的草药师在那里营救伤患，他们毫无畏惧地冲出魔印圈，帮助跌跌撞撞朝阵地走来的人们。与伤患人数相比，草药师人数十分稀少。

公爵的顾问琼恩祖母以及魔印师公会会长文辛大师都过来向他们打招呼。"卡伯大师，很高兴你能……"琼恩开口道。

"哪里需要我们帮忙？"卡伯询问文辛，完全不理会琼恩。

"主缺口。"文辛说，"架设十五度和三十度方位的魔印桩。"他说着指向一堆魔印桩。"看在造物主的分上，小心点！那里有一头可怕的石恶魔——就是挖开缺口的那个家伙。他们困住它，不让它继续闯入城中，但是你们必须穿越魔印力场才能抵达定位。它已经杀掉三名魔印师，只有造物主知道还有多少守卫的小命会丧在它爪下。"

卡伯点头，立刻和亚伦朝魔印桩走去。"傍晚是谁执勤？"它一边扛起魔印桩，一边问道。

"马克斯魔印师和他的学徒。"琼恩答道，"公爵一定会吊死他们。"

"那么公爵就是笨蛋。"文辛说，"谁也不知道此事起因为何，而密尔恩需要所有魔印师投入战局。"他长叹一声。"照这种情况来看，今晚过后，魔印师的人数会大幅减少。"

"先设置魔印圈。"卡伯第三次说道，"等你安全后，将魔印桩插入台座中，等待镁光讯号。到时候会有一阵闪电般的强光，请务必遮住双眼。接着将魔印桩对准主桩刻盘上的角度，不要试图和其他魔印桩连接，你必须信任其他魔印师。架设完毕后，将台座钉入石板间的缝隙加以固定。"

"然后呢？"亚伦问。

"待在魔印圈里直到有人叫你出来。"卡伯命令道，"不管看到什么都不能出来，哪怕你必须整夜待在里面！清楚了吗？"

亚伦点头。

"很好。"卡伯说。他环顾混乱场面，等着，等着，接着大叫："现在！"然后两人拔腿就冲，沿路闪开火焰、尸体以及砖瓦，朝各自的定位跑去。数秒后，他们跑出一排建筑物的掩蔽范围，看见独臂石恶魔耸立在一整队守卫和十几具尸体前。它的利爪和尖牙在街灯的照耀下滴着鲜血。

亚伦全身的血液凝结。他停下脚步，转向瑞根，信使和他对视了片刻。

"一定是来找奇林的。"瑞根揶揄道。

亚伦张嘴想说点什么，但是还没出声，瑞根已经叫道："小心！"接着朝亚伦身后抛出长矛。

亚伦摔倒在地，松开魔印桩，双膝重重撞在石板地上。他听见瑞根的长矛击中俯冲而来的风恶魔面部时发出的碎裂声，跟着及时翻身，看到地心魔物自瑞根的盾牌上弹开，随即坠落。

瑞根策马狂奔，以战马的马蹄践踏恶魔，在亚伦捡起魔印桩的同时一把抓起他，半拖半拉地将他带往那个定点。卡伯已经设置好自己的携带式魔印圈，在准备魔印桩的台座。

亚伦毫不浪费时间，立刻着手架设魔印圈，但他的目光一再飘回独臂魔身上。恶魔正在攻击面前紧急赶搭出来的魔印力场，试图以蛮力闯关。每当魔光闪动，亚伦就能看到魔印网中的弱点，心知那道力场绝对撑不了多久。

石恶魔四周嗅闻，突然抬头，接触到亚伦的视线，两者瞪视片刻，直到亚伦无法承受，率先偏开目光。独臂恶魔嘶声怒吼，加倍使劲，试图挣脱逐渐削弱的魔印力场。

"亚伦，不要发呆，做好你的工作！"卡伯叫道，亚伦随即回神。他尽可能忽略地心魔物和守卫的叫声，展开折叠式钢座，置入魔印桩。他就着昏暗的光线调整角度，然后伸手遮蔽双眼，等待镁光讯号。

片刻后，强光乍现，将黑夜照得如同白昼。魔印师们迅速调整魔印桩，将台座钉入地面。他们挥舞白布表示完工。

工作结束后，亚伦开始打量四周。数名魔印师和学徒还在努力架设魔印桩。其中一根魔印桩在恶魔火焰中大放光明。地心魔物在镁光前尖叫闪避,以为他们憎恨的太阳突然出现。守卫手持长矛奋勇进攻,试图在魔印启动前将恶魔赶出力场外。瑞根与守卫并肩作战,骑着战马来回奔驰,举起闪亮的盾牌反射光线,借以逼退恐慌的地心魔物。

但这些假造的阳光无法伤害地心魔物。一队守卫在镁光的照耀下猛刺长矛,但独臂魔丝毫没有退缩。许多矛头在接触石恶魔的硬壳后立即折断或滑开,剩下的被恶魔一把抓住,猛力拉扯,如同孩童甩动布娃娃般将持枪的守卫拉出力场。

亚伦惊恐地看着眼前这场屠杀。恶魔咬下一名守卫的脑袋,将尸体抛向其他守卫中,撞倒好几个人。它一脚踩扁另一名守卫,然后甩开长刺的尾巴击飞第三人。此人重重摔落在地,再也爬不起来了。

阻挡石恶魔的魔印现已深埋在尸体和鲜血下,独臂魔闯出力场,肆意杀戮。守卫开始撤退,有些甚至拔腿就跑,他们才刚转身,独臂魔已经将他们抛到了脑后,朝亚伦所在的魔印圈直奔而去。

"亚伦!"瑞根惊叫,调转马头。信使惊慌失措地看着恶魔疾冲而去,似乎忘了亚伦身处携带式魔印圈中。他举起长矛,策马飞奔,冲向独臂魔的背后。

石恶魔听见他的声音,在最后关头转过身去,站稳脚步,以胸口承受长矛的攻击。武器粉碎,恶魔轻蔑地伸出利爪,击碎战马的脑袋。

战马的头偏向一侧,向后退入卡伯的魔印圈中,将卡伯撞向后方,魔印桩随即倾斜。瑞根没有时间解开扣环,随着战马一同倒地,小腿压在马下,一时无法起身。独臂魔迎上前去,企图了结他的性命。

亚伦惊叫,四下寻求救助,但是附近没人能够帮忙。卡伯扶着魔印桩，努力挣扎起身。所有缺口附近的魔印师都在发送完工讯号。他们已经撤换烧掉的那根魔印桩，只剩下卡伯的魔印桩没有定位，但没人出面帮助他；守卫们在独臂魔上一波攻击中吓破了胆。就算卡伯有办法迅速修复魔印桩，瑞根也肯定难逃一劫——独臂魔位于魔印网内侧。

"嘿！"他大叫，走出魔印圈，大力挥舞双手，"嘿！丑八怪！"

"亚伦，快回你的魔印圈！"卡伯大叫，但是已经迟了。石恶魔一听见亚伦的声音立刻转过头去。

"喔，没错，你听到了。"亚伦喃喃说道，他脸上一热，随即转为冰冷。他看见魔印桩的另一边，镁光逐渐消退，众地心魔物已经蠢蠢欲动，朝那个方向退却形同自杀。

但是亚伦记得自己上次和石恶魔交手时的情况，知道它把自己视为私有猎物，想到这点，他转身跑过魔印桩，随即吸引一头嘶嘶作声的火恶魔注意，地心魔物疾扑而来，双眼绽放火光，但独臂魔也同时行动，冲过来撞开低等恶魔。

当他回过头来时，亚伦已经跑回魔印桩的另一侧，独臂魔狠狠挥爪，只看到魔光一闪，将他震开。此时卡伯已经扶正魔印桩，启动魔印网。独臂魔愤怒吼叫，不断捶打力场，但力场坚不可摧。

他跑到瑞根身边。卡伯一把将他抱住，接着轻拍他的耳。"你下次再那样乱来，"大师警告道，"我就扭断你的细脖子。"

"本来应该是我保护你的……"瑞根虚弱地说，嘴角扬起一丝笑意。

文辛和琼恩解散魔印师时，城内还有零星的地心魔物肆虐。

剩下的守卫帮助草药师运送伤患前往城中的诊所。

"不派人捕杀逃脱的恶魔吗？"亚伦扶瑞恩上车时问。他的脚上了夹板，草药师还给他喝了减缓痛楚的药茶，现在他已经陷入昏睡。

"干吗这么做？"卡伯问，"那样只会害死追捕的人，其实天亮后就没事了。最好还是进屋去，太阳会解决掉留在密尔恩城堡中的地心魔物。"

"太阳还要好几个小时才会出来。"亚伦爬上马车时抗议道。

"你有什么提议？"卡伯问，谨慎地驾车探路，"今晚公爵已经投入所有武力，数百名手持长矛和盾牌的守卫，还有训练有素的魔印师。你有看到他们杀死任何一头恶魔吗？没有。恶魔是杀不死的。"

亚伦摇头。"恶魔可以杀死恶魔，我看过。"

"他们是魔法产物，亚伦。他们可以做到凡人做不到的事。"

"太阳就可以杀死他们。"亚伦说。

"太阳的力量并非你我可以比的。"卡伯说，"我们只是魔印师。"

他们转过路口，随即倒抽一口凉气。他们面前的街道上躺着开膛破肚的尸体，鲜血染红了周围的石板。有些尸块仍在燃烧，空气中弥漫着刺鼻的烧肉味。

"是一个乞丐。"亚伦说，注意到尸体上破烂的衣衫，"他为什么深夜在外游荡？"

"是两个乞丐。"卡伯纠正他，以衣角捂住口鼻，比向稍远处的另一具尸体，"一定是收容所不收他们。"

"收容所可以这样做？"亚伦问，"我以为公共收容所不能拒收任何人。"

"住满前不会拒收。"卡伯说,"反正收容所也不是什么好地方。一旦守卫锁上大门,他们就会开始抢夺彼此的食物和衣服,还会对女人做出可怕的事。很多乞丐都宁愿露宿街头。"

"为什么没人管?"亚伦问。

"所有人都认为这是个大问题。"卡伯说,"但市民认为这是公爵的问题,而公爵认为他没必要保护那些对本城没有贡献的人。"

"所以最好的做法就是让守卫回家,地心魔物出面自会解决这个问题。"亚伦怒道。卡伯没有回应,甩开缰绳,一心想尽快离开街道。

两天后,整座城的人都聚集在大广场上。广场中央摆上了绞刑台,上面站着魔印师马克斯及事发当晚轮值的人。

欧克本人并未出席,由琼恩到场宣布判决:"以欧克公爵、群山之光、密尔恩领主之名,你因玩忽职守导致城墙魔印出现漏洞而被判有罪。八名魔印师、两名信使、三名草药师、三十七名守卫,以及十八名市民因你的无能而蒙难。"

"难道把魔印师的死亡人数增加到九人会对事情有帮助?"卡伯喃喃说道。群众鼓噪起来,用垃圾砸向一直站在原地的魔印师。

"判决为死刑。"琼恩说,带头巾的行刑人拉起马克斯的手臂,带他走向绳索,将绳圈套上他的脖颈。

一名高大宽肩、蓄有浓密黑须、身穿厚重长袍的牧师走到他的面前,在他额头上比画魔印。"愿造物主宽恕你的失职,"教徒吟诵道,"并恩赐我们纯洁的内心与善举,以结束它的瘟疫，获得解放。"

他后退一步，暗门随即开启。群众在绞绳扯紧的同时欢呼叫好。

"笨蛋，"卡伯啐道，"下次恶魔入侵时又少一个人抵抗。"

"他刚才的话是什么意思？"亚伦问。"什么瘟疫，还有解放？"

"只是一堆用来忽悠百姓的鬼话。"卡伯说，"你最好不要去相信那种东西。"

## 第十二章　囚牢

**321 AR**

亚伦兴奋地跟在卡伯身后，朝雄伟的石头建筑走去。当天是第七日，正常来说他绝不想跳过长矛练习和骑术课程，但今天实在是千载难逢的机会——这是他第一次前往公爵图书馆。

自从他和卡伯开始推动魔印交易后，他们的生意就蒸蒸日上，成为城内炙手可热的魔印师。他们收藏的魔印宝典很快就成为全密尔恩第一，甚至可能是世界权威。同时，他们封闭城墙缺口的功绩迅速传开，而向来喜欢追逐潮流的贵族们自然也记得他们的名号。

贵族的业务可不好做，因为他们老是提出荒谬的要求，喜欢在不该设魔印的地方设魔印。卡伯把价钱翻倍，甚至提高三倍，丝毫没有抑制需求效果。请魔印大师卡伯来规划自家的魔印力场已成为身份的象征。

但是今天，应邀前来为城内最有价值的建筑绘制魔印，亚伦认为之前帮贵族画魔印终于获得回报了。市民几乎没有机会进入图书馆内部。欧克悉心守护他的馆藏，只有高级请愿人和他们的助手才有机会被获准入内。

图书馆由造物主的牧师建造而成，之后由王室掌管，一直都由一名牧师负责日常管理。通常牧师除了这些宝贵的典籍外不须烦恼其他杂务。事实上，除了大圣堂及公爵的私人神庙外，这个职位的责任比管理大部分圣堂还要重大。

一名辅祭出来迎接他们,随即带领他们前往首席图书馆长朗奈尔牧师的办公室。亚伦边走边东张西望,欣赏着发霉的书柜和漫步书堆间的沉默学者,不算魔印宝典的话,卡伯的藏书超过三十本,而亚伦以前以为那堪称宝库,但公爵的图书馆藏书达数千册,他读一辈子都读不完。他认为公爵不该将这么多书锁在图书馆内。

就首席图书馆长而言,朗奈尔牧师还算年轻,棕色头发比灰色多。他亲切地招呼他们,请他们就座,安排仆役去倒茶。

"你可是大名鼎鼎,卡伯大师。"朗奈尔说,取下他的细框眼镜,在棕色长袍上擦拭,"我希望你愿意接受这份工作。"

"在我看来,图书馆的魔印状况都很好。"卡伯评论道。

朗奈尔再度戴上眼镜,不太自在地清了清嗓子。"上次恶魔入侵事件后,公爵就一直担心他的馆藏。"他说,"公爵阁下想……某些加强防护措施。"

"什么样的加强防护?"卡伯问道。朗奈尔局促不安。亚伦看出他对自己将提出的要求感到难堪。

最后,朗奈尔叹了口气。"所有桌椅及书柜都要绘制防御火焰唾液的魔印。"他平淡地说道。

卡伯眼睛都凸了出来。"那得做好几个月!"他说道,"再说这样做有什么好处?就算火恶魔能如此深入本城,也不可能通过图书馆外的魔印,如果它通过了,那你会有比书柜更重要的事要担心。"

朗奈尔神情严峻。"没有更重要的事要担心,卡伯大师。"他说,"公爵和我在这件事上有共识。你绝对无法想象地心魔物烧毁老图书馆时我们的损失有多惨重,这里守护的是人类千年来累积的知识。"

"抱歉。"卡伯说,"我没有轻蔑的意思。"

图书馆长点头。"我了解。你说得也没错,发生这种事的概率很低。无论如何,公爵阁下想做的事就一定会去做。我可以支付一千枚金阳币。"

亚伦在脑中计算这个数字。一千枚金阳币可是一大笔钱,算是他们接过最大的一单生意了,但这个工作须耗费好几个月,再加上放弃正常生意也会蒙受的损失……

"我恐怕帮不上忙。"卡伯说,"这会占用我太多正常做生意的时间。"

"这样做会获得公爵的赏识。"朗奈尔说。

卡伯耸耸肩。"我曾担任他父亲的信使,当年我获得足够的赏识了,我不需要更多了。去找个年轻的魔印师试试。"他建议,"某个需要证明自己的人。"

"公爵阁下指名请你。"朗奈尔坚持道。

卡伯无奈地摊了摊手。

"我来接。"亚伦脱口而出。两个男人同时转头看着他,没想到他有勇气说这种话。

"我不认为公爵愿意接受学徒的服务。"朗奈尔说。

亚伦耸肩。"没必要告诉他。"他说,"我师傅可以规划书柜和书桌的魔印,然后交给我来刻就好了。"他一边说一边看向卡伯。"反正就算你接了这份工作,一样会有一半以上的魔印是我刻的。"

"很有趣的折中办法。"朗奈尔严肃地道,"你觉得呢,卡伯大师?"

卡伯怀疑地看着亚伦。"这是你向来最讨厌的单调乏味的工作。"他说,"你这么做有什么好处,小子?"

亚伦微笑。"公爵可以宣称卡伯魔印大师打造了图书馆的魔印,"他开口道,"你可以得到一千枚金阳币,而我——"他转向朗奈尔。"只要一个承诺——可以任意使用图书馆。"

朗奈尔大笑。"真是讨我欢心的孩子!"他道。"这就是说定了吗?"他问卡伯。

卡伯笑了笑,两人握手。

朗奈尔牧师带着卡伯和亚伦参观图书馆。走着走着,亚伦逐渐了解到自己刚才接下的工程将是如此的宏大。就算跳过计算,直接目测绘印,也得在这里耗上大半年时间。

尽管如此,在参观过整座图书馆后,有机会阅读如此多藏书,他知道一切都值得。朗奈尔承诺他随时可以进出图书馆,不管白昼还是黑夜,直到他终老。

朗奈尔注意到孩子脸上的热忱,露出会心的微笑。他心里突然有了个想法,于是趁亚伦沉浸在自己的世界时把卡伯拉到一边。

"这个孩子是学徒还是仆役?"他问魔印师道。

"他是商人阶级,如果你是在问这个的话?"卡伯说。

朗奈尔点头。"他的父母是谁?"

卡伯摇头。"没有父母,至少在密尔恩没有。"

"你能代表他说话?"朗奈尔问。

"那孩子代表他自己说话。"卡伯回答道。

"他订婚了吗?"牧师问。

果然不出所料。"自从我的生意扶摇直上以来,你不是第一个向我打听这问题的人了。"卡伯说,"就连某些贵族也派美丽的女儿来探访他,但我不认为任何造物主创造出的女孩有办法让他愿意放下书本。"

"我知道那种感觉。"朗奈尔说,指向一名坐在书桌上的女孩,她的面前摆着十几本翻开的书本。

"玛丽,过来一下!"他叫道。女孩抬头,接着熟练地标示书页,把书放好,这才走过来。她看起来和十六七岁的亚伦差不多大,有着棕色大眼及一头亮眼的棕色长发。她的脸型圆润,线条柔和,笑容灿烂。身穿连衣裙,在图书馆里沾上不少灰尘。她撩起裙摆,迅速行了个屈膝礼。

"卡伯大师,这位是我的女儿,玛丽。"朗奈尔道。

女孩抬起头来,突然兴奋地问道:"那位卡伯魔印大师?"

"啊,你知道我的作品?"卡伯问。

"不,"玛丽摇头,"但我听说你珍藏的魔印宝典堪称世界之最。"

卡伯大笑说:"这下说不定有点机会,牧师。"

朗奈尔牧师弯腰到女儿脸前,指向亚伦。"那位年轻的亚伦是卡伯大师的学徒,他将负责为我们图书馆绘制魔印,你何不带他参观参观?"

玛丽看着亚伦东张西望,完全忽视她的存在。他的棕色长发肮脏杂乱,身上昂贵的服饰又脏又皱,但眼中绽放智慧的光芒。他的五官工整对称,看起来很亲切。她抚平裙摆,朝他走去。卡伯听见朗奈尔喃喃祈祷。

亚伦似乎没有注意到玛丽接近。"哈啰。"她说。

"哈啰。"亚伦说道,眯眼辨识一本放在高处的书,想知道书背上的文字。

玛丽皱眉。"我叫玛丽。"她说,"朗奈尔牧师是我父亲。"

"亚伦。"亚伦说着自柜上取下一本书,开始慢慢翻阅。

"我父亲要我带你参观图书馆。"玛丽说。

"谢谢。"亚伦说着把书放回原位,然后走过一排书柜,来到一块用绳子围起来的区域。玛丽被迫跟在他的身后,脸上浮现恼怒的神情。

"她习惯忽视他人，而不是被忽视。"朗奈尔饶有兴味地说道。

"BR。"亚伦念出绳子围住的拱门上方的标示。"BR 是什么意思？"他喃喃问道。

"大回归之前。"玛丽说，"那些是古世界遗留下来的书籍正本。"

亚伦转向她，仿佛这才注意到她的存在。"真的？"他惊问。

"除非公爵允许，不然禁止进入。"玛丽说，欣赏着亚伦的脸垮下来的模样。"不过，"她微笑，"因为我父亲的关系，我可以自由进出。"

"你父亲？"亚伦问。

"我是朗奈尔牧师的女儿。"她不悦地提醒道。

亚伦瞪大双眼，尴尬地鞠了个躬。"亚伦，来自提贝溪镇。"他说。

在大厅的另一边，卡伯轻声窃笑。"男孩在女孩面前就是比较吃亏。"他说。

接下来的几个月里，亚伦逐渐养成了规律的生活作息。瑞根的宅邸比较接近图书馆，所以大部分的晚上他都睡在那里。信使的脚康复不久又出门远行了。伊莉莎鼓励亚伦把他的宅院当成自己家，而且似乎看到里面堆满亚伦的工具和书籍就有种莫名的喜悦。仆役们也很喜欢他住在家里，宣称只要有他在，伊莉莎女士就不会无精打采。

亚伦日出前一个小时就会起床，前往天花板高耸的前厅就着油灯的光线练习抛枪。当太阳自地平线上升起时,他就溜出屋外,投掷长矛,训练骑术。然后与伊莉莎一起共进早餐——如果瑞根在家也会加入——然后他就出门前往图书馆。

抵达图书馆,时间还很早,图书馆里除了睡在地下室的辅祭之外空无一人。他们刻意保持距离,对亚伦心存戒备,因为他可以任意跑去找他们的主人并发表言论。

图书馆分配了一间独立的小房间作为他的工作室。空间只能容纳两个书架、他的工作台,以及他正在处理的家具。其中一个书架上放满油漆、刷子及雕刻工具,另一个书架放满借来的书。地上积了一层卷曲的木屑,到处都是溢出来的油漆和亮光漆的污渍。

亚伦每天早晨都会抽出一小时阅读,然后才不舍地合上书本,开始工作。刚开始几周,他都在帮椅子雕刻魔印。然后他开始处理长凳。这份工作比预期中还耗时间,但亚伦毫不在意。

几个月下来,玛丽的倩影已成为令心情愉快的风景,她不时就会探头进来对他微笑或闲聊几句,然后快步回去继续她的学习。亚伦本来以为她这样打断自己的工作和阅读会令自己心烦,然而事实恰好相反。他期待她的到来,甚至发现自己会在她缺席的日子里心浮气躁。他们会在图书馆的屋顶共进午餐,俯瞰整座城市和城外的高山。

玛丽和亚伦见过的女孩大不相同。身为公爵图书馆长兼首席历史学家的女儿,她或许可以算是城内知识程度最高的女孩,亚伦发现自己从她身上学到的东西不比从书里来的少。但她却显得异常孤单,辅祭们怕她更甚于亚伦,而图书馆中又没有其他和她年龄相当的人。玛丽可以面不改色地和灰胡子学者讨论,但在亚伦面前她似乎有点害羞,不像平常那般自信。

他在她面前也是有种说不出的忐忑。

"造物主啊,杰克,你简直完全没有练习嘛。"亚伦掩住双耳说道。

"别这么苛刻,亚伦。"玛丽斥道。"你唱的歌很好听,杰克。"她说。

杰克皱眉。

"她说着笑嘻嘻地放开双手。我父亲说音乐和舞蹈会导致罪恶,所以我不能听,但是我敢肯定你的歌声非常美妙。"

亚伦哈哈大笑。杰克眉头深锁,收起自己的鲁特琴。

"试试杂耍。"玛丽建议道。

"你确定看杂耍表演不是一种罪?"杰克问。

"除非耍得很好。"玛丽低声道。亚伦再次大笑。

杰克的鲁特琴十分老旧,琴弦并不完整。他放下琴,从存放吟游诗人道具的布袋桶中取出彩色球。油漆剥落,球面也满是裂痕。他将一颗球抛入空中,接着是第二颗、第三颗,如此耍了几秒钟,玛丽随即拍手。

"好多了!"她说。

杰克微笑。"看好了!"他说着伸手要拿第四颗球。

当所有木球统统摔落地面时,亚伦和玛丽同时露出吃痛的神情。

杰克脸红。"或许我应该多练习一下耍三颗球。"他说。

"你确实该如此。"亚伦同意。

"我爸不喜欢。"杰克说,"他说:'如果你闲到在那杂耍特技,孩子,我就帮你多找点事干。'"

"我爸抓到我偷跳舞时也会这么说。"玛丽说。

他们同时期待地转向亚伦。"我爸以前也会这么说。"

他说。

"卡伯大师不会吗?"杰克问。

亚伦摇头。"他这么做?他的要求我都做到了。"

"那你哪有时间练习信使的技能?"杰克问。

"找时间。"亚伦说。

"怎么找?"杰克问。

亚伦耸耸肩。"早点起床、晚点睡觉、吃完饭偷偷出去学。能怎么找就怎么找,除非你想要一辈子都当磨坊工?"

"当磨坊工没什么不好,亚伦。"玛丽说。

杰克摇头。"不,他说得对。"他说,"既然想当吟游诗人,我就必须更加努力。"

杰克转向亚伦。"我会多多练习。"他承诺道。

"别担心,"亚伦说,"如果你没办法娱乐村民,至少也可以帮忙用你的歌声吓跑路上的恶魔。"

杰克眯起眼。玛丽哈哈大笑,注视着他拿木球掷亚伦。

"厉害的吟游诗人才能掷中我!"亚伦挑衅,身手灵巧地闪过每颗木球。

"你刺得太远了。"卡伯叫道。为了说明这点,瑞根放开一直持盾的手,在亚伦收矛前抓住他的长矛矛头下方的位置。他猛力一扯,失去重心的亚伦摔在雪地上。

"瑞根,小心点。"伊莉莎警告道,在寒冷的晨风中紧抓自己的披肩,"你会弄伤他的。"

"他出手比地心魔物轻多了,女士。"卡伯说,声音大到让亚伦听见,"长矛是防备性武器,使用长矛的目的在于撤退时与恶魔保持距离。像亚伦那样攻击性太强的信使,结果就是死路一条。我见过这种事,有次在前往雷克顿的路上……"

亚伦脸色一沉。卡伯是个好老师,但他喜欢在课堂上穿插一些发生在其他信使身上的案例。他的本意是要亚伦打退堂鼓,但效果正好相反,这些话只会激起亚伦想在其他人失败的地方爬起来的决心。他站起身来,再度站稳脚步,将重心放在脚跟。

"长矛活动够了。"卡伯说,"我们来试试短矛。"

伊莉莎皱起眉,看着亚伦将八英尺长的长矛放回武器架,然后与瑞根一起选择短矛,矛身近三英尺长,矛头就占矛身的三分之一。这些矛专门设计用来近距离作战,出矛戳刺的方式与长矛大不相同。他同时也挑选了一面盾牌,两人再度在雪地中对练。现在亚伦身材长高了不少,肩膀也比以前宽厚,就十五岁来讲,算得上十分强壮了。他身穿瑞根的旧皮甲,对他而言略大,但再过不久就会合身了。

"练短矛有什么意义?"伊莉莎不高兴地问道,"难道是要他与恶魔近距离搏斗,然后向人炫耀英勇事迹?"

"我见过这种事。"卡伯持反面意见,看着亚伦和瑞根练习,"而且城市间的道路上并非只有恶魔,女士,还有野兽,甚至强盗。"

"谁会攻击信使?"伊莉莎惊讶地问道。

瑞根狠狠地瞪了卡伯一眼,但卡伯不理他。"信使是有钱人。"他说,"而他们运送的都是价值不菲的物品以及书信,足以影响商人和贵族的命运。大部分的人没胆子攻击信使,但这种事不是没有。至于动物……弱小的动物都被地心魔物杀光了,只有最强壮的掠食者才会存活下来。"

"亚伦!"魔印师叫道,"如果被熊袭击要怎么处理?"

亚伦的目光保持在瑞根脸上,继续舞动短矛,回道:"以长矛刺穿喉咙,趁它流血时撤退,然后在它失去警觉后攻击要害。"

"你还能怎么做?"卡伯叫。

"躺着不动。"亚伦语带反感地说道,"熊很少攻击死者。"

"狮子呢?"卡伯问。

"使用中矛,"亚伦边叫边以持盾牌架开瑞根的攻势,并顺势反击,"瞄准肩关节,站稳脚步借狮子的冲势令它穿透矛头,如果手边有短矛,刺穿它的胸口或腹侧。"

"狼呢?"

"我听不下去了。"伊莉莎说着奔向屋内。

亚伦不理她。"以中矛重击口鼻通常就能赶跑犲狼。"他说,"失手的话,采用对付狮子同样的策略。"

"万一有一整群狼呢?"

"狼怕火。"亚伦说。

"遇上野猪怎么办?"卡伯想知道。

亚伦大笑着引述老师的话。"我应该'视为全世界的恶魔都在追我一样拔腿就跑。'"

亚伦在一堆书上醒来。一时间,他弄不清楚自己身在何处,最后才知道自己又在图书馆睡着了。他看向窗外,发现天已经黑了很久了。他抬起头来,隐约看见风恶魔在天上飞舞——伊莉莎一定会生气的。

他最近在阅读记载科学时代事迹的古代历史。这些史料提到古代国度——阿尔宾恩、提沙、大林姆以及洛斯克,并且提到海洋,一望无际的大湖泊,而海的另一边还有其他国度;一切都太难以想象了。如果相信这些书,世界是比他想象中还要大上许多。

他翻阅自己昨晚睡在上面的书籍,十分惊讶地在其中找到一幅地图。随着目光扫过地图上的地名,他的双眼越睁越大。就在那里,十分显眼的地方,他看见了公爵领地密尔恩。他凑上去细看,发现提供密尔恩堡水源的河流,以及位于后方的山脉。那里绘制了一颗小星星,标明都城的位置。

他又翻了几页,阅读关于古密尔恩的记载。当时就和现在一样,密尔恩是一座采矿和采石城市,领土横跨数十英里,直到安吉尔斯公爵领地边境的分界河。

亚伦回想自己的旅途,他往西走时在路上发现的废墟,是纽寇克伯爵的领地。亚伦兴奋得微微颤抖,继续沿着地图看下去,发现了他在找的东西,一条小水道汇流到一座宽阔池塘的溪口——提贝男爵的领地——提贝、纽寇克以及其他领主都向密尔恩纳贡,而密尔恩则和安吉尔斯公爵一样对提沙国效忠。

"提沙人。"亚伦喃喃低语,试图熟悉这个词带来的感觉,"我们都是提沙人。"

他拿出一支笔,开始复制地图。

"你们两个从此不准提起那个名字。"朗奈尔斥责亚伦和他女儿。

"但是……"亚伦开口。

"你以为没人知道这件事?"图书馆长打断他,"公爵已下令逮捕任何提起这个名字的人,你们想要去他的矿坑敲几年石头吗?"

"为什么?"亚伦问,"这个名字能造成什么伤害吗?"

"在公爵关闭图书馆前,"朗奈尔尖声说,"有些人对提沙十分着迷,不断筹募经费雇用信使去联系地图上失落的地点。"

"这有什么不好？"亚伦问。

"国王已经死亡三个世纪了，亚伦。"朗奈尔说，"而公爵们绝不会在不经历大战的情况下臣服于任何人，谈论重新统一的言论将会提醒人们一些不该记起的东西。"

"最好的方法就是假装密尔恩的城墙就是全世界？"亚伦问。

"直到造物主宽恕我们，派遣解放者降世结束大瘟疫。"朗奈尔道。

"什么大瘟疫？"

朗奈尔看着亚伦，眼中掺杂了震惊和愤怒的情绪。有那么一瞬间，亚伦以为牧师要动手打他。他作好应付攻击的准备。

结果朗奈尔转身面对女儿。"他真的不知道？"他难以置信地问道。

玛丽点头。"提贝溪镇的牧师……不是传统教派的。"

朗奈尔点头。"我想起来了。"他说，"他担任辅祭时老师被恶魔杀了，后来一直没有完成牧师训练。我们一直想要另外派人过去……"他走到他的桌前，开始写信。"这可不行，"他说，"竟然问我什么叫大瘟疫，真是！"

他继续咕哝，亚伦认为该往门外退了。

"先别走，你们两个。"朗奈尔说道，"我对你们非常失望。我知道卡伯不是忠实信徒，亚伦，但是无知到这个程度实在无可原谅。"他看向玛丽。"还有你，年轻的小姐！"他叫道，"你知道这件事，竟然什么也没做？"

玛丽低头看脚。"对不起，父亲。"她说。

"你真该感到惭愧。"朗奈尔说。他自桌上拿出一本厚重的书，交给他的女儿。"教他，"他命令道，把《卡农经》给她，"如果一个月内亚伦没有念熟这本经书，我就把你们两个都抓来鞭打一顿。"

※

"轻松脱身。"亚伦说。

"太轻松了。"玛丽同意,"父亲说得没错,我应该早点提起这件事。"

"别担心。"亚伦说,"那只是一本书,我明早前就可以看完。"

"这不只是一本书!"玛丽大声道。亚伦好奇地打量她。

"这是造物主的宝训,由第一任解放者亲笔记载。"玛丽说。

亚伦扬起一边眉毛问道:"真的?"

玛丽点头。"只是读还不够,你得每天身体力行。这是自导致大瘟疫的罪孽中拯救人类的明训。"

"什么大瘟疫?"亚伦觉得自己已经问了不下十次。

"当然是恶魔。"玛丽说,"地心魔物。"

※

几天后,亚伦坐在图书馆屋顶,闭上眼睛,背诵道:

于是人类再度骄傲自大
忤逆造物主与解放者
他选择不再崇拜赐予万物生命的造物主
背弃世间道德

人类的科学成为新的信仰
利用机械和化学取代祷告

# The Warded Man

整治理应死亡之人
自认能与造物主平起平坐

兄弟操戈，两败俱伤
邪恶隐忍不发，于内在滋长
在人类的内心和灵魂中播种
玷污曾经圣洁的事物

于是造物主，以其大智慧
降下大瘟疫严惩迷失的子民
再度开启地心魔域
让人们明白自己的错

世界将持续如此
直到造物主再度派遣解放者降世
当解放者训示人类后
地心魔物将会失去食物来源

看呀，你会认得解放者
他的身上有印记
恶魔无法逼视
它们将在恐惧中抱头鼠窜
……

"非常好！"玛丽微笑称赞。
亚伦皱眉。"我可以问个问题吗？"他问。
"当然。"玛丽说。

"你真的相信这里面写的东西吗？"他问，"哈洛牧师说解放者只是人类。这名伟大的战将，不过是凡人，卡伯和瑞根也这么说。"

玛丽瞪大双眼。"你最好不要让我父亲听到这种话。"她警告道。

"你相信地心魔物的存在是因为我们自作自受吗？"亚伦问，"难道我们活该？"

"我当然相信。"她说，"这是造物主的训诫。"

"不。"亚伦说，"这只是一本书，书都是人写出来的。如果造物主想要传达什么讯息，他何必通过书，何不用大火写在天上？"

"有时候真的很难相信天上有个造物主在看着我们。"玛丽说着抬头看天，"不然事情的真相是什么？世界不是凭空出现的。如果不是造物主创造这个世界，该怎样解释魔印的力量呢？"

"那大瘟疫呢？"亚伦问。

玛丽耸肩。"历史记载了恐怖的战乱。"她说，"或许我们真的活该。"

"活该？"亚伦问道，"我妈不会因为几百年前某场愚蠢的战争而活该要死！"

"你母亲死在恶魔手上？"玛丽惊问，抚摸他的手臂，"亚伦，我不知道……"

亚伦抽回手臂。"我无所谓。"他说着冲向门口，"我还有魔印要刻——既然我们都活该要死在恶魔手上，我还真看不出刻魔印的意义在哪。"

## 第十三章　抉择

**326 AR**

黎莎蹲在花园里,挑选当天的草药。有些草药,连根带茎一起拔起;有些品种,她只是摘下几片树叶或花蕾。

她十分喜欢布鲁娜屋后的花园。老太婆太老了,没办法照顾这些草药,而姐西又不懂如何灌溉硬土,只有黎莎能悉心地照料草药。很久之前她和布鲁娜必须在野外花上好几个小时才能寻找到的草药都已经种在家门外,位于魔印桩的守护中。

布鲁娜在花园长出第一株嫩芽时说道,"你不仅心思细腻而且很有园艺天分。不久后你会成为比我医术更高明的草药师。"

这些话为黎莎带来的骄傲又是一番全新的感受,她或许永远比不上布鲁娜。但这个老太婆可不是喜欢说好听话或恭维言语的人,因为她在黎莎身上看到了别人看不出来的特质——黎莎很上进,不希望让她失望。

篮子满了,黎莎才拍拍衣衫站起身来,朝小屋走去——其实已不算是一间小屋了。厄尼不愿看到女儿住在简陋的地方,于是请木匠来修葺摇摇欲坠的墙壁,重建残破的屋顶。不久,小屋中多数东西都翻新了,而新搭建的部分几乎让小屋变大了一倍不止。

尽管布鲁娜抱怨工匠们施工时发出的噪声,但现在屋内干而暖和,她的气喘也已好转。在黎莎的照顾下,老女人在数年间似乎变得更健壮,而不是日渐虚弱。

黎莎很高兴改建房屋的事终于落幕,因为到后来那些男人已开始以奇怪的眼光盯着她。

她从前一直想要拥有那样的身材,但现在看来这似乎算不上什么优势。随着年岁增长,黎莎拥有母亲的丰满身材。镇上的男人饥渴地打量着她。而她和加尔德调情的谣言,尽管事隔多年,至今还是埋藏在许多人的记忆中。他们幻想着占她便宜。大多数这样想的人黎莎都能以皱眉打发,只有少数人需要再加几个巴掌。而为了提醒艾文家里有个怀孕的新娘,她还赏了他一把胡椒粉加臭草。盲眼粉已成为黎莎随时放在自己围裙和裙子众多秘密口袋里的武器之一。

当然,就算她对镇上任何男人表示兴趣,加尔德也会确保除了厄尼之外没人可以接近她。壮硕魁梧的伐木工会严厉地提醒任何和黎莎聊起与草药学无关话题的男人——她还是他的人。即使是约拿辅祭,也会在黎莎和他打招呼时吓得冷汗直流。

当布鲁娜说出七年零一天的时候,这个时限听起来如永远般漫长。但岁月飞逝,转眼七年的时间已经走到尽头。她的学徒生涯即将届满。现在黎莎每天都会前往镇上询问有谁需要草药师的帮助,只有在情况危急时才会咨询布鲁娜的建议;布鲁娜需要休息。

"公爵是以每年的出生率和死亡率来评估当地草药师的医术,"布鲁娜在第一天就说过,"但只要着重关注出生和死亡间的人们,那么一年内伐木洼地的人就会再也离不开你。"事后证明她的话一点也没错。从那一刻开始,布鲁娜到哪里都带着她同行,完全不管任何保护隐私的要求。在她为大多数孕妇悉心照料未出世的婴儿,并为其他半数女子熬煮龙姆茶后,镇上女人纷纷开始敬重她，大大小小的病痛都不会隐瞒她。

尽管如此，她还是个外人。女人会好像当她完全不存在般交谈，毫不避讳地聊起镇上一切秘密，仿佛她不过是晚上睡觉用的枕头。

"本来就该如此。"当黎莎抱怨此事时，布鲁娜说道，"你的职责不是评论她们的生活和品德，而是她们的健康。当你穿上那件药袋围裙时，你就必须发誓不管听见什么都不出去乱说。草药师必须赢得病人的信赖才能做好自己的工作。你不能泄露任何秘密，除非保守秘密会阻碍你治疗他人。"

黎莎总是严守秘密，女人们才渐渐开始信任她。一旦女人站在她那边，男人立刻跟进，通常是被他们的女人拖来的。但是药草围裙同样让他们自觉地保持距离。黎莎几乎见过镇上所有男人裸体的模样，但从来没有和任何一个男人亲密接触；虽然女人们会赞扬她，送她礼物，但她没法对任何一个女人倾吐心事。尽管如此，过去七年的日子还是比她前十多年的生活快乐许多。布鲁娜的世界比在她母亲阴影下的世界辽阔得多。在这期间有悲伤，比如，当她必须合上某人的双眼时；同时也有喜悦，比如，当她将婴儿拉出母体外，拍打出生命的第一声呼喊时。

再过不久，她的学徒生涯就结束了，而布鲁娜会完全退休。听她谈起这件事时的语气，显然她退休后不久就会离世；这个想法令黎莎感到万分恐惧。

布鲁娜是她的盾牌，也是她的长矛，使她与全镇镇民间形成了一道坚不可摧的魔印力场。少了这道魔印，她该怎么办？黎莎天性不像布鲁娜那样高傲强势，没办法大声喝斥、殴打愚民。少了布鲁娜，她还能和谁以普通人的身份说话，而非草药师的身份？谁能擦拭她的泪水，解释她心中的疑惑？迟疑会破坏信任，人们需要充满自信的草药师。

在她内心深处，还有更不为人知的想法。伐木洼地在她眼中已经变得很渺小了。布鲁娜为她开启的大门已经永远无法关闭——它随时提醒她还有多少知识没有学到。少了布鲁娜，她的旅程或许将会在此结束。

她步入屋内，看见布鲁娜坐在桌旁。"早上好。"她说，"我以为你不会这么早起，不然去花园前我会先煮好茶。"她放下药篮，看着火炉，水壶在冒烟，已经快烧开了。

"我虽老了，"布鲁娜咕哝道，"但没瞎没有跛，还能自己煮茶。"

"当然可以。"黎莎说着亲吻老女人的脸颊，"你的身体好到可以和伐木工一起抢斧头砍大树。"她在布鲁娜皱眉时大笑，接着走过去端麦片粥。

共同生活的这几年并没有改变布鲁娜尖酸刻薄的语气，但黎莎早已懂得不听她的语气，只听老女人牢骚后的关爱，并且以感激的态度回答。

"今天出去采药还比较早。"布鲁娜在早餐时说道，"空气中还残留着恶魔的气味。"

"只有你会在鲜花堆里抱怨恶魔的气味。"黎莎回应道。的确，小屋里到处放满鲜花，花香四溢。

"不要转移话题。"布鲁娜说。

"昨晚有信使来镇上了。"黎莎说，"我听见号角声了。"

"幸好赶在天黑前。"布鲁娜咕哝道，"真是个鲁莽的家伙。"她对着地板吐了一口痰。

"布鲁娜！"黎莎责备道，"关于在屋里吐痰的事我是怎么对你说的？"

老太婆看着她，撑开眯缝的双眼。"这里是我家，我想怎么吐就怎么吐。"她说。

黎莎皱眉。"我肯定不是这么说的。"她严肃地回道。

"除非你比你的胸脯给人的印象还要聪明。"布鲁娜边喝茶边调侃。

黎莎气得张口结舌,但她早已习惯老太婆的挖苦。布鲁娜想说什么就说什么,想做什么就想做什么,没有人能管得了。

"其实让你早起的是那位信使。"布鲁娜说,"长相不错那个?他叫什么名字?就是用无辜的小狗眼神看你的那个?"

黎莎苦笑着说:"比较像野狼。"

"那也未尝不是一件好事!"老女人窃笑,拍打黎莎的膝盖。黎莎摇了摇头,起身整理桌面。

"叫什么名字?"布鲁娜继续追问道。

"不是你想的那样。"黎莎说。

"我老到没时间和你绕圈圈了,女孩。"布鲁娜说,"他的名字。"

"马力克。"黎莎两眼一翻地说道。

"年轻的马力克来访时,我该帮你煮锅龙姆茶吗?"布鲁娜问。

"你以为大家满脑子都只有这事儿吗?"黎莎问,"我只是喜欢和他聊天,就这样。"

"我还没有瞎到看不出来那个男孩不只是想要聊天。"布鲁娜说。

"喔?"黎莎双手环抱胸前问道,"我现在举起几根手指头?"

布鲁娜大哼一声。"一根也没有。"甚至没有转向黎莎。"你这点把戏我一清二楚,就像我很清楚信使马弗力克在和你讲话时从来不会正视你的双眼。"

"他叫马力克。"黎莎再度说道,"而且他有正眼看我。"

"只有在他看不到你的领口时。"老太婆道。

"我真受不了你。"黎莎埋汰道。

"没必要感到害羞。"布鲁娜说,"如果我还有像你那样的胸部,也会拿出来炫耀的。"

"我没有拿出来炫耀!"黎莎大叫,但布鲁娜只是窃笑。

号角声从距她们家不远的地方传来。

"是年轻的马力克大师来了。"布鲁娜说道,"你最好快点打扮打扮。"

"不是那么回事!"黎莎再度说道,但布鲁娜只是挥了挥手。

"我去煮龙姆茶。"布鲁娜自顾自地念叨。黎莎拿块抹布丢在老太婆身上,然后吐了吐舌头,朝门口走去。

来到前厅,她一边等待信使到来,一边忍不住好笑。布鲁娜几乎和她母亲一样喜欢逼她出去找男人,但是老太婆这么做也只是出于关爱。她只希望黎莎开心,而黎莎为此心存感激。但不管老太婆如何逗她,黎莎还是对马力克带来的邮件比较感兴趣,而非他的野狼眼神。

从很小的时候开始,她就很喜欢信使来访的日子。伐木洼地是个小地方,但位于三座大城和十几座偏远村落的要道上,加上盛产木柴以及厄尼的纸张,它在临近区域的经济上扮演着重要的角色。

伐木洼地一个月至少会有两次信使来访,大部分的邮件都留在史密特那里,但厄尼和布鲁娜的邮件会由信使亲自送达,而且通常还会留在镇上等待他们回信。布鲁娜与来森堡和安吉尔斯、雷克顿以及数个偏远村落的草药师互通信件。由于老太婆的视力日渐衰弱,读信以及回信的责任自然落到黎莎身上。

事实上邻近地区大部分的草药师都是布鲁娜的学生。遇上解决不了的疑难杂症，各地草药师经常会写信请教她，并且常常提出派遣学徒来向她学习的请求。没有人愿意看着她的知识随她一同离开人世。

"我老到没力气再收学生了！"布鲁娜会大声抱怨，轻蔑地摆摆手，然后黎莎会写委婉的回绝信，这件事她已驾轻就熟。

这一切都让黎莎有很多机会与信使交谈。事实上大多数信使都以色眯眯的眼光咬她，或是试图以自由城邦的故事勾引她的注意，马力克就是这些人之一。

信使的故事确实打动了黎莎。他们的本意或许是迷倒黎莎进而掀开她的裙摆，但是他们的故事勾勒出的画面确深深印在黎莎的脑海中。她想要行走在雷克顿的码头上，去见识来森堡壮观的魔印田野，或看看传说中的森林堡垒安吉尔斯；她想要阅读它们的藏书，与那儿的草药师交流。只要她有胆量出门找寻，世上还有许多其他古老知识的守护者。

她微笑着迎接马力克步入视线范围。尽管距离遥远，她依然认出他走路的模样，因为一辈子待在马上导致双脚微微弯曲。这位信使来自安吉尔斯，与五英尺七英寸的黎莎差不多高，但身上有种刚毅的气质，而且黎莎一点也没夸大他的狼眼——它们以一种掠食者的冷峻目光打量着四周，搜寻潜伏的威力以及猎物。

"啊，黎莎！"他叫道，举起长矛指向她。

黎莎举手招呼。"大白天的有必要携带那玩意来吗？"她指着长矛问道。

"要是遇上狼怎么办？"马力克笑着回答，"我怎么保护你？"

"伐木洼地很少见到狼。"黎莎在他接近时说道。他拥有一头棕色长发，一双深青褐色眼睛。她无法否认他是个英俊的帅小伙。

"那就当有熊吧。"马力克抵达小屋时说道,"或狮子,世上有许多野兽。"他说着目光移动到她的乳沟上。

"这点我十分清楚。"黎莎说着调整披肩,遮住胸口。

马力克大笑,将信使包放在前廊上。"披肩已经落伍。"他建议道,"安吉尔斯或来森堡已经没有女人用披肩了。"

"那我敢肯定她们一定是穿高领洋装,不然就是那里的男人不会往不该看的地方看。"黎莎回道。

"高领。"马力克笑着点头,深深鞠躬。"我可以送你一件安吉尔斯高领礼服。"他低声说道,越走越近。

"我什么时候有机会穿那种衣服?"黎莎问,在对方将自己逼到角落前溜开。

"去安吉尔斯,"信使提议,"在那里穿。"

黎莎叹气。"我很想去。"她哀怨地道。

"或许你会有机会。"信使狡猾地说,点头抬手,示意黎莎先行进屋。黎莎微笑着闪身入内,但是这么做的同时,她可以感觉到他的视线盯着自己的背影。

他们进门时,布鲁娜已经回到椅子上坐好了。马力克走到她的面前,深深鞠躬。

"年轻的马力克大师!"布鲁娜愉快地说道,"真是意想不到呀!"

"安吉尔斯的吉赛儿女士向你问好。"马力克说,"她遇上了棘手的病例,恳求你伸出援手。"他伸手到袋子里,取出以绳子捆绑的纸卷。

布鲁娜指示黎莎接信,然后靠上椅背,闭上双眼听自己的学徒念信。

"尊贵的布鲁娜女士,回归后纪元三二六年,来自安吉尔斯堡的问候。"

"吉赛儿在给我当学徒时老是像小狗一样喋喋不休,没想这么多年了她写信还是这样子。"布鲁娜打断她,"我没有那么多时间听废话,直接说病例。"

黎莎浏览内容,然后翻到后面继续阅读,一直读到第二张信纸才找到重要部分。

"一个男孩,"黎莎说,"十岁,由母亲带往诊所,主诉反胃和无力,没有其他症状或病史,服用凄根、清水,卧床休息,三日间症状日益严重,另外手脚和胸口起了疹子,数日中凄根用量增加到三盎司。"

"症状恶化、开始发烧,疹子上出现白色脓肿,药膏没有效果,紧接而来的症状是呕吐,服用心叶和罂粟减轻痛楚,淡牛奶保护肠胃,没有胃口,看来没有传染性。"

布鲁娜沉默一段时间,琢磨着这个病例。她转向马力克。"你见过那个孩子吗?"

信使点头。

"有发汗吗?"布鲁娜问。

"有。"马力克确定道,"也有发抖,好像他同时承受冷热煎熬。"

布鲁娜咕噜一声。"他的指甲是什么颜色?"她问。

"就是指甲的颜色。"马力克笑着回答。

"放聪明点,和我耍嘴皮子会后悔。"布鲁娜警告道。

马力克脸色发白地猛点头。老女人又问了他几分钟,偶尔在他回答后嘟哝几声。信使都拥有过人的记忆力和观察力,布鲁娜似乎毫不怀疑他的答案。最后,她挥手要他安静。

"信里还有什么值得一提的吗?"布鲁娜问。

"她想要派个学徒来向你学习。"黎莎说。布鲁娜脸色一沉。

"我有个学徒,薇卡,即将完成训练。"黎莎读道,"根据你的来信,你也一样。如果你不愿意接受新人,请考虑和我交换熟手。"黎莎讶异极了。马力克露出会心的一笑。

"我没叫你停下来。"布鲁娜刺耳地道。

黎莎轻轻喉咙。"微卡潜力无穷,医术足以应付伐木洼地的需求,也有能力接受睿智的布鲁娜的指导。当然黎莎也可以在我诊所的病患身上学到不少经验。拜托,我恳求你,在睿智的布鲁娜离世前多让一个人传承她的知识。"

布鲁娜沉默了好一会儿。"我要好好想想才能回复此事。"她终于说道,"去镇上巡巡,女孩。等你回来我们再谈。"她对马力克说:"明天给你答复,黎莎会为你准备酬劳。"

信使鞠躬,在布鲁娜靠回椅背、闭上双眼时退出屋外。黎莎感到心跳加速,但她知道不该打扰老太婆回顾近百年的记忆,为小男孩寻求医治之道。她提上药篮,前往镇上巡视。

黎莎出门后,马力克在门外等她。

"你早就知道那封信里写了些什么。"黎莎指控道。

"当然,"马力克承认,"她写信时我在场。"

"你竟然没有对我说。"黎莎道。

马力克微笑。"我说要送你高领礼服,"他说,"这个提议依然有效。"

"看看咯。"黎莎微笑,拿出一袋钱币。"你的酬劳。"她说。

"我宁愿你付我一个吻。"他说。

"太荣幸了,你竟然认为我的吻比钱币还要值钱。"黎莎回道,"恐怕我必须令你失望了。"

马力克大笑。"亲爱的,如果我不畏黑夜里的恶魔,勇敢地自安吉尔斯前来此地,尽管只带了你的吻回去,还是会让所有路过伐木洼地的信使羡慕到死。"

"好吧,既然这样,"黎莎笑着说道,"我想我会继续保留我的吻,等价钱高一点再拿来付账。"

"你伤了我的心。"马力克说,伸手抚摸胸口。黎莎将钱袋丢给他,他抬手接下。

"至少,我是否有幸护送草药师前往镇上?"他微笑着询问。他一腿屈膝,伸出手臂,等她勾握;黎莎忍不住微笑。

"我们伐木洼地的步调没有那么快。"她说着看看他的手臂。"但是你可以帮我提药篮。"她将药篮挂在他伸出来的手臂上,朝镇上前进,任由他在身后盯着自己的背影。

当他们抵达镇上时,史密特的市集里已经人声鼎沸。黎莎喜欢早点来市集挑菜,以免最好的菜被人挑光,并且先向屠夫道格订肉,然后才去巡视镇上的病患。

"早安,黎莎。"杨·葛雷说,他是伐木洼地最老的长者之一。他那把作为骄傲象征的灰胡子,比大多数女人的头发都长。杨曾是身强体壮的伐木工,但晚年日渐瘦弱,必须拄着拐杖走动。

"早安,杨。"她回应,"关节还好吗?"

"还是会痛。"杨回答,"特别是手掌,有时候几乎握不住拐杖。"

"即使如此,你还是有办法每次见面都对我毛手毛脚。"黎莎指出。

杨窃笑。"对我这样的老头而言，小女孩，再痛都值得。"

她把手探入药篮，拿出一个小瓶子。"我又帮你做了一些敷药。"她说，"你帮我省了送去的路。"

杨微笑。"我随时欢迎你来我家帮我涂药。"他说着眨了眨眼。

黎莎抿着嘴，但还是笑出声来。杨是个好色之徒，但是她还满喜欢他的。和布鲁娜同住让她了解对于丰富的人生经历而言，怪癖只是微不足道的小缺点。

"恐怕你得自己想办法。"她说。

"哈！"杨嘲弄似的挥舞拐杖。"好啦，你考虑考虑。"他说。离开前，他看了马力克一眼，点头表达敬意。"信使。"

马力克点头回应，老人随即离开。

市集中所有人都热情地向黎莎打招呼，她会停下脚步询问每个人的健康状况，随时都在工作，即使买菜时也不例外。

虽然她和布鲁娜贩售火焰棒之类的物品赚了不少钱，不过不管她买什么都不会有人向她收钱。布鲁娜治病从不收钱，所以其他人也不会向她收钱。

在她娴熟地挑选蔬菜和水果的时候，马力克一直紧跟在她身后。他吸引了不少目光，但黎莎认为那是因为他和她走在一起，而不是因为市场上出现陌生人；伐木洼地常常会有信使来访。

她看了基特——史黛芙妮的儿子——不是史密特的。这个孩子将近十一岁了，随着一天天长大，他越长越像米歇尔牧师。这些年来史黛芙妮一直信守承诺，自从黎莎担任学徒起就没有传她的谣言。在布鲁娜看来，她的秘密不会泄露，但是站在史黛芙妮的角度来说，黎莎实在无法想象史密特怎么可能不从这张每天都会在餐桌上看见的脸上找到真相。

她比了个手势，基特连忙跑来。"有空就把这个袋子送去给布鲁娜。"她说着将挑好的菜交给他。她向他笑了笑，偷偷在他手里放了一卡拉。

基特眉开眼笑地看着他的礼物。大人绝不会向草药师收钱，但黎莎总会给帮忙的孩童一点好处。伐木洼地的主要货币是安吉尔斯的亮面木币，等到下次有信使来访时，基特和他的兄弟就有钱买糖吃了。

正要离开时，她看见麦莉，于是走过去打招呼。她朋友这些年来十分忙碌，身后已经跟了三个小孩。一个名叫班恩的年轻玻璃匠离开安吉尔斯，试图前往雷克顿或来森堡追寻财富。他在伐木洼地落脚，打算招揽顾客，赚点本钱，然后继续旅程，但是后来他遇上了麦莉，那些发财计划如同加入热茶中的糖一般融化得干干净净。

现在班恩在麦莉父亲的畜棚中做生意，搞得有声有色。他向从克拉西亚堡回来的信使购买一袋袋沙，将它们制造成实用又美观的物品。伐木洼地从来没有玻璃匠，所有人都想弄点玻璃制品回家。

黎莎也对这样的发展感到高兴，不久就请班恩制作了一套复杂的蒸馏器具，让她可以很轻松地滤出药草中的汁水，制作强力药水。

不久后，班恩和麦莉结婚，又过了不久，黎莎就为麦莉接生了他们的第一个孩子。另两个孩子紧接而来，黎莎对他们视如己出。当他们将最小的孩子取名为黎莎时，黎莎荣幸得掉下眼泪来。

"早安，小淘气们。"黎莎说，蹲下身去等待麦莉的孩子们冲入她怀中。她紧紧拥抱、亲吻他们，起身前还塞给每个小孩一些用纸包装的糖果。这些糖果都是她亲手做的——另一项从布鲁娜身上学到的手艺。

"早安,黎莎。"麦莉说,微微行了个屈膝礼。黎莎忍下皱眉的冲动。这些年来她和麦莉依然走得很近,但自从穿起围裙后,麦莉就以不同的目光看她,而且不管她怎么说都无法改变这一点。这个屈膝礼似乎已成了习惯。

尽管如此,黎莎依然珍惜她们的友情。赛拉偷偷溜到布鲁娜的小屋,向她恳求龙姆茶,导致她们的交情从此断绝。听镇上的女人说起,赛拉的日子过得十分惬意。镇上的半数男人都曾在不同的时间敲过她家大门,而她的钱总是比她母亲缝补衣服赚的还多。

从某些角度来看,布莉安娜的情况比她更糟。过去七年间她没和黎莎讲过半句话,却偏偏喜欢向所有人编黎莎的坏话。她开始请妲西帮忙,继续与艾文乱来,很快就把肚子搞大。当米歇尔牧师质问她时,她不愿独自面对全镇镇民,于是宣称艾文就是孩子的父亲。

艾文在布莉安娜的父亲拿干草叉胁迫,同时又被她兄弟在旁挟持下娶了布莉安娜,接下来是布莉安娜和他们的儿子加仑受难的开始。

布莉安娜是个称职的母亲与妻子,但她一直没有甩掉怀孕期间增加的体重,而黎莎十分清楚艾文的双眼及双手——会跑到什么地方。据传言,他常常会去敲赛拉的门。

"早安,麦莉。"她说,"你见过信使马力克吗?"黎莎转身介绍,却发现他已不在自己身后。

"喔,不。"她说,看着他面对加尔德站在市集对面。

加尔德十五岁时就已经比全镇的男人还高,只略矮于他父亲。他现年二十三四岁,已长成近七英尺高、全身都是肌肉的巨人,在长年伐木生涯中变得健壮无比。人人都说他有密尔恩血统，因为安吉尔斯人都长不到如此身高。

他说谎的事情弄得全镇皆知，之后，所有女孩都和他保持距离，不敢与他独处。或许这就是他至今仍纠缠黎莎的原因，或许无论如何他都会纠缠黎莎。但加尔德并没有从过去的经验中吸取教训。他的自我随着肌肉一样膨胀，已经成为所有人预料中的恶霸。嘲弄过他的男孩只要他一开口立刻胆战心惊，而如果他对待他们的方式堪称残暴，他对待任何愚蠢到胆敢多看黎莎一眼的人可算是恐怖到极点。

加尔德依然在等她，一副黎莎迟早会突然醒悟——了解自己终究还是属于他的模样。他顽固得像木头，完全听不进任何人的劝诫。

"你不是本地人，"她听见加尔德说，同时用力戳着马力克的肩，"所以或许你不知道黎莎已经订婚了。"他耸立在信使面前，如同成人站在孩童面前。

但马力克毫不畏惧，也没有被加尔德戳得后退。他动也不动地站在原地，一双狼眼不离加尔德的目光。黎莎希望他保持理智不要轻举妄动。

"她从来没有这么说过。"马力克回应。黎莎的希望落空。她开始靠近他们，但他们身旁已围了一圈人，阻挡住了她的去路。她希望自己带着布鲁娜的拐杖来赶人。

"她有说要嫁给你吗，信使？"加尔德大声说道，"她说过要嫁给我。"

"我知道。"马力克回道，"我还听说全伐木洼地只有你这个笨蛋以为婚约在你背叛她后还会有效。"

加尔德大吼一声，出手抓向信使，但是马力克动作飞快，迅速闪到侧面，拔出他的长矛，矛柄狠狠刺中伐木工的双眼之间。他以流畅的动作甩动长矛，在加尔德向后退开时攻击他的膝盖后方，将他重重地击倒。

马力克将长矛插在地上，一脚踏在加尔德身上，狼一般的目光冷峻而充满自信。"本来矛头不是要插在地上。"他提醒道，"你最好记住这点，黎莎的事黎莎自己决定。"

围观群众全看呆了，但黎莎继续向前挤，因为她很了解加尔德，知道一切还没有结束。

"停止这种愚行！"她叫道。马力克转头看她，加尔德趁机抓住他的矛头。信使立刻回头，双手紧握矛柄，试图抢回长矛。

这是他最不该采取的举动——加尔德拥有木恶魔般的力量，就算瘫在地上，力气依然无人能及。他健壮的手臂一抽，将马力克抛入空中。

加尔德爬起身来，将六英尺长矛如同树枝般折成两半。"看看没有长矛可躲的情况下你要怎么打架。"他说着将断矛摔在地上。

"加尔德，不要！"黎莎尖叫，推开挡在前面的几名观众，抓住他的手臂。他将她一把推开，目光没有离开马力克。这个简单的动作将她甩回围观群众中，撞在道格和尼可拉斯身上，众人摔成一团。

"住手！"她无助地叫道，挣扎着爬起来。

"没有人可以拥有你！"加尔德道，"你只能接受我，不然就像布鲁娜一样孤独终老！"他大步走向马力克，信使才刚刚自地上爬起。

加尔德朝信使挥出斗大的拳头，然而再一次，马力克动作比他还快。他轻易避开此拳，接着在加尔德大幅度转身攻击前迅速赏他两拳。

如果加尔德有感受到那两拳的威力，他丝毫没有表现出来。他们再度展开攻击，这次马力克笔直击中加尔德的鼻子。加尔德鼻血直流,哈哈大笑,使劲自鼻孔中擤出鼻血。

"你就这点能耐?"

马力克低吼一声,疾扑而上,连续击中好几拳。加尔德跟不上他的速度,根本没有费心闪避,只是咬紧牙关护住要害,脸涨得通红。

片刻后,马力克向后退开,以一种类似猫咪备战的姿势站立,举起双拳,准备出击。他的指节脱了一层皮,并发出浓重的喘息声。加尔德似乎只受到一点皮外伤。马力克的狼眼中首次浮现恐惧的神色。

"你就这点本事?"加尔德问,再度迈步向前。

信使再度扑上,但这一次,他的动作不像之前那般矫健。他挥出一拳,接着加尔德粗大的指头紧抓他的肩膀,狠狠压下,信使试图后退,但加尔德抓得很紧。

加尔德一拳捶入信使的肚子里,腹内的空气当场逸散。他再度出拳,这次打在头上,马力克如同一袋马铃薯般跌落地面。

"这下得意不起来了,是不是!"加尔德大吼。马力克手脚撑地,挣扎起身,加尔德狠狠踢中他的腹部,令他翻身瘫倒。

这时黎莎已经冲上前去,加尔德则跪在马力克身上,不停重拳捶打。

"黎莎是我的!"他吼道,"任何胆敢反对的人都会……"

他话才说到一半,黎莎已经撒了一把布鲁娜的盲眼药粉到他脸上。他的嘴巴本已张开,便反射性地吸入一大堆药粉,在药粉灼烧他的眼睛和喉咙时放声惨叫,他的静脉紧缩,皮肤犹如被开水烫伤。他自马力克身上跌落滚向一旁,呼吸困难,不住抓脸。

黎莎知道自己撒了太多药粉。只要用手指夹一点就能撂倒大部分的男人,一整把的量可能会闹出人命,导致对方被自己的痰给噎死。

她脸色一沉，推开围观群众，提了一桶史黛芙妮用来清洗马铃薯的清水。她将水整桶倒在加尔德身上，他随即不再抽搐。他会失明几个小时，但她绝对不要看到他死在自己手上。

"我们的婚约已经解除。"她对他说，"永远解除。我永远不会成为你的妻子，就算这表示我会孤独终老也无所谓，我宁愿嫁给地心魔物也不要嫁给你！"

加尔德痛苦呻吟，似乎完全没有听见她说什么。

她走到马力克身边，蹲下去扶他坐起。她取出干净的布轻拭他脸上的血迹。他已开始瘀青浮肿了。

"我想我们让他知道我们的厉害了，呃？"信使轻声窃笑问道，随即又因为发笑引发的疼痛而皱眉。

黎莎在布上倒了些史密特在自家的地窖里酿的烈酒。

"啊——啊——啊！"布才一碰到他，马力克就倒抽一口气。

"你活该。"黎莎说，"你本来可以避免这场争斗，不管你能不能打赢。我不需要你的保护，而且我也不可能喜欢以为和人打架可以赢得草药师芳心的男人，就像我不会喜欢镇上的恶霸。"

"是他先出手！"马力克抗议道。

"我对你很失望，马力克大师。"黎莎说，"我以为信使不会如此鲁莽。"马力克羞愧地低下头。

"带他回史密特旅店的房间。"她对附近的几个男人说道，他们立刻遵命行事。这些日子以来，伐木洼地大部分的男人都会听从她的命令。

"如果你在明天早上前下床，"黎莎对信使道，"我会知道的，然后我会很生气。"

马力克虚弱地微笑，众人随即扶着他离开。

"实在太了不起了！"麦莉在黎莎回去拿草药篮时激动说道。

"没什么了不起，只是一些必须制止的愚行。"黎莎说道。

"没什么了不起？"麦莉问，"两个男人像公牛一样打成一团，而你只撒一把药粉就能分开他们！"

"用药物伤人是件容易的事，"黎莎说，很惊讶地发现自己的口气竟然与布鲁娜一般无二，"难在治病救人。"

※

当黎莎巡完全镇，回到布鲁娜的小屋时已是午后。

"孩子们怎么样？"布鲁娜在黎莎放下药篮时问道。黎莎微笑。在布鲁娜眼中，所有伐木洼地的居民都是她的孩子。

"很好。"她说着，走过去坐在布鲁娜椅子旁的矮凳上，让年迈的草药师可以清楚地看到自己。"杨·葛雷的关节依然疼痛，但他的心态还是和从前一样年轻；我拿了点软膏给他。史密特还是卧病在床，不过咳嗽减轻了。我想很快就会康复。"她继续描述镇民的病情，老太婆则不住点头。如果布鲁娜有意见的话，会打断她；现在她很少这么做了。

"只有这些？"布鲁娜问道，"小基特向我提到今天早上在市集发生了精彩的打斗事件？"

"那只是愚蠢的闹剧。"黎莎说。

布鲁娜挥手打断她。"男孩就是男孩。"她说，"即使变成男人也一样，听起来你应付得不错。"

"布鲁娜，他们差点闹出人命！"黎莎说。

"喔，去！"布鲁娜说，"你可不是第一个让男人大打出手的美女。你或许不信，在我年轻的时候，一样有不少男人为了我而打断了骨头。"

"你从来没有像我这样年轻过。"黎莎揶揄道,"杨·葛雷说他在学走路的时候,镇民就已经叫你'丑老太婆'了。"

布鲁娜窃笑。"确实如此,确实如此。"她说,"但在那之前我的胸部和你一样丰满圆润,男人为了抢着吸一口,会像地心魔物一样大打出手。"

黎莎仔细打量着布鲁娜,试图抹去岁月的痕迹,找寻年轻时美丽的身影,但这是不可能的事。布鲁娜至少也一百多岁了。她从来不会提起自己确切的年纪,被逼问时只会说:"我一百岁后就没去算年头了。"

"总之,"黎莎说,"马力克脸上可能多了点瘀青,但是明天仍可继续上路。"

"那很好。"布鲁娜说。

"所以你想到医治吉赛儿女士年轻病患的药方了吗?"黎莎问。

"你会怎么对她说?"布鲁娜反问。

"我很肯定我不知道。"黎莎说。

"真的很肯定吗?"布鲁娜问,"我不这么认为。来吧,如果你是我,你会怎么告诉吉赛儿?别假装你没想过这个问题。"

黎莎深深吸了口气。"凄根看来没有和男孩的身体产生良好互动。"她说,"他需要停止服用凄根,至于脓肿必须切开抽脓。当然,接下来还得处理最初的病症。发烧和反胃可能只是普通感冒,但是瞳孔放大和呕吐表示病情并不单纯。我会用僧叶搭配仕女胸针和艾德树皮,少量服用,至少一星期。"

布鲁娜凝视着她慢慢点头———一刹那,也是永远的送别了。

"整理行李,和大家道别。"她说,"你要亲口将你的建议告诉吉赛儿。"

## 第十四章　安吉尔斯之旅

**326 AR**

每天下午，厄尼会来布鲁娜的小屋看看，从无例外。伐木洼地有六名魔印师，每个魔印师都有个学徒，但厄尼不愿意将爱女的安危交给其他人。矮小的纸匠是伐木洼地最顶尖的魔印师，大家都知道这点。

他常常会带来信使自遥远的地方送来的礼物——书籍、草药及手工蕾丝。但这些礼物并非黎莎期待他来访的原因——父亲的强力魔印可以让她安心入眠，而且眼看他过去七年都过得开心，就是最好的礼物了。伊罗娜依然让他日子难过，但已经比以前好多了。

但是今天，黎莎看着太阳横掠天际，她竟然害怕父亲的出现。这件事会深深刺伤父亲的心。同时也会伤到自己的心。厄尼是自己遭遇困境时汲取支持与关爱的深井，没有他，她在安吉尔斯该怎么办？没有布鲁娜该怎么办？那里有任何人可以看穿草药围裙下的她吗？但不管自己有多么害怕前往安吉尔斯所面对的孤独，都比不过内心另一种更大的恐惧——一旦见识过外面辽阔的世界，自己将永远无法回到伐木洼地了。

当看见自己的父亲出现在道路的另一边，她才发现自己在哭——她擦干脸上的眼泪，手忙脚乱地抚平自己的裙摆，为他换上最灿烂的微笑。

"黎莎！"父亲伸出双手叫道。她心怀感激地扑入父亲怀中，心知这或许是他们最后一次在此拥抱。

"一切还好吗？"厄尼问，"我听说市集里出了点事。"

伐木洼地这种小地方很少有人能够保守秘密。"没事。"她说，"我已经解决了。"

"你帮伐木洼地所有人解决问题，黎莎。"厄尼说，用力地抱了抱她，"你走了，我不知道大家该怎么办？"

黎莎开始哭泣。

"好了，好了，不要这个样子。"厄尼说着用手自她脸上揩下一串泪水，轻轻弹开。

"擦干泪水，回屋子里去，我去检查魔印。等你端上一碗美味的燉肉后，我们再来谈谈让你烦心的事。"

黎莎微笑。"妈还是会把食物煮到焦煳？"她问。

"有时焦煳，有时还在动弹。"厄尼点头。黎莎带着泪水大笑起来，让父亲检查魔印，自己去准备晚餐。

"我要前往安吉尔斯。"黎莎在用完餐后说道，"去布鲁娜从前的一名学徒那里交流学习。"

厄尼沉默良久。"我知道了。"他终于说道，"什么时候走？"

"和马力克一起离开。"黎莎说，"明天。"

厄尼摇头。"我女儿绝对不能单独和信使在野外相处一个星期。我来雇车队，这样比较安全。"

"我会小心恶魔的，爸。"黎莎说。

"我担心的不只是地心魔物。"厄尼意有所指地道。

"我能应付马力克信使。"黎莎保证道。

"在黑夜中防止男人对你上下其手,与在市集里制止一场打斗可不是同一回事。"厄尼说,"想要活着抵达目的地,你不能弄瞎信使的眼睛。只要等几个星期,我求你。"

黎莎摇头。"我必须立刻赶去治疗一个孩子。"

"那我跟你去。"厄尼说。

"你不能去,厄尼。"布鲁娜插嘴道,"黎莎必须独自面对这件事。"

厄尼转向老女人,两人展开目光与意志的较量。但伐木洼地里没有人的意志比布鲁娜更坚强,厄尼很快就挪开目光。

不久,黎莎送父亲出门。他不想离开,她也不想送他走,但天色已晚,他得加快脚步才能平安到家。

"你会离开多久?"厄尼问,紧握前厅的栏杆,遥望安吉尔斯的方向。

黎莎耸肩。"取决于吉赛儿女士有多少经验可以传授,以及她派来这里的学徒薇卡要学多久,至少两年吧。"

"我想如果布鲁娜撑得了那么久,那我也可以。"厄尼说。

"答应我,在我不在时帮忙检查她的魔印。"黎莎说着轻触他的手臂。

"当然。"厄尼转身拥抱她。

"我爱你,爸。"她说。

"我也爱你,小心肝。"厄尼说着紧紧将她搂在怀里。"明天早上再来看你。"他承诺道,随即踏上阴暗的小路。

"你父亲倒是提到重点。"黎莎进屋后,布鲁娜说道。

"喔?"黎莎问。

"信使和普通男人没什么不同。"布鲁娜警告。

"这点我毫不怀疑。"黎莎说着,想起集市里那场打斗。

"年轻的马力克大师现在或许冷静沉着,笑容满面,"布鲁娜说,"但一上路,他就可以为所欲为,不须在乎你的意愿。抵达森林堡垒后,不管你是不是草药师,没几个人会选择相信你而不相信信使的话。"

黎莎摇头。"他只会得到我愿意给予的东西,"她说,"没有别的了。"

布鲁娜眯起双眼,咕哝一声,对于黎莎了解即将面对的危险感到满意。

第一道阳光洒落时,门外已经传来敲门声。黎莎前来开门,发现母亲站在门外。伊罗娜自从被布鲁娜横扫出去后就不曾来过这里。她满脸怒容地推开黎莎,进入屋里。

如果没有她女儿在,四十出头的伊罗娜仍堪称伐木洼地最美艳的女人。然而与黎莎相比较后的黯然失色并没有让她失去信心。她或许会咬牙切齿地在厄尼面前低头,但在别人面前仍盛气凌人。

"你光是偷走我的女儿还不够,你还要把她送到外地去?"她大声责问道。

"早安,母亲。"黎莎说着关上房门。

"你不要插嘴!"伊罗娜大叫,"老巫婆已经扭曲了你的心。"

布鲁娜对着粥碗窃笑。黎莎趁着布鲁娜推开粥碗,拿袖子擦嘴准备反唇相讥时,赶紧挡在两人之间。"吃完你的早餐。"黎莎命令,将粥碗推回她的面前,然后转头面对伊罗娜。"我去是因为我想去,母亲。等我回来后,我会带回过去在伐木洼地不曾出现过的新医术。"

"这次又要多久呢?"伊罗娜问道,"你已经将最佳怀孕年龄浪费在这些粘满灰尘的破书里了。"

"我最佳的……!"黎莎张口结舌道,"母亲,我才刚二十岁而已!"

"一点也没有错!"伊罗娜大叫,"就连你那个稻草人朋友,都已经生下三个小孩了。结果呢,我只能干瞪眼地看着你从镇上每个年轻女人的子宫中取出小孩。"

"至少她没有蠢到用龙姆茶榨干自己的子宫。"布鲁娜喃喃说道。

黎莎立刻转身。"我教你吃你的粥!"布鲁娜瞪大双眼,一副想要回嘴的样子,但最后只是咕哝一声,继续吃粥。

"我不是专门用来配种的母马,母亲。"黎莎说,"我的人生还有更重要的事。"

"还有什么?"伊罗娜逼问,"还有什么会比这个更重要?"

"我不清楚。"黎莎诚实回答,"但只要我找到,我就知道了。"

"在你找寻的同时,你就把伐木洼地的命运交给从未谋面的女孩和笨手笨脚的妲西,她差点就害死安迪,后来还有五六个人也差点死在她的手上。"

"我只是要去几年。"黎莎说,"你一直说我一无是处,而现在你又要我相信伐木洼地少了我就止步不前了?"

"万一你出事了呢?"伊罗娜问道,"万一你死在路上?我该怎么办?"

"你该怎么办?"黎莎重复问道,"七年来,除了逼我原谅加尔德以外,你对我从来不闻不问。你已经完全不了解我了,母亲。所以不要假装我的死会对你造成任何损失。如果你这么想抱加尔德的孩子,你自己去和他生吧。"

伊罗娜瞪大双眼,做出黎莎童年不听话时她的反应。"我不准你这样对我说话!"她大叫,顺手一巴掌挥了过去。

但黎莎已经不是小孩。她与母亲的体型相当,而且更加敏捷。她抓住伊罗娜的手腕,紧紧握住。"我已经长大了,母亲。"黎莎说。

伊罗娜试图挣脱,但黎莎又抓了一会儿。在她终于放手时,伊罗娜搓揉手腕,轻蔑地看着自己的女儿。"你总有一天会后悔的,黎莎。"她发誓道,"听清楚!到时候你就知道了!"

"我认为你该回家了,母亲。"黎莎说着打开大门,恰好看到马力克伸手准备敲门。伊罗娜怒吼一声,把他推开,气冲冲地走了。

"如果打扰了什么聚会还请见谅,"马力克说,"我来听取布鲁娜女士的答复,今天早上我就要返回安吉尔斯。"

黎莎打量马力克。他的下巴瘀青,但黝黑的肤色将创伤隐藏得很好,而涂在咧开的嘴唇和眼睑上的药膏起到良好的消肿作用。

"你看起来复原得还不错。"她说。

"伤势复原快的人干我这一行会活得比较久。"马力克说。

"那就去牵马吧。"黎莎说,"一个小时内回来,我将亲自传达布鲁娜的回复。"

马力克露出灿烂的笑容。

※

"此行对你是件好事。"布鲁娜在两人终于独处后说道,"伐木洼地对你来说已经没有任何挑战,而你还年轻,不该就此裹足不前。"

"如果你认为刚刚那样不算挑战,"黎莎说,"那你显然是睡着了。"

"算挑战？或许吧。"布鲁娜说，"但我从不怀疑你们争吵的结局，你早已坚强到无须惧怕伊罗娜那种角色了。"

坚强，她心想。我真的变坚强了吗？大部分的时间，她并不觉得自己坚强，但事实上，伐木洼地里已经没有人能够令她心生畏惧。

黎莎收拾了几个袋子，都是小袋子，没装多少东西——几件衣服和书籍、一些钱、她的药草袋、一个睡袋以及食物。她把自己的饰品、父亲送给她的礼物以及其他心爱的东西留在布鲁娜家。信使都轻装简行，马力克也不喜欢看到自己的马背负太多行李。布鲁娜说受训期间吉赛儿会管吃管住，尽管如此，对于即将展开全新旅途的人而言，这点行李实在有点少。

全新的人生之旅，不确定的前途会带来很大的压力，同时也带来兴奋、憧憬。黎莎读过布鲁娜收藏的所有书籍，但是据说吉赛儿的藏书更多；如果她能说服安吉尔斯的其他草药师分享，必定还有更多书籍可读。

一小时将过去时，她有些焦急得窒息——父亲去哪里了？难道他不来送行吗？

"时间快到了。"布鲁娜说。黎莎抬头看她，这才发现自己眼眶已湿润了。

"我们好好道别吧。"布鲁娜说，"很可能再也没有机会再见面了。"

"布鲁娜，你在说什么？"黎莎问。

"别装傻，女孩。"布鲁娜说，"你知道我的意思。我已经多活了一倍的寿命，但我不可能长生不死。"

"布鲁娜，"黎莎说，"我不是非去不可……"

"去！"布鲁娜挥手说道，"我能教你的，你都学会了，女孩，所以就让我剩下的岁月成为我送你的最后礼物。去游学吧。"她推黎莎一把。"只要保证在我离开后，你会照顾孩子们。他们或许很愚蠢、很任性，但若是面临困境，他们依然会流露善良的本性。"

"我会的。"黎莎承诺道，"我会努力的。"

"你永远不会让我失望。"老女人说道。

黎莎在布鲁娜粗糙的披肩上哽咽着。"我很害怕，布鲁娜。"

"你如果不怕就太愚蠢了。"布鲁娜说，"我见过不少世面，而我还没有遇上任何你无法应对的事。"

不久，马力克已经牵着马匹过来。信使手中握着一根新矛，魔印盾则和号角一起挂在马鞍上。昨天受的伤没有对他造成严重影响，或者他丝毫没有显露出来。

"啊，黎莎！"他看到她后叫道，"准备展开你的冒险之旅了吗？"

冒险——这个字抹杀了心中的悲伤与恐惧，在她体内注入兴奋之情。

马力克接过黎莎的袋子，在黎莎转头去看布鲁娜最后一眼时将它们挂在高瘦的安吉尔斯骏马背上。

"送行千里，终有一别。"布鲁娜说，"自己多保重吧，女孩。"

老女人还给她一个布袋，黎莎听见其中传来密尔恩钱币的清脆声，这些钱币在安吉尔斯价值不菲。布鲁娜在黎莎有机会抗议前转身进屋。

她迅速将钱袋收入口袋中。在距离密尔恩如此遥远的地方看见金属钱币会引起任何男人的贪念，就连信使也不例外。他们走在马身的两则，沿着小径前往镇上，然后转向大路，直通安吉尔斯。经过她家时，黎莎呼唤她的父亲，但没有回应。伊罗娜看见他们路过,随即转身入内,重重地关上了家门。

黎莎垂头丧气,她很想在离开前再见父亲一面。她想起自己每天面对的所有镇民,想起自己没有时间和他们好好道别;她留在布鲁娜家的那些道别信无法道尽自己心中的不舍。

然而当他们抵达镇中心时,黎莎深深吸了一大口气。她父亲在前等候,而全镇镇民都在他的身后夹道欢送。他们在她经过时一个个上前与她道别,有些亲吻她,有些则往她手里塞礼物。"记得我们,记得回来……"厄尼说,黎莎紧紧拥抱他,紧闭双眼,不让眼泪流下。

"伐木洼地镇民对你十分爱戴。"马力克在他们骑马穿越树林时说道。他们离开伐木洼地已好几个小时,地上的影子已逐渐拉长。黎莎坐在他身前宽敞的马鞍上,这匹背负着他们以及行李的骏马似乎一点也不感到吃力。

"有些时候,"黎莎说,"我也这么认为。"

马力克问,"一个能治百病而又如同朝霞般美丽的女子,我怀疑有谁能抗拒你的诱惑。"

黎莎大笑。"朝霞般美丽?"她问,"去找那些吟游诗人,请他们永远别再唱这句台词了。"

马力克大笑,双手自后方环抱上来。"你知道,"他在她耳边说,"我们还没讨论过护送你的酬劳。"

"我有钱。"黎莎道,盘算着自己的钱能在安吉尔斯撑多久。

"我也有。"马力克笑道,"我对钱不感兴趣。"

"那你想要什么酬劳,马力克大师?"黎莎问,"又到了你索吻的时候了吗?"

马力克窃笑，狼眼里绿光闪动。"一个吻只是帮你带信的价钱。将你本人带往安吉尔斯的收费……可高多了。"他在她身后挪动臀部，极尽挑逗地明示。

"总是这么猴急。"黎莎说，"你这趟可以获得一个吻就已经很不错了。"

"我们走着瞧。"马力克说。

他们不久就开始扎营。黎莎准备晚餐，马力克设置魔印。煮好菜后，她在端给马力克的碗里添加了一点额外的药粉。

"快吃。"马力克说着接过碗，舀起一大匙菜往嘴里塞，"你还是尽量在地心魔物现身前进入帐篷吧，近距离面对它们很恐怖。"

黎莎看马力克搭的帐篷，几乎只能容纳一个人。

"很小。"他眨眼，"但是我们可以在寒冷的夜里为彼此取暖。"

"现在是夏天。"她提醒他道。

"但是只要你一开口，就会让我感到一阵寒意。"马力克窃笑。"或许我们可以想办法化解这个问题。再说，"——他比向魔印圈外，地心魔物薄雾般的身影已经开始凝聚——"你能跑到哪里去？"

他比她强壮，她的抵抗就和拒绝一样徒劳无益。在地心魔物的吼声中，她痛苦地承受着他的亲吻及挑逗，动作粗鄙，肆无忌惮。当他发现自己无法兴奋到坚硬时，她温柔地安慰他，提供只会令不举症状恶化的药方。

有时候他怒火中烧，她很害怕他会攻击她。有时候他会哭泣，因为他不知道无法播种的人算是什么男人。黎莎默默忍受一切，因为只要能够抵达安吉尔斯，这样的煎熬并不算多高的代价。

我这样做是为了他好，每当在他食物里下药时，她就这样告诉自己，什么样的男人会想要自己沦为强暴犯？然而事实上，她的心中微感罪恶。她不喜欢利用自己的技能害人，但是内心深处，她却有一丝冷酷的满足感，仿佛自从世上第一个男人强暴第一个女人开始，所有的女性祖先都认同她这种再被对方夺走第一次前抢先夺走他的本能的做法。

日子慢慢过去，每晚的挫折令马力克的情绪在抑郁和暴躁间游走。最后一个晚上，他喝了很多酒，似乎随时打算跳出魔印圈，让恶魔杀掉算了。当森林堡垒出现在面前的树林中时，黎莎终于松了一大口气。她在高耸的城墙前惊叹不已，墙上漆的魔印强而有力，比伐木洼地的魔印大好几倍。

安吉尔斯的街道上铺有一层木板，以防止恶魔从地下钻出来；整座城市就是巨大的木板平台。马力克带她进入城内，在吉赛儿的诊所处抱她下马。他在她转身离开前抓住她的手臂，使劲捏下，故意弄痛她。

"城墙外发生的事，"他说，"就留在城墙外。"

"我不会告诉任何人。"黎莎说。

"最好不要，"马力克说，"如果你乱说，我会杀了你。"

"我保证。"黎莎说，"以草药师的名义发誓。"

马力克咕哝一声，放开她的手，紧扯马绳，慢跑离开。

黎莎面露微笑，拿起行李，朝诊所走去。

## 第十五章　半掌

**235 AR**

　　他看见浓烟、大火，听见女人的尖叫声混杂在地心魔物的怒吼声中传来……我爱你！

　　罗杰突然在急促的心跳中惊醒。太阳从安吉尔斯堡的高墙后升起，柔和的光线从窗叶缝隙间洒落。他完好的手掌紧握护身符，随着天色逐渐明亮，他等待自己的心跳恢复正常。护身符是一个小娃娃木像，头上顶着一缕红发，那是母亲唯一留给他的纪念。

　　他记不清她的脸，当时烟雾弥漫，也想不起当天晚上的各个细节，但他记得她对他说的最后一句话。他在梦中一次又一次地听见那句话——我爱你！

　　他以大拇指和无名指轻抚木娃娃的头发。食指和中指的位置现在只剩下一条锯齿状的疤痕，因为用爱和她的身躯救了自己。

　　我爱你！

　　这个护身符是罗杰的秘密魔印，就连师傅艾利克也不知道它的存在。它帮助他度过漫漫长夜，抵挡令他恐惧颤抖的恶魔叫声。

　　但是光明已然到来，阳光带来了安全感。他亲吻小娃娃，放回自己在五颜六色的裤带上缝的暗袋里。只要知道它在暗袋里，像母亲近在身边，就能令他信心百倍；他今年已近十岁。

　　罗杰自稻草床垫上起身，伸展四肢，摇摇晃晃地走出小房间，边走边打着呵欠。看到艾利克醉倒在桌上时，他的心立刻向下一沉。他的老师趴在一只空酒瓶上，手紧握瓶口，仿佛试图挤出最后几滴酒——他们各自拥有属于自己的护身符。

罗杰走过去，从老师的手中拿开酒瓶。

"谁？干吗？"艾利克问道，微微抬起脑袋。

"你又在桌上睡着了。"罗杰说道。

"喔，是你呀，孩子。"艾利克嘟囔道，"我以为又是那个可恶的房东。"

"房租迟交了。"罗杰说，"我们今天早上预计要在小广场表演。"

"房租，"艾利克抱怨道，"一天到晚催房租。"

"如果今天不付钱。"罗杰提醒道，"凯文先生保证会把我们赶出去。"

"那我们就去表演。"艾利克说着起身。他突然跌了一跤，试图伸手扶住椅背，结果却在摔倒后还让椅子砸在自己身上。

罗杰过去扶他，但艾利克将他推开。"我没事！"他叫道，仿佛试图制止罗杰顶嘴，跟跄地站起身来。"我还可以后空翻！"他说着回头看看有没有足够的空间。他的眼神显然在后悔自己夸下海口。

"我们应该等表演时再翻。"罗杰立刻说道。

艾利克转回去看他。"你说得没错。"两人同时松了一口气。

"我口很渴。"艾利克说，"需要喝点东西才能唱歌。"

罗杰点头，跑去水壶旁拿木杯倒水。

"不喝水。"艾利克说，"拿酒来，我需要我的恶魔给我一爪。"

"我们没酒了。"罗杰说。

"那就出去买。"艾利克命令道。他跌跌撞撞走向钱袋，途中绊了一下，幸好及时站稳。罗杰跑过去扶住他。

艾利克在袋口摸索片刻，然后举起整个钱袋，用力甩回木桌上。钱袋落在桌面上时没有发出任何声响，艾利克勃然大怒。"一卡拉都没有！"他沮丧地叫道，甩开钱袋。这个动作令他失去平衡，他整整转了一个圈，试图站稳脚步，结果还是重重地摔在地上。

罗杰赶来时，他已经手脚撑地，却突然张嘴呕吐，在地上吐满酒水和胆汁。他双手握拳，浑身颤抖，罗杰以为他还要再吐，但片刻后，他才发现自己的老师在哭。

"我为公爵当差时从来不曾这么落魄。"艾利克呻吟道，"那时候，钱多到会从口袋里掉出来。"

那是因为公爵帮你支付酒钱，罗杰心想，但他没蠢到将这话说出口，告诉艾利克他喝太多酒肯定会激怒他。

他帮老师清理干净，然后扶着他回到床垫。等他在稻草垫上睡着后，罗杰拿起抹布擦地，看来今天他们无法表演了。

他不知道凯文先生是否会真的把他们赶出去。如果是真的，该何去何从。安吉尔斯的魔印城墙威力强大，但上空的魔印网并不是铁板一块，风恶魔进城杀人的事时有发生，露宿街头简直无法想象。

他盘算着清理他们仅存的财产，盘算着如何卖个好价钱。之前手头紧的时候，艾利克已经卖掉了杰若的马和魔印盾，但信使的携带式魔印圈还在。它可以卖不少钱，偏偏罗杰舍不得。艾利克会把钱拿去喝酒赌博，在他们被人扫地出门后，恐怕也只能乞讨为生了。

罗杰也一样怀念老师为公爵当差的日子。艾利克深受林白克包养的妓女的喜爱，而她们对待罗杰就像对待自己的孩子一样。他每天都会被十几对洒满香水的胸脯拥抱，而且她们还会给他糖吃，并且要他帮她们上妆。当时他没有多少时间和老师相处，艾利克常常把他一个人留在妓院里，自己前往偏远村落出勤，将公爵的法力以甜美的嗓音传布到偏远地区。

但是有一天公爵春情大发，醉醺醺地步入自己最宠爱的情妇房间，却在床上发现一个小鬼时，他大发雷霆，赶走了罗杰和艾利克。罗杰心知他们沦落到这个地步都是自己的错。艾利克就像自己的父亲，为了照顾他而付出一切。但与自己父母不同的是，罗杰还有机会报答艾利克的恩情。

❧

罗杰死命奔跑，希望观众还没散去。即使这时迟到了很长时间，还是有不少人想要欣赏甜蜜歌的表演，但谁也不愿一直等待下去。

他肩膀上扛着艾利克的"惊奇袋"。就和他们的衣服一样，这个袋子是以吟游诗人专用的彩色补丁拼缝而成，可惜不但已经退色，还露出不少线头。袋子里装满吟游诗人的道具。除了杂耍彩球之外，罗杰全部精通。

他长茧的赤脚踏在木板地上。罗杰有与表演服搭配的鞋子和手套，但他没来得及穿。其实，他更喜欢脚趾紧贴地面的感觉，不喜欢尖端挂着铃铛、五颜六色的表演鞋，而且他痛恨手套。

艾利克在他右手手套的两根手指里塞了棉花，以掩饰罗杰的断指。他以细线将填充指头和完好的指头相连，好让它们可以一起弯曲。这是种十分精巧的技术，但是每当罗杰将断指的手掌套入手套时，他都会感到羞愧。艾利克坚持要他戴上手套，但他的老师总不能为了不知道的事打他。

罗杰赶到时，小广场上已经挤了一群鼓噪的观众；近二十个成年人，有些人带着小孩。罗杰记得从前单是"艾利克·甜蜜歌"可能会出场就足以吸引上百名观众赶来捧场，甚至有人从附近的小镇赶来。当时他可以在神殿里为造物主歌唱，或是在公爵的露天剧场里演出。现在小广场是公会愿意供他演出的最好场地，而观众连这里都坐不满。

但有钱赚总比没钱赚好。只要有一打人每人赏一卡拉，凯文先生或许会愿意继续收留他们一晚，前提是吟游诗人公会没有发现他在没有老师陪同的情况下演出。万一被他们发现，拖欠的房租就只能算微不足道的麻烦。

他"呼"的一声，手舞足蹈地路过观众，自袋中抛出一把把彩色的有翼豆荚。豆荚转动，翩翩飞舞，在他身后形成一道道亮眼的色彩。

"艾利克的学徒！"观众中有人叫道，"甜蜜歌今天会出场表演！"

观众鼓掌开始叫好，罗杰的胃不停抽痛。他想要说实话，但是艾利克的第一个原则，就是永远不要做或是说任何会影响观众好心情的事。

小广场的舞台共分三层，最后一层是设计用来增强音量或是防止表演者被雨淋湿的木头隔板。这些木板上有魔印，但是残缺不全，年代久远。罗杰盘算着如果被人赶出来，这里可不可以当做他和老师晚上过夜的临时旅馆。

他快步跑上台阶，一个筋斗翻上舞台，手腕一抖，将收钱帽精准地抛在观众正前方。

罗杰平常会帮老师热场，所以此时，他都在表演自己的例行演出，翻来翻去，讲讲笑话，耍耍魔术，模仿知名人士的小动作、叫声、掌声。慢慢的观众越聚越多，三十人，五十人，但是也有越来越多人开始交头接耳，对于"艾利克·甜蜜歌"迟迟没有现身感到急躁。罗杰的胃越缩越紧，他不得不轻触暗袋中的护身符，以寻求力量。

他尽可能地拖延时间，请小朋友上前，给他们讲一段大回归时代的故事。故事讲得十分精彩，有不少人点头赞许，但很多人脸上浮现失望的神情——通常这个故事不是都由艾利克吟唱的吗？这不就是他们来此的原因吗？

"甜蜜歌在哪里？"后方有人叫道。他附近的观众教他闭嘴，但这句问话还是在空中飘荡。等到罗杰向小孩们讲完故事后，观众脸上的不满越来越浓了。

"我是来听歌的！"之前那个男人叫道。其他人也纷纷点头附和。

罗杰知道自己绝不能答应这个要求。他的声音不够嘹亮，而且每次只要一拉长音就会破音。如果他开口唱歌，一定会立刻激怒群众。

他转向惊奇袋寻求替代方案，羞愧地跳过杂耍彩球。他可以用残缺的右手抛球接球，但在缺乏中指转动彩球，而且只有半只手可以接球的情况下，他没有办法达到出两手抛接那种令人眼花缭乱的效果。

"哪里有不会唱歌又不会耍彩球的吟游诗人？"有时候艾利克会大声骂道。罗杰知道，没有这种吟游诗人。

他对袋中的飞刀比较有把握，但是要挑选观众上台站在墙壁前让他射刀需要公会发放的特殊执照。艾利克总是会挑选身材丰满的女孩上台配合，而且通常在表演完毕后，女孩有时还会忍不住陪他上床。

"我看他不会来了。"他听见之前那个男人说道，罗杰无声地诅咒他。

不少观众陆续离席，其中几人出于同情丢了几个卡拉到帽子里，但如果罗杰不赶快出招，绝对收不到足以满足凯文先生的金额。他的目光停留在小提琴箱，看到只剩下寥寥数名观众，他立刻动手取出提琴。他拉出琴弓，一如往常，琴弓与残缺的手掌产生天然契合的感觉，这并不需要他那些缺席的手指。

琴弓碰上琴弦那一刻，动人的旋律立刻回荡在广场中。有些正要离去的人停下脚步聆听，但是罗杰完全沉浸在拉琴的享受中。

　　罗杰对自己的父亲没有什么印象，但他依稀记得杰桑在艾利克拉小提琴时拍手叫好的模样。演奏小提琴时，罗杰可以感受到父亲的爱，就像紧握护身符时可以感受到母爱。在这股爱意中，他的恐惧消失了，沉浸在琴弦温柔的泉水中。

　　通常他只有在为艾利克伴奏时演奏，但这次罗杰超越了伴奏的范畴，让自己的音乐填满甜蜜歌缺席的空间。完好的左手在琴柱上运指如飞，不久观众就开始随着他的音乐拍打节奏。随着节奏越拍越响，他也越拉越快，并且配合旋律在舞台上翩翩起舞。当他一脚踏上舞台的一个台阶，用力一撑，在没有影响演奏的情况下表演一个后空翻时，观众群起欢呼。

　　欢呼声令他回过神来，他这才发现广场上已经围得水泄不通，就连场外都挤了不少人在倾听他的演奏。即使艾利克在场，他们也很久没有吸引这么多人潮了！罗杰在震惊中差点漏拉一个音节，随即咬紧牙关持续弹奏，直到再度沉入音乐的世界。

　　"很棒的演出。"一个声音在罗杰计算帽子里的亮面木币时恭贺他道。将近三百卡拉！足够应付凯文一整个月了。

　　"谢谢……"罗杰开口，但是当他抬头时，嗓音立刻哑了。站在他面前的是杰辛大师和伊顿大师，他们是公会成员。

　　"你的老师在哪里，罗杰？"伊顿厉声问道。他是顶尖的舞台剧和默剧演员，据说他的舞台剧可以吸引来森堡敌人前来欣赏。

　　罗杰用力吞了一口口水，急得面红耳赤。他低下头，希望他们将他的恐惧和罪恶错认为羞愧。"我……我不知道。"他说，"他刚才还在这里的啊。"

　　"我敢说又喝醉了。"杰辛哼了一声道。此人绰号"黄金嗓",传说这个绰号是自封的,他是个有点本事的演唱者,但更重要的是,他是林白克公爵总管大臣詹森的外甥,而且他想尽办法让全世界的人都知道这个身份。"老甜蜜歌已经沦为乞丐了。"

"他应该被吊销执照。"伊顿说,"我甚至还听说他在上个月的演出中把屎拉在自己身上了。"

"那不是真的!"罗杰说。

"如果我是你,我会比较担心我自己,孩子。"杰辛说,伸出修长的手指指向罗杰的脸,"你知道无照演出会受到什么惩罚吗?"

罗杰面无血色。艾利克会因为这件事被吊销执照。如果公会将此事呈报执法当局,他们两人都有可能沦落到带着脚镣看木头。

伊顿大笑。"别担心,孩子。"他说。"只要公会能分到一点油水,"他主动从罗杰的帽子里取出一大把木币——"我就会当作没发生。"

罗杰很识时务,没有在对方抓起超过半数的钱币放入他自己的口袋时提出任何异议,尽管这些钱只有极少数会流入吟游诗人公会的公库。

"你很有天赋,孩子。"杰辛在转身离开时说道,"你或许应该考虑换个比较有前途的老师。如果你不想继续帮老臭酸歌收尸的话,来找我吧。"

罗杰的失望只持续到他再度摇晃收钱帽,即使只剩下一小半,里面的钱还是比他想象中要多很多。他迅速赶回旅店,途中只在一个地方稍做停留。他去找凯文先生,对方一看到他,脸上立刻乌云密布。

"你最好不是来帮你老师求情的,孩子。"他说。

罗杰摇头,交给对方一个小钱袋。"我老师说这里的钱足够支付十天的房租。"他说。

凯文掂了掂钱袋,听见里面传来令人满意的木币撞击声,露出十分惊讶的表情。他迟疑片刻,咕哝一声,耸了耸肩,将钱袋放入口袋。

当他回去时,艾利克还在沉睡。罗杰知道老师永远不会知道房租已经付过了。他会想尽办法避开房东,然后为了撑过十天没有付钱而沾沾自喜。

他将剩下的几枚钱币放入艾利克的钱袋中,他会告诉老师这些钱是在惊奇袋里找到的。自从手头变紧后,这种事情就很少发生了,但是一旦艾利克看见罗杰买给他的东西后,他就不会质疑自己的好运了。

罗杰将新买的酒瓶放在沉睡的艾利克身边。

第二天早上,艾利克比罗杰起得早一些,拿一面破镜子检查自己脸上的妆。他已不再年轻,但也还没老到不能用吟游诗人化妆盒里的道具让自己看起来更年轻的地步。经历风吹日晒的长发,金色发丝仍多于灰色,以染料染深的棕色胡子掩饰了下巴日益增加的赘肉。化妆品和黝黑的皮肤均匀融合,完全看不见分布在蓝眼四周的皱纹。

"昨天晚上我们走运,孩子。"他说着挤眉弄眼,"但是我们不能一直躲着凯文。那只全身长毛的老獾迟早会抓到我们,等他找上门来的时候,我希望身上要有……"他伸手到钱袋中摸索,取出钱币,抛入空中。"……多于六卡拉的财产。"他的双手以飞快的速度移动,自半空中接下钱币,在他头上一阵轻快地反复抛掷。

"今天练习过抛彩球了吗,孩子?"他问。

在罗杰开口回答前,艾利克已经向他抛来一枚钱币。罗杰早就知道他会这么做,但是不管有没有准备,当以左手接下钱币,随即抛入空中时,他的心中还是升起一股恐惧。艾利克接二连三地抛来更多钱币,他努力控制它们,以残缺的手掌接下钱币,丢到另一只手上,然后再度抛入空中。

增加到四枚钱币时,他已经汗流浃背。当艾利克抛来第五枚钱币时,罗杰已经手忙脚乱。艾利克知道不能再把第六枚钱币丢给他,于是耐心等待。只一会儿,罗杰在一片钱币撞击声中摔倒在地。

罗杰怯怯地等着老师责骂,但艾利克只是长长地叹了口气。"带上手套。"他说,"我们必须出去赚钱。"

这声叹息比怒斥或鞭打更令罗杰伤心。生气表示期待,叹气却意味着放弃。

"不。"他说。这个字在他来得及阻止自己前已经脱口而出,但是沉默了一会儿,罗杰却觉得非常恰当,就像琴弓和断指手指十分契合。

艾利克透过他的胡子发出一阵低吼,对于这个孩子的抗命十分震怒。

"我是指手套。"罗杰解释道,接着发现老师的表情由愤怒转为好奇,"我不想继续戴着手套,我讨厌手套。"

艾利克叹气,拔开新酒瓶的瓶塞,倒出一杯酒。

"我们不是讨论过,"他说着以瓶口对准罗杰,"如果让人知道你身有残疾,谁会愿意雇佣你?"

"我们没有讨论。"罗杰说,"你只是在某天突然命令我戴上它们。"

艾利克轻笑。"我本想让你自己认清现实,孩子,没有人会雇佣残废的吟游诗人。"

"所以我就是这样了?"罗杰问,"一个残废?"

"当然不是。"艾利克说，"我不会拿你交换任何安吉尔斯的学徒，但不是每个人都能看透你的恶魔伤疤，认清隐藏在后的人。他们会给你取个嘲弄的绰号，你会发现他们在嘲笑你，而不是和你一起笑。"

"我不在乎。"罗杰说，"手套让我觉得自己像个骗子，而且我的手已经够笨拙了，如果再加上假手指更加糟糕。只要他们愿意付钱大笑一场，我又何必在乎他们发笑？"

艾利克凝望他良久，轻拍自己的酒杯。"让我看看你的手套。"他终于说道。

手套是黑色的，长度可达前臂的一半。末端缠有彩色明亮的三角布块，布块上还挂着铃铛。罗杰皱起眉，将它们丢给老师。

艾利克接过手套凝望他们片刻，然后丢到窗外，接着拍了拍手，好像这副手套弄脏了他的手。

"穿鞋，我们走。"他说着将杯里的酒一饮而尽。

"我也不是很喜欢我的鞋。"罗杰大胆说道。

艾利克对男孩微笑。"别得寸进尺。"他眨眼警告。

公会规章允许有执照的吟游诗人在任一个街角表演，只要他们不会妨碍交通或是阻挡交易行为。有些小贩甚至会雇佣他们将顾客吸引到摊位来，或是旅店的空房中。

艾利克的酗酒赶跑了酒馆的生意，所以他们只能在街上表演。艾利克起得晚，最好的表演位置早就被其他吟游诗人占去了。他们找了一个不太理想的位置，某个远离主要街道的侧巷巷口。

"这里可以。"艾利克嘟哝道，"招揽观众，孩子，我来准备。"

罗杰点头，跑到街上。只要看到有人聚集，他立刻来个翻，或是倒立前行,缝在表演服上的铃铛随即响起招揽观众的铃声。

"吟游诗人演出!"他叫道,"来看艾利克·甜蜜歌表演。"

凭着他的特技及老师仅存的名声,他吸引了不少人的注意。有些人甚至跟在他身后行走,为他的滑稽动作鼓掌叫好。

其中有个男人用手肘顶了顶他的妻子。"看,那是小广场上的残废小子!"

"你确定吗?"她问。

"看他的手就知道了!"男人道。

罗杰假装没有听见,继续寻找更多观众。他很快就带着跟在自己身后的人们来到老师面前,只见艾利克以轻松的节奏同时抛掷屠刀、切肉刀、手斧、小板凳以及弓箭,同时说笑话取悦逐渐聚集的人潮。

"我的助手来了。"艾利克对观众叫道,"罗杰·半掌!"

罗杰出场到一半,这才听出名字不对劲。艾利克在干什么?

然而这时要停步已经太迟了,于是他展开双臂,冲向前去,一个车轮翻,接着再来三个后空翻,最后停在距离老师数码外的地方。艾利克从自己在耍的那堆致命道具中抽出屠刀,抛向罗杰。这是排演好的动作,罗杰立刻转身,以完好的左手轻松接下这把笔直飞来的沉重尖刀。一圈转完后,他展开四肢,挥手出刀,屠刀随即朝艾利克的脑袋急旋而去。

艾利克一样迅速转身,转回来时已经将倒咬在嘴里。观众鼓掌叫好,当屠刀再度加入其他不停抛掷的道具时,人们已经往帽子丢了不少硬币。

"罗杰·半掌!"艾利克叫道,"尽管只有十岁以及八根手指,但他要刀技术依然强过任何成人!"

观众鼓掌。罗杰高举残缺的手掌,让所有人看清楚,观众随即发出一阵喔喔啊啊的赞叹声。艾利克说话的语调让大部分的人以为他刚刚是用残缺的手掌接住了抛刀。他们会争相走告,并且夸大其词。为了不让罗杰被观众乱取绰号，艾利克觉得抢先给他封个绰号。

"罗杰·半掌。"他低声念道，在自己的口中品味这个名字。

"留神！"艾利克叫，罗杰转身，看见老师朝自己抛出弓箭。他两掌在身前交击，在弓箭插入脸中前将其夹住。他再度转身，背对观众，用完好的手掌自两腿间将箭回掷给他的老师，但当他做完动作，转回来面对观众时，高举的却是残缺的右掌。"留神！"他叫道。

艾利克假装害怕，丢下他正在抛掷的道具，不过板凳却刚好掉在他的脚上，弓箭准确无误地插在正中央。艾利克震惊地打量板凳，仿佛不敢相信自己的好运。他拔出弓箭，轻抖手腕，弓箭突然变成一束鲜花，接着他把花送给身前最美丽的女人；更多钱币落入帽中。

看着老师开始表演魔术，罗杰跑到惊奇袋去拿艾利克变魔术的道具。在他这么做的同时，观众里有人大声喊叫。

"演奏你的小提琴！"一个男人叫道。他叫完后，不少人立刻随声附和。罗杰抬起头来，看到昨天晚上大声要求甜蜜歌上台表演的那个男人。

"大家想听音乐，是不是？"艾利克询问观众，完全掌握了现场状况。观众以一阵欢呼回应这个问题，于是艾利克走到惊奇袋前，取出小提琴，抵在下巴，转身面对观众。但琴弓还没搭上琴弦，刚刚的男人又说话了。

"不要你，要那个孩子！"他吼道，"让'半掌'演奏！"

艾利克看了一下罗杰，在群众的呐喊声中浮现一丝不耐的神情。"半掌！半掌！"最后他耸耸肩，将乐器交给自己的学徒。

罗杰以颤抖的双手接过小提琴。"永远不要在台上盖过老师的风采"是所有学徒一入门必须铭记的。但是观众都在要求他演奏,而且少了那双可恶的手套,琴弓在他手中是如此的契合。他闭上双眼,透过指尖感受琴弦的宁静,接着拉弓发出一阵低沉的共鸣。观众安安静静地听他演奏片刻,仿佛将琴弦当做猫咪的背脊般轻抚,让猫发出慵懒的叫声。

接着,小提琴仿佛活了过来,如同钓竿上的线圈释放而出,甩动成一阵乐音的旋风。他忘掉了观众,忘掉了艾利克,独自沉浸在音乐的泉水中,在持续演奏特定旋律的情况下尝试全新曲调,随着掌声的节奏即兴演奏,进入忘我的境界。

他不知道自己演奏了多久。他本来可以永远待在那个世界,但是一阵锐利的弦声突然传来,接着他的手掌感到一阵刺痛。他晃着脑袋,回到现实,抬头看向目瞪口呆、安静无声的观众。

"弦断了。"他羞怯地说。他偷观老师一眼,发现他和所有观众一样目瞪口呆。艾利克缓缓举起双手,开始鼓掌。

观众随即跟着鼓掌,雷鸣般的掌声。

"你可以用那把小提琴帮我们赚很多钱,孩子。"艾利克一边数钱一边说道,"很多钱!多到足以支付积欠公会的会费吗?"一个声音问道。

他们转身看见杰辛大师靠在一面墙上。他的两位学徒,莎莉和艾伯伦站在他的身边。莎莉擅长女高音,声音清澈宜人,美妙的程度与丑陋的长相形成强烈对比。艾利克会开玩笑地说,她要是带上有角的头盔,观众会把她误认为石恶魔。艾伯伦擅长男低音,歌声低沉浑厚到能让木板街道震动。他身材高瘦,手大脚大。如果莎莉算是石恶魔,他肯定是木恶魔。

杰辛大师和艾利克一样,是中音歌手,歌声高昂纯净。他身穿上等蓝色羊毛与金线缝制而成的昂贵服饰,与大多数同行穿的五彩表演服不同，精细修剪的黑色长发和小胡子油光闪亮。

杰辛的身材中等，但这并不表示他不像两个学徒那样危险。他曾在与另一名吟游诗人争夺演出地盘时刺瞎了对方的眼睛。执法当局裁定为正当自卫，但公会的学徒房里可不是这样传的。

"我的会费和你无关，杰辛。"艾利克说着迅速将钱币丢入惊奇袋中。

"你的学徒或许帮你顶替了昨晚缺席的演出，臭酸歌，但是他的小提琴不可能永远帮你脱身。"他说话的同时，艾伯伦抢走罗杰手中的小提琴，在膝盖上折成两段，"公会迟早会吊销你的执照。"

"公会绝对不放弃艾利克·甜蜜歌。"艾利克说，"就算他们吊销我的执照，杰辛依然只是人们口中的'二等歌'。"

杰辛皱起眉毛，因为公会里已经有不少人开始叫他这个绰号，而这位大师每次听到这个绰号就会大发雷霆。他和莎莉朝艾利克逼近，艾利克立刻抱紧惊奇袋。艾伯伦把罗杰逼到一面墙上，不让他过去帮他老师。

这不是第一次他们必须动手保护他们赚来的钱。罗杰的身体沿着墙壁下滑，弹簧似的缩起身子，然后狠狠向上踢出一脚。艾伯伦惨叫一声，低沉的嗓音转眼变调。

"我以为你的学徒只会唱低音，不唱高音。"艾利克说。当杰辛和莎莉的目光转向伙伴身上时，他灵巧的双手立刻探入惊奇袋中，朝他们抛出一把旋转不休的有翼豆荚。

杰辛冲过有翼豆荚，但艾利克向旁一让，轻易地绊倒他，接着对准莎莉甩开惊奇袋，狠狠击中这个壮硕女子的胸口。他本来或许不会跌倒，但是罗杰已经站好身位，矮身蹲在他的后方协助老师。她重重摔倒，在他们三个有机会爬起来之前艾利克和罗杰早已逃得没了影。